Martina Kempff
Bekehrung

PIPER

Zu diesem Buch

Die Winterdämonen der Eifel führen an einem Februarabend einen wüsten Tanz auf. Eine elegant gekleidete Unbekannte hat dem Schneesturm dennoch getrotzt und sitzt jetzt in der »Einkehr« an der belgischen Grenze. Ein fremder Mann tritt ein, lächelnd steht die Frau auf. Der Mann lächelt nicht. Als er sich dem Tisch nähert, zieht die Frau plötzlich eine Pistole aus ihrer Handtasche und schießt ihm in die Brust. Dann eilt sie aus dem Restaurant und lässt Wirtin Katja Klein vor Schock wie gelähmt zurück. Vom Knall alarmiert stürzt Gudrun in die Wirtsstube und läuft der mysteriösen Mörderin hinterher. Doch draußen heult bereits ein Motor auf. Im Schneesturm kann Gudrun Nummernschild oder Fabrikat des Wagens nicht ausmachen, glaubt aber, rote Zahlen erkannt zu haben. Stammt die Frau aus Belgien? Und wer ist der Mann, für den jede Rettung zu spät kommt? Schon bald führen alle Spuren zu einer skurrilen Sekte, deren Mitglieder ihr Leben aufs Spiel setzen, um dem Tod ein Schnippchen zu schlagen …

Martina Kempff ist Autorin, Übersetzerin und freie Journalistin. Sie war Redakteurin bei der Berliner Morgenpost, Reporterin bei Welt und Bunte, bis sie beschloss, Bücher zu schreiben. Besonders bekannt ist sie für ihre historischen Romane, die sich durch hervorragende Recherche und außergewöhnliche Heldinnen auszeichnen. Martina Kempff lebte lange in Griechenland, später in Amsterdam. Acht Jahre verbrachte sie in der Eifel, was sie zu einer einfallsreichen Krimiserie inspirierte. Heute lebt sie im Bergischen Land.

Martina Kempff

BEKEHRUNG

Ein Eifel-Krimi

Piper München Zürich

Mehr über unsere Autoren und Bücher:
www.piper.de

Von Martina Kempff liegen bei Piper und Pendo vor:
Einkehr zum tödlichen Frieden
Pendelverkehr
Kehraus für eine Leiche
Knochen im Kehricht
Bekehrung
Die Gabe der Zeichnerin
Die Kathedrale der Ketzerin
Die Königsmacherin
Die Beutefrau
Die Welfenkaiserin
Die Rebellin von Mykonos
Die Marketenderin
Die Schattenjägerin

MIX
Papier aus verantwortungsvollen Quellen
FSC® C014496
FSC
www.fsc.org

Originalausgabe
Februar 2014

Umschlaggestaltung: semper smile, München
Umschlagmotiv: Kenneth Bengtsson/plainpicture (Naturbild),
Mark Payne/shutterstock
Satz: Satz für Satz. Barbara Reischmann, Leutkirch
Gesetzt aus der Scala
Papier: Munken Print von Arctic Paper Munkedals AB, Schweden
Druck und Bindung: GGP Media GmbH, Pößneck
Printed in Germany ISBN 978-3-492-30365-1

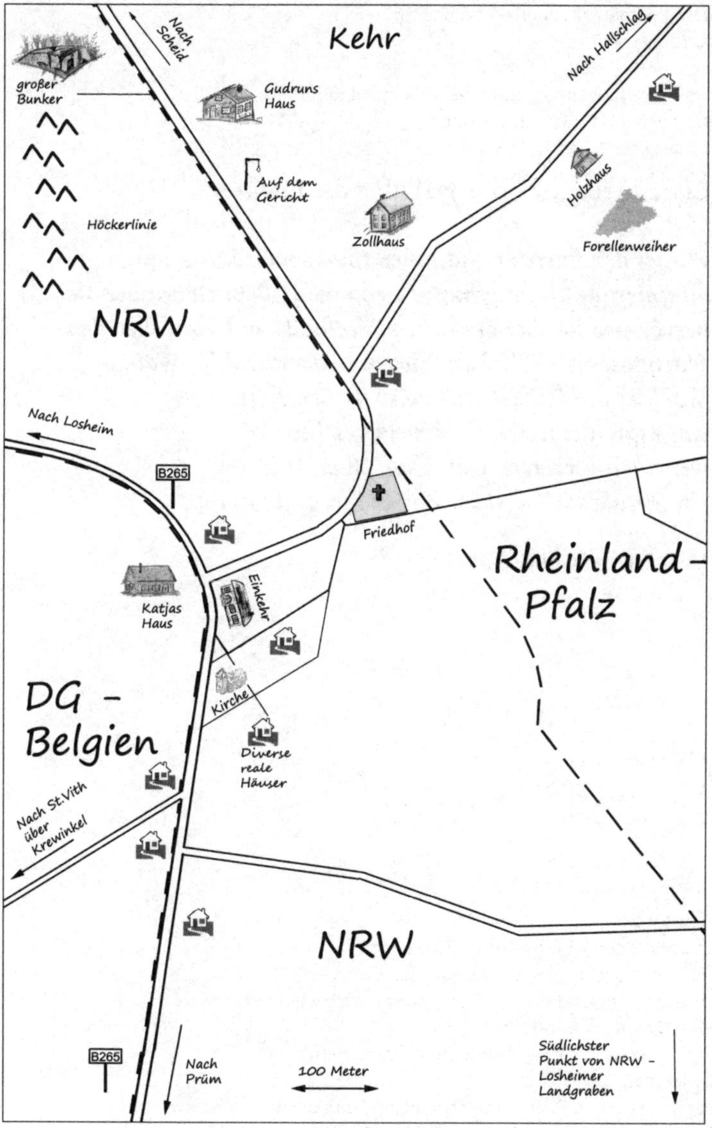

Kehr
Nach Scheid
Nach Hallschlag
großer Bunker
Gudruns Haus
Auf dem Gericht
Holzhaus
Zollhaus
Forellenweiher
Höckerlinie
NRW
Nach Losheim
B265
Friedhof
Rheinland-Pfalz
Einkehr
Katjas Haus
Kirche
DG - Belgien
Diverse reale Häuser
Nach St.Vith über Krewinkel
NRW
B265
Nach Prüm
100 Meter
Südlichster Punkt von NRW - Losheimer Landgraben

Clara Viebig (1860–1952) über die Eifel:

Hinter den finsteren Stämmen tauchen Gedanken auf, dämmernde ahnungsbange Gedanken; tückisch brechen sie hervor, wie Räuber aus dem Hinterhalt, und überfallen den Harmlosen ... Weltabgeschieden ist der gewaltige Wald.
Wer hier um Hilfe schreit, wird nicht gehört,
was man hier treibt, wird nicht gesehen,
wer etwas verbergen will, kann's hier dreist –
ein Schutzdach wölbt sich über ihn und um ihn.

(Aus: »Das Weiberdorf«)

Für meinen guten Freund,
den real existierenden Polizeiinspektor Erwin Hannen,
dem ich dankbar dafür bin,
dass er seinem fiktiven belgischen Kollegen Marcel Langer
mehr durchgehen lässt, als sogar die belgische Polizei erlaubt.

Als **ERSTES** gibt es

Indianertee mit Schuss

Ein Donnerstagabend im Februar

Keinen Fuß werde ich heute vor die Tür setzen. Warum sollte ich auch? Draußen führen Eifeler Winterdämonen ihren wüsten Tanz auf, und bei mir drinnen prasselt ein gemütliches Feuer im Kamin. Bei diesem Sturm wird niemand mein Restaurant ansteuern; jeden verirrten Wanderer würde unterwegs eine Schneewehe verschlucken. Falls es einer dennoch mit letzter Kraft bis zur Tür der *Einkehr* schaffen sollte, wird ihn Gudrun mit all der Liebe umsorgen, die sie seit vielen Monaten nirgendwo anders loswird.

David hat sie im Juni verlassen. Er brauche ein neues Leben, hatte er gesagt; eine recht unglückliche Bemerkung angesichts der fast neunmonatigen Scheinschwangerschaft, die Gudrun gerade durchgestanden hatte. Sie stürzte in eine tiefe Depression, schloss das Restaurant und igelte sich total ein.

All das erfuhr ich von Marcel, als er mich im Sommer zum ersten Mal in Berlin anrief. Dorthin war ich gleich nach den fürchterlichen Ereignissen vor einem Jahr geflüchtet. Nichts, hatte ich mir damals geschworen, würde mich je wieder auf die mörderische Kehr zurückbringen. Das Heimweh nach meinen dortigen Freunden bekämpfte ich mit gnadenloser Kontaktsperre und Ablenkungen der Großstadt.

»Gudrun putzt nicht mehr«, murmelte Marcel ins Telefon und legte auf, bevor ich mich von meiner Erschütterung erholen konnte.

Dieser Satz war eine Bombe. Wenn Gudrun nicht mehr putzt, geht es um mehr als nur um Leben und Tod; dann ist das ganze kleine Universum an der deutsch-belgischen Grenze vom Untergang bedroht. Da mussten meine persönlichen Befindlichkeiten hintanstehen. Marcels Anruf katapultierte mich also im vergangenen Sommer auf die Kehr zurück.

Inzwischen hat sich Gudrun einigermaßen stabilisiert. Das Haus, in dem sie früher mit David zusammengelebt hat, ist vermietet. Wie schon vor der Begegnung mit dem eifelstämmigen Texaner hat sie sich im Hinterzimmer des Restaurants wieder wohnlich eingerichtet. Die *Einkehr* steht zwar auf nordrhein-westfälischem Hoheitsgebiet, ist aber nur knapp fünfzig Schritte von meinem belgischen Bruchsteinhaus entfernt; also nah genug, dass ich über die Straße hasten kann, sollte Gudrun das heulende Elend packen.

Wie vielleicht gerade jetzt. Das Telefon läutet, und auf dem Display leuchtet die Nummer der *Einkehr* auf.

»Du musst sofort rüberkommen, Katja!«

»Was ist passiert?«

»Hier sitzt eine Frau ...«

»Was? Bei dem Wetter? Ist sie von einem Raum- oder einem Räumfahrzeug gefallen?«

»Kann ich mir nicht vorstellen. Dafür ist sie viel zu elegant angezogen«, antwortet Gudrun, die immer alles ernst nimmt. »Total fein. Das wird ein superschickes Rendezvous. Sie hat genickt, als ich sie gefragt habe, ob sie noch auf jemanden wartet. Und dabei ganz geheimnisvoll gelächelt. Katja ...«

»Schon gut, bin gleich da.«

Sie muss mir nichts erklären. Ich kann Gudrun unmöglich mit einem turtelnden Pärchen allein lassen. Ihre Tränen würden den Schampus versalzen.

»Du bleibst hier!«, weise ich meinen Hund Linus an, der mir in den Flur gefolgt ist, wo ich in meine Moonboots steige, meine Michelinweibchenjacke zuknöpfe und mir eine Wollmütze tief ins Gesicht ziehe. *Viel zu elegant,* wiederhole ich murmelnd Gudruns Worte. Was sind das für *total feine* Leute, die bei diesem Unwetter eine Verabredung in meinem abgelegenen Restaurant einhalten wollen? Und wie werden wir sie wieder los, wenn wir gänzlich einschneien? Soll ich ihnen dann etwa ein Liebeslager auf den Mehlsäcken in der Abstellkammer anbieten?

Eisige Luft schlägt mir ins Gesicht, als ich nun doch einen Fuß in den tiefen Schnee vor der Tür setze. Die fünfzig Schritte zum Restaurant sind eine sportliche Herausforderung.

Ohne Respekt vor meinem Gewicht drückt mich eine Windbö auf die Bundesstraße. Stapfend und rutschend arbeite ich mich zur anderen Seite nach Deutschland durch. Aus Richtung Prüm nähert sich das orange Licht des Schneepflugs, und aus den Augenwinkeln sehe ich den fremden Jeep vor der *Einkehr*. Die Frontscheibe ist nur leicht mit frischem Schnee bedeckt, die Dame ist offensichtlich gerade erst angekommen.

Gudrun hat recht. Der mit Merinowolle gefütterte Burberry an der Garderobe ist viel zu elegant. Ein Einzelstück, dem ich die Nachbarschaft meiner alten wattierten Jacke nicht zumuten kann.

»Guten Abend.«

Die dunkelhaarige Frau in der hinteren Ecke des Restaurants blickt auf, ohne meinen Gruß zu erwidern. Sie lächelt. Nicht geheimnisvoll, wie Gudrun gesagt hat, aber auch nicht wirklich freundlich. Eher grimmig. Wahrscheinlich ist die feine Dame das Warten nicht gewohnt. Eine Verspätung aber darf man bei dieser entfesselten Naturgewalt in der Schnee-

Eifel, kurz Schneifel genannt, niemandem als böse Absicht auslegen.

»Ihre Begleitung wird schon noch kommen«, springe ich für die unbekannte Verabredung in die Bresche, »wird nur was dauern. Die Straßen sind nahezu unbefahrbar.«

Da auch diese Bemerkung kommentarlos hingenommen wird, begebe ich mich in die Küche.

»Hast du das gesehen?«, begrüßt mich Gudrun aufgeregt, »die trägt bei Tisch sogar lange Handschuhe – ganz dünne glänzende, aus Seide, glaube ich.«

»Was hat sie bestellt?«

Gudrun deutet auf den Herd, wo etwas leise köchelt. Ich hebe den Deckel vom Topf und schüttele ratlos den Kopf.

»Genau«, sagt Gudrun. »Aber sie hat auf der Karte ausdrücklich auf den Lapacho getippt.«

»Was?! Hast du ihr gesagt, dass es ewig dauert, bis dieser Indianertee fertig ist?«

Gudrun nickt.

»Aufkochen, fünf Minuten köcheln und eine Viertelstunde lang ziehen lassen«, referiert sie.

»Und sonst hat sie nichts bestellt? Nicht einmal ein Wasser?«

Gudrun schüttelt den Kopf.

»Aber ich habe trotzdem schon mal den teuersten Champagner kalt gestellt. Für wenn der Mann kommt. Die meisten Männer mögen doch den Indianertee nicht. Wie David ...« In ihren Augen quellen Tränen, wie immer, wenn sie den Namen ihres einstigen Geliebten ausspricht. David hat den gegen alle erdenklichen Gebrechen wirkenden Tee aus Lapachobaumrinde immer dankend abgelehnt. Und zwar aus gesundheitlichen Gründen, wie er behauptete. Bei Lapacho müsse er nämlich immer an all die vielen Krankheiten denken, die er noch kriegen könnte und durch die negative Kraft dieser Gedanken dann bestimmt auch kriegen würde.

»Hat die Frau irgendwas gesagt?«

»Nee. Sie sitzt nur da und wartet.«

»Dann werde ich mich mal mit ihr unterhalten.«

Ich arrangiere auf einem Tablett eine kleine Auswahl an Spirituosen, Cognac, Armagnac, Whisky und Rum und nähere mich damit dem ersten doppelfädigen Kaschmirkleid, das dieses Restaurant je gesehen hat. Mit meinem gewinnendsten Lächeln stelle ich das Tablett neben der leicht aufgeklappten Handtasche auf dem Tisch ab.

»Vielleicht möchten Sie Ihren Indianertee mit einem kleinen Schuss verfeinern?«

Die Frau lächelt weiter ihr unbestimmbar grimmiges Lächeln. Sie tut nicht einmal so, als nähme sie mich wahr. Doch so schnell lasse ich mich nicht abschütteln. »Ein Bourbon vom gleichen Kontinent wie der Tee? Armagnac kann ich durchaus auch empfehlen. Oder Rum, aber dann natürlich nur vom Feinsten, mindestens sieben Jahre im edlen Holzfass gereift. Nicht das billige Zeugs, womit sich die meisten Leute den Tee ruinieren.«

Mit den meisten Leuten hat diese perfekt geschminkte Frau nichts zu tun. Jedenfalls nicht mit denen, die im echten Leben herumlaufen.

Sie sieht genauso aus wie das Mädchen auf dem Cover der Fernsehzeitschrift, neben dem jede Woche erstaunlicherweise ein anderer Name steht. Den kann ich mir merken, das abgedruckte Gesicht dazu nicht, da sich nichts Bemerkenswertes aus der retuschierten Makellosigkeit hervorhebt. Selbst bekannten Schauspielerinnen fehlen auf diesen Fotos jegliche charakteristische, unverwechselbare Merkmale. Alles Markante ist gleichmäßig glatt gebügelt. Wie bei der konturlos schönen Frau, die da so seltsam lächelnd vor mir sitzt. Sie scheint einem 3-D-Bildprogramm entsprungen zu sein. Offensichtlich hat hier ein ehrgeiziger Schönheitschirurg sein Meisterstück in ästhetischer Vollkommenheit ablegen wollen. Herausgekommen ist dabei ein Gesicht, das man wie einen perfekten Kreis bestaunt; eine Demonstration großen inhaltsleeren Könnens. Da die Frau Handschuhe trägt und ihr Hals unter einem Seidenschal versteckt ist, kann ich ihr Alter nicht einmal annähernd schätzen. Vielleicht ist sie unter dreißig. Oder sechzig. Oder irgendetwas dazwischen.

»Keinen Schuss?«

Sie würdigt mich immer noch keines Wortes, sondern nur einer ungeduldigen Handbewegung. Fort, fort. Mit mir und dem Alkohol. Das Lächeln bleibt festgeklebt.

Auf dem Weg in die Küche halte ich das Tablett noch in der Hand, als die Tür aufgeht.

Ein Mann tritt ein. An der Tür stampft er Schnee von den Stiefeln, zieht die dicke Daunenjacke aus, hängt sie achtlos an den Haken neben den Burberry und stopft eine Wollmütze darüber. Der etwa Sechzigjährige ist sehr schlank und weist dichtes, drahtiges Grauhaar über einem zerfurchten, in früheren Jahren womöglich attraktiveren Gesicht auf. Allerdings keine Spur von Eleganz, wenn man mal von seiner sehr aufrechten Haltung absieht. Selbst aus ein paar Schritten Entfernung sehe ich den abgewetzten Hemdkragen unter einem ausgeleierten grauen Wollpulli. Eine blaue Skihose und Schneestiefel komplettieren eine Aufmachung, die eher den draußen tobenden Elementen Widerstand bietet, als dem lächelnden Element in meiner Gaststube entgegenkommt. Den Champagner können wir vergessen. Für ein Date hat sich dieser Herr nicht zurechtgemacht.

»Guten Abend«, sagt er freundlich zu mir und geht langsam auf die Frau zu. Die steht lächelnd auf. Der Grauhaarige lächelt nicht. Ich kombiniere rasch: Wenn die Frau fünfzig oder sechzig ist, könnte er ihr Exmann sein. Der mit seiner beklagenswerten Gewandung ein Statement abliefert: Schau her, wie du mich nach der Scheidung ausgenommen hast! Während du dich ständig rundum erneuern lässt, kann ich mir nicht mal einen neuen Pullover leisten.

Aber vielleicht ist die Frau erst dreißig und der Mann ihr Vater. Mit dem sich diese Dame in unserer Einödwirtschaft verabredet hat, weil sie sich mit ihm nicht in den feinen Etablissements der Großstadt sehen lassen will, die sie ansonsten frequentiert. Hier bei den bodenständigen Eifelern braucht sie keine unangenehmen Spekulationen über eine möglicherweise bescheidene Herkunft zu befürchten. Und die Grenzlage bringt es mit sich, dass Fremde hier schön anonym bleiben können.

Ich stelle das Tablett auf dem Buffet ab, ergreife ein anderes voller Teelichter und beginne diese langsam auf den Tischen zu verteilen. Von der Begrüßung dieses ungleichen Pärchens möchte ich nichts verpassen. Was für eine Stimme mag wohl aus dieser Larve kommen? Wie sehen die Zähne hinter diesen blutrot geschminkten, formvollendeten Lippen aus?

Doch die Frau sagt kein Wort. Immer noch lächelnd greift sie langsam in ihre offene Handtasche. Aha, kombiniere ich, das Portemonnaie. Sie wird die abgerissene Gestalt auszahlen, sich gar nicht erst lange mit diesem Mann abgeben.

Das tut sie auch nicht.

Sie zieht eine kleine silberne Pistole aus der Tasche, zielt auf den grauen Pullover und drückt ab. In aller Ruhe.

Ich registriere nicht, ob der Mann schwankt oder sofort zu Boden sackt; ich starre mit offenem Mund auf die Frau. Kann doch nicht sein, dass die soeben einen Schuss abgefeuert hat. Das ist unwirklich, ungeheuerlich. Mein Hirn erfasst gar nicht, was sich da vor meinen Augen abspielt.

Der scharfe helle Knall bleibt in der Luft hängen, hallt in meinen Ohren und im leiseren Klicken des Schnappschlosses nach. Die Frau hat die Pistole wieder in ihrer Handtasche verstaut. Jetzt geht alles ganz schnell. Sie wirft einen Geldschein auf den Tisch und eilt zur Garderobe. Ich sollte ihr ein Bein stellen, aber ich bin unfähig, mich zu rühren, bin wie in einem bösen Traum im Boden festgewurzelt. Das Tablett in meiner Hand zittert.

»Waas …!«

Gudruns Schrei löst mich aus meiner Erstarrung. Ich deute zur Haustür, die sperrangelweit offen steht. Mit dem Abseihsieb in der Hand sprintet Gudrun an mir vorbei. In ihrer Hast rutscht sie aus einer Birkenstocksandale, schleudert auch die andere ab und rennt in Strümpfen hinaus in den Schnee.

Mein Herz, das soeben mit der Arbeit ausgesetzt hat, holt dies jetzt mit umso heftigerem Pochen nach. Meine Knie beben, in meinem Kopf rauscht es; mir wird schwindlig. Ich sollte mich hinsetzen, aber ich muss nach dem Opfer auf dem Boden sehen. Draußen heult ein Motor auf.

Ich knie neben dem Mann nieder und sehe, wie sich der rote Fleck auf seinem Pullover ausbreitet. Was kann oder soll ich tun? Dem armen Kerl ist nicht mehr zu helfen. Der Schuss muss ihn mitten ins Herz getroffen haben. In seinen weit geöffneten leblosen Augen lese ich einen stummen Vorwurf.

Zu Recht. Ich hätte heute Abend nicht vor die Tür treten und Gudrun hätte die Frau nicht ins Restaurant lassen dürfen. Dann wäre alles gut gewesen. Jedenfalls für uns.

Ein eisiger Hauch weht durch den Raum; das Teelicht auf dem gerade verwaisten Tisch flackert und erlischt. Mit lautem Knall fällt die Haustür ins Schloss.

Wie in Trance zerre ich, immer noch kniend, an einem Zipfel des weißen Tuchs vom Nebentisch, reiße es runter und werfe es über die Leiche. Ich kann bestimmt klarer denken, wenn mich die toten Augen nicht länger anstarren.

»Konnte sie nicht aufhalten!«, keucht Gudrun und wirft achtlos das Abseihsieb gegen die Garderobe. Diese Handlung widerspricht so gründlich ihrer Natur, dass in mir ein kleiner Funke Hoffnung aufleuchtet. Vielleicht ist das Ganze wirklich nur ein böser Traum.

Gudrun streicht eine nasse blonde Strähne aus der Stirn, bückt sich, hebt die Tischdecke kurz an und fährt dem Mann mit der Hand übers Gesicht.

»Katja! Du hast ihm ja nicht einmal die Augen geschlossen! Geh nicht an den Tisch da ran, sonst zerstörst du noch Spuren. Komm, ab in die Küche!«

»Schnee«, murmele ich und deute vorwurfsvoll auf ihre bis zu den Waden weiß eingekleisterten Beine. Gott sei Dank, ich träume. Gudrun würde doch nie Schneematsch auf den von ihr frisch gewienerten Eichendielen verteilen. Jeder andere, aber nicht Gudrun. Nicht die Frau, die ich nur mühsam davon habe abhalten können, den Gästen der *Einkehr* Pantoffeln wie im Schloss Sanssouci aufzudrängen. Sie hatte die Dinger sogar schon im Internet bestellt.

»Katja!«

»Putzen«, bringe ich hervor und mache eine unbeholfene Schrubberbewegung. Gudrun soll endlich das tun, was sie am besten kann! Nichts scheint mir wichtiger zu sein, als alle Spuren zu beseitigen, um das Ungeheuerliche ungeschehen zu machen. Die Leiche muss weg!

Wir könnten sie im tiefen Schnee hinterm Haus einbuddeln. Dann kehre ich zu Linus und dem Kaminfeuer zurück, öffne eine Flasche Wein und schau mir einen Krimi im Fernsehen an. Der fürchterliche Vorfall wird morgen früh nur ein Film gewesen sein. Und wenn es in ein paar Wochen taut, dann ist hinter der *Einkehr* leider ein Landstreicher erfroren, der in einen Blizzard geraten ist und es nicht bis zur Tür des Restaurants geschafft hat. Allerdings gibt es da ein kleines Problem: das Loch in seiner Brust. Im Schneesturm ist kein Jäger unterwegs. Vor allem keiner, der Wildschweine mit einer Pistole erlegt.

»Katja!« Gudrun rüttelt mich an den Schultern. »Marcel. Du musst sofort Marcel anrufen. Der weiß, was zu tun ist. Marcel, Katja! Wach endlich auf! Wir müssen was tun! Ruf ihn an!«

Ach ja, Marcel, denke ich, als sie mich wie eine schwerbehinderte alte Frau in die Küche geleitet. Habe ich doch glatt vergessen, wie nützlich er als Polizist sein kann. Das war er als Liebhaber auch mal gewesen, mehr als nützlich. Zärtlich und herzerwärmend konnte er sein – sofern man ihm nicht in die Quere kam. Lang, lang ist's her. Es ist überhaupt ziemlich lang her, dass er sich hier hat blicken lassen.

Ich kann aber auch nicht behaupten, dass ich ihn ermutigt hätte. Schließlich bin ich ja nicht für immer – und vor allem nicht seinetwegen – in die Eifel zurückgekehrt. Ich bleibe nur, bis Gudrun ihren Kummer endgültig verschmerzt hat und ich einen Käufer für mein altes belgisches Bruchsteinhaus gefunden habe. Und bis Linus das Zeitliche gesegnet hat. Ich darf den Hund nicht wieder verlassen, aber in die Großstadt kann ich ihn auch nicht mitnehmen. Es wäre unzumutbar für den sein Leben lang freilaufenden Labrador-Staffordshire-Terrier, an der Leine durch Straßenschluchten gezogen zu werden, und unzumutbar für mich, ihn mit einer Kehrschaufel zu begleiten, um seine Häufchen in zertifizierten Hundeklos zu deponieren. Linus würde in einer Berliner Dreizimmerwohnung vor Gram und Heimweh garantiert vorzeitig das Zeitliche segnen. Deshalb hatte ich das Tier im vergangenen Winter bei Gudrun und David zurückgelassen.

»Gut, wenn ein Kind mit Hund aufwächst«, hatte ich den beiden und mir selbst eingeredet. Wie hätte ich damals ahnen sollen, dass sich Gudruns verzweifelter Kinderwunsch in einer Scheinschwangerschaft manifestieren würde? Ihr Bauch hatte sich tatsächlich gerundet, und sie hatte dauernd davon gesprochen, wie der kleine Davidspross in ihr wachse. Zum Arzt war sie nie gegangen; sie vertraue auf die Hebamme in der Nachbarschaft, hat sie gesagt; das sei in der Eifel so üblich. Die Hebamme hat sie, wie mir Hein später berichtete, nie aufgesucht.

»War doch klar, dass sie zu alt ist, für zu werfen«, bemerkte er mit der ihm sehr eigenen Sensibilität. Diesen Spruch hieb ihm sein Lebenspartner Jupp, unser vierschrötiger Hand- und Waldwerker, dankenswerterweise sofort milde um die Ohren: »Ich bin noch ein ganzes Stück älter, Hein, und trotzdem würde ich gern mit dir ein Kind adoptieren. Vielleicht geht das ja bald.«

»Erst heiraten«, sagte Hein, aber dazu schüttelte Jupp den Kopf. Eine Ehe zwischen Männern war für diesen schwulen Eifeler undenkbar. »Ehe ist Ehe. Und eine Homo-Ehe ist keine richtige von Gott gesegnete Ehe zwischen Mann und Frau.«

»Du solltest in die CSU eintreten«, sagte ich.

»Würde ich, aber gibt es hier nicht«, antwortete er zu meinem Entsetzen.

»Das ist nicht dein Ernst! Da könntest du nie ein Kind adoptieren.«

»Wenn ich drin wäre, könnte ich denen das erklären. Dann wäre ich ja einer von ihnen.«

Stattdessen ist er einer von uns. Wir sind die, die es sich nicht aussuchen, in Mordfälle verwickelt zu werden, die aber diesem Schicksal offenbar nicht entkommen können.

In der Küche stellt mir Gudrun eine Tasse Indianertee hin.

»Trink!«, befiehlt sie. »Der heilt alles, auch deinen Schock.«

Gehorsam nehme ich einen Schluck des Getränks, das die Mörderin bestellt hat, und staune darüber, dass ich mir um Gudrun überhaupt je Sorgen gemacht habe. Nichts erinnert an das Häufchen Elend, zu dem sie augenblicklich zusammensackt, wenn der Name David fällt. Wie resolut sie doch ist und wie patent und vernünftig sie angesichts der Katastrophe jetzt reagiert. Ich wüsste gar nicht, was ich jetzt ohne sie tun sollte. Sie behält einen klaren Kopf und macht alles richtig.

Ruft zuerst Marcel an und informiert dann Hein und Jupp. Sagt zu denen einfach: »In der *Einkehr* hat gerade eine Frau einen Mann erschossen. Ja, Marcel kümmert sich um alles. Bleibt, wo ihr seid, zu gefährlich auf der Straße. Ich ruf euch später an.« Meinen Namen erwähnt sie auch. Was sie über mich ins Telefon nuschelt, kann ich zwar nicht verstehen, mir aber denken.

»Geht es dir besser?«, fragt sie sachlich, als sie aufgelegt hat und ihre angefrorenen Beine mit einem Frotteehandtuch warm rubbelt.

Mir ginge es erheblich besser, wenn ich jetzt etwas zu essen hätte. Es war schon immer so. Andere Leute müssen einen Mord erst mal verdauen; ich muss ihn verkauen. Darum deute ich zu den Schokokuchen unter der Plastikhaube auf der Anrichte.

Gudrun lässt das Handtuch fallen.

»Davids Brownies«, schluchzt sie und hebt die Haube an. »Ich habe sie heute zum ersten Mal wieder gebacken.«

»Das war sehr tapfer von dir.« Ich kann kaum erwarten, mir die köstliche Schokolade im Mund zergehen zu lassen.

»Ja«, sagt sie nur und zelebriert den Transport zweier Brownies auf einen Teller für meinen Geschmack viel zu langsam. Um wieder ganz zur Besinnung zu kommen, benötige ich dringend Nervennahrung.

»Vor allem, weil ich dabei die ganze Zeit daran gedacht habe, was das für ein Mann ist, der eine schwangere Frau sitzen lässt«, setzt sie hinzu.

»Du warst nicht schwanger, Gudrun.« Ich atme tief durch. Wir bewegen uns wieder auf sehr dünnem Eis.

»Hat sich aber so angefühlt.«

»Du gehst doch noch zur Psychologin?«

Sie schüttelt den Kopf und knallt mir den Teller hin.

»Bringt doch nichts, die kann mir mein Baby auch nicht wiedergeben.«

Aber deinen Verstand, will ich sagen, kann die Worte jedoch gerade noch rechtzeitig mit dem ersten Browniebissen runterschlucken. Wie schnell man bekloppt werden kann, habe ich ja eben erst am eigenen Leib erlebt. Zum Glück beginne ich wieder, klar zu denken.

Nach Gudruns Anruf hat der belgische Polizeiinspektor Marcel Langer die Meldung sofort an die zuständigen Kollegen in Euskirchen weitergegeben. Schließlich steht mein Restaurant auf nordrhein-westfälischem Hoheitsgebiet. Aber als Spezialist für unpassierbare Schneifeler Winterstraßen und für Morde auf der Kehr trifft Marcel als Erster bei uns ein. Ich traue meinen Augen nicht: Er trägt nicht nur nicht Uniform, sondern eine Soutane.

»Don Camillo«, begrüßt er mich knapp, »komme gerade von der Generalprobe. Was genau ist hier passiert?«

Hätte man in seinem Dorftheater den Polizisten nicht als Peppone casten sollen? Nein, bei seinem so wenig ordnungshüterhaftem Aussehen wäre selbst der schräge Bürgermeister noch eine Fehlbesetzung gewesen. Marcels inzwischen fast grauer Schnurrbart ist schräg gestutzt, sein immer noch volles dunkles Haupthaar hängt ihm wirr ins Gesicht und steht am Hinterkopf ab. Als er beim Hinsetzen die Soutane rafft, sehe ich einen blauen Kniestrumpf und eine schwarze Socke. Sein Gesicht wirkt viel schmaler, als ich es in Erinnerung habe. Wahrscheinlich ist er grausamer Fehlernährung ausgesetzt. Ich zurre die Kette fester, die ich um mein Herz gelegt habe und die gerade bedenklich auseinanderzugehen droht. Gut, Marcel sieht ziemlich verwahrlost aus. Nicht mein Problem. Ich habe ein ganz anderes. In meinem Restaurant ist vor meinen Augen soeben ein Mord verübt worden, und ich bin die einzige Zeugin.

Solange die Leiche in meinem Gastraum liegt, möchte ich die Küche eigentlich nicht verlassen. Aber Marcel besteht darauf. Gudrun hat ihm am Tatort zwar erzählt, was sie weiß, aber schließlich hat sie in der Küche den Tee zubereitet, als der Schuss gefallen ist. Nur ich kann genau aussagen, was sich in meinem Gastraum abgespielt hat.

»Komm mal mit«, sagt Marcel und streckt mir seine Hand entgegen.

Es wäre aus vielen Gründen verlockend, sie zu ergreifen. Aber aus genauso vielen widerstrebt es mir.

»Möchtest du ein Brownie?«, frage ich, die Hand ignorierend. Ich halte ihm den Teller hin.

»Nein danke, aber bitte einen Kaffee, Gudrun. Und jetzt komm mal, Katja.«

»Vielleicht warte ich doch lieber auf die zuständige Polizei«, weiche ich aus. »Die deutsche. Dann muss ich nicht alles zweimal erzählen.«

»Ich fürchte, du wirst es noch sehr viel öfter erzählen müssen. Da kann eine Generalprobe nicht schaden.«

»Na, damit bist du ja gerade in Übung.« Ich wuchte mich aus dem Stuhl und folge ihm.

Wir setzen uns an den Tisch, dessen Tuch zu unseren Füßen Anderweitiges bedeckt.

»Ich fasse zusammen«, sagt Marcel. »Die Frau sitzt hier

am Nebentisch, der Mann kommt rein und geht zu ihr hin. Sie steht auf, zieht eine Pistole aus der Handtasche und schießt ihm in die Brust. Einfach so?«

Ich nicke. »Einfach so. Und sie hat dabei die ganze Zeit gelächelt.«

»Gelächelt? Auch als sie geschossen hat?«

Ich zögere. »Wahrscheinlich, aber beschwören könnte ich das nicht.«

»Klar, da warst du zu geschockt, für drauf zu achten.«

»Um«, murmele ich.

»Wie bitte?«

»Nichts.«

Er zieht einen Zigarillo aus der Tasche und schenkt mir ein maliziöses Lächeln.

»Holst du es mir übel, wenn ich jetzt eine rauche? Das Restaurant ist ja geschlossen.«

Das macht er mit Absicht. Er hat mich genau verstanden. Er hat nicht vergessen, was ich ihm in den vielen Jahren unseres Zusammenseins über die missverständlichen Eifeler Derivate der deutschen Sprache vorgetragen habe. Ich tue ihm nicht den Gefallen, die Korrektur zu wiederholen, um mir dann einen Vortrag über die Eigenständigkeit des Dialekts der Deutschsprachigen Gemeinschaft Belgiens anzuhören. Ich kehre zum wirklich Wichtigen zurück:

»Kaum bin ich hier, geht das elende Morden schon wieder los.«

»So würde ich das nicht sagen. Du bist schon ziemlich lange wieder hier.«

»Aber diesmal kannst du mich nicht verdächtigen.«

»Ich habe dir nie etwas Böses gewollt, Katja, das weißt du.«

»Ich weiß, dass du mich einmal eingesperrt hast.«

»Zu deinem eigenen Schutz, wenn ich dich daran erinnern darf. Und wieso eigentlich sollte ich dich diesmal nicht verdächtigen?«

Ich starre ihn fassungslos an.

»Du bist die einzige Zeugin«, sagt er ruhig. »Schon das ist prinzipiell immer verdächtig. Du behauptest, gesehen zu haben, dass die Frau geschossen hat. Das ist noch lange kein Fakt. Genauso gut könnte es sein, dass *du* den Mann erschossen hast und die fremde Frau vor Schreck abgehauen ist.«

»Warum sollte ich so etwas tun?«

»Das weiß ich doch nicht! Ich weiß ja überhaupt nichts mehr von dir. Vielleicht ist dir ein unbequemer Lover aus Berlin gefolgt. Wäre ja auch nicht das erste Mal.«

Verletzungen über Verletzungen, und zwischen uns liegt ein toter Mann.

Ich greife nach jener Hand von Marcel, die den unangezündeten Zigarillo nicht hält.

»Du kannst gerne rauchen«, sage ich. »Das Restaurant ist geschlossen. Aber bitte glaube mir: Ich kenne den Mann überhaupt nicht. Ich habe ihn noch nie im Leben gesehen ...«

Meine Stimme ebbt ab. Ich habe ein Déjà-vu. Genau diese Worte habe ich Marcel bei unserer allerersten Begegnung entgegengeschleudert. Und damals waren sie gelogen.

Marcel rennt die offene Tür nicht ein. Seine hochgezogene Augenbraue verrät mir, dass er bereit ist, Gnade walten zu lassen, zumindest vorerst.

»Jedenfalls habe nicht ich ihn erschossen, sondern diese Frau. Das musst du mir einfach glauben«, beende ich mein Plädoyer.

Er zieht seine Hand fort, um sie auf meine zu legen und sanft zu streicheln. Richtig unangenehm ist mir das nicht.

»Natürlich glaube ich dir, Katja. Ich wollte dich nur darauf hinweisen, wie fragwürdig eine Hauptzeugin sein kann. Manchmal füllt man Erinnerungslücken mit der eigenen Phantasie aus. Und es soll auch schon passiert sein, dass man einen belgischen Polizeiinspektor einfach dreist anlügt, n'est-ce pas?«

Klar, an offenen Türen kann er also doch ebenso wenig vorbeigehen wie ich damals bei meiner ersten Ankunft in der Eifel. Er hört auf, meine Hand zu streicheln, nimmt sich eine Streichholzschachtel vom Tisch und zündet sich sehr umständlich den Zigarillo an.

»Und jetzt«, fährt er freundlich fort, während er mich in eine blaue Wolke einhüllt, »gibst du mir bitte eine möglichst genaue Beschreibung der Täterin.«

Ich schüttele den Kopf.

»Das ist schwer.«

Marcel blickt mich intensiv an. Mir wird sehr unbehaglich.

»Die Beleuchtung hier ist zwar etwas schummrig, aber gut genug, für zu sehen, was du für schöne graue Augen hast. Und wie breit deine weiße Haarsträhne geworden ist. Tja, an dir sind die Jahre eben auch nicht spurlos vorbeigegangen, vor allem die vergangenen Monate nicht. Also, Katja, wie sah die Frau aus?«

Ich hebe die Schultern. Zu seinem Kompliment, seiner Beleidigung und seiner Frage nach dem Äußeren der Täterin.

»Tut mir leid, Marcel, da muss ich passen.«

»Ihr habt sie doch bedient und mit ihr geredet?«

»Sie hat kein Wort gesagt.«

»Wie hat sie dann die Bestellung aufgegeben?«

»Sie hat auf die Getränkekarte getippt«, meldet sich Gudrun. Sie stellt Marcel den Kaffee so eilig hin, dass er überschwappt, sprintet zum Buffet, holt einen Aschenbecher und murmelt verärgert: »Wie sollen wir bei dem Wetter lüften?«

Marcel blickt auf den Nebentisch.

»Das Glas ist doch nicht etwa in der Spülmaschine?«

»Sie hat Tee bestellt, und der war noch nicht fertig«, sage ich. »Nichts hat sie zu sich genommen. Und nichts mit bloßen Händen angefasst. Sie trug nämlich die ganze Zeit Handschuhe.«

»Aus sehr feiner Seide«, setzt Gudrun hinzu.

»Und wie sah die Frau sonst noch aus?«

»Sag du es ihm«, fordert mich Gudrun auf.

Ich schüttele wieder den Kopf.

»Mensch, Katja, du hast sie doch angeschaut!«

»Ja.«

»Und?«

»Und nichts.«

»Wie nichts? Irgendwie muss die Frau ja wohl ausgesehen haben.«

»Dunkel. Glatt. Unbeschreiblich.«

»Etepetete«, seufzt Marcel. »Das hat Gudrun schon zu Protokoll gegeben.« Er nickt ihr freundlich zu.

»Du darfst hier gar kein Protokoll aufnehmen!«

»Die Kollegen aus Euskirchen sind gleich da. Die freuen sich, wenn ich ihnen die erste Arbeit abhole.«

Wieder korrigiere ich ihn nicht. Ich finde mich damit ab, zurück in der Eifel zu sein. Wo gemordet wird, was das Zeug hält, und sich sprachlich kein Mensch das *nimmt,* was er sich holen kann. Widerstand zwecklos. Ich bin dabei.

»Hol mir doch bitte ab«, sage ich also, »dass diese Frau ein Kunstprodukt ist, das jeder Beschreibung spottet.«

»Versuch es. Du warst mal Modejournalistin, musst doch einen Blick dafür haben.«

»Ja, für die Klamotten schon. Edel gekleidet, alles vom Feinsten, graues doppelfädiges Kaschmirkleid, heller Seidenschal, der Mantel: ein vermutlich merinogefütterter Burberry ...«

»Was ist das, und wie schreibt man das?«

»Kein Parfüm«, sage ich plötzlich. »Das ist komisch.«

»Wieso?«

»Wer sich so stylt, vergisst doch nicht das Parfüm.«

»Enfin, geht doch. Hatte sie eine große oder eine kleine Nase?«

»Eine schön modellierte Nase.«

»Welche Augenfarbe?«

»War zu schummrig, *für* das zu sehen.«

»Dunkel oder hell?

»Eher dunkel. Alles an ihr war irgendwie verdunkelt. Außer ihrer Haut. Die war sehr hell geschminkt.«

»Na, geht doch«, wiederholt er. »Wenn der Schock nachgelassen hat, wirst du in Euskirchen beim Erstellen eines Phantombilds assistieren können.«

»Nicht nötig.«

»Wie meinst du das?«

»Nimm einfach meine Fernsehzeitschrift«, sage ich, »die Frau auf dem Cover.«

»Welche Ausgabe?«

»Jede.«

»Sehr hilfreich.«

Er deutet auf den Nebentisch, lässt sich sagen, wo die Täterin gesessen hat, steht auf und hebt den Geldschein mit einer Pinzette an. Jetzt erst sehe ich, dass uns die Frau zweihundert Euro gespendet hat. Gäste, deren Bestellung von der Speisekarte abweicht, werden in keinem Restaurant gern gesehen und müssen dafür meist extra zahlen, aber das, was diese Frau selbst angerichtet hat, ist nicht mit Geld aufzuwiegen.

»Sind die von ihr?«

Ich nicke.

»Für was, wenn sie nichts konsumiert hat?«

»Für Indianertee«, meldet sich Gudrun.

Zähneknirschend setze ich hinzu: »Mit Schuss. Aber den hat sie nicht bestellt, sondern selbst dazugegeben.«

Marcel steht auf und lässt den Schein an der Garderobe in die Tasche seines Wintermantels gleiten.

»Damit er nicht ...«

»... wegkommt«, vervollständige ich seinen Satz, während Marcel sein schrillendes Handy aus der Tasche fischt. »Das

Geld steht uns zu!«, übertöne ich den immer noch gleichen überlauten Klingelton, der mich schon früher so genervt hat.

Marcel schreit auch. Ins Telefon.

»Ja! Ich verstehe euch. Was? Schon wieder? Das ist ja schrecklich! Keine Sorge, ich habe hier alles unter Kontrolle. Natürlich leiste ich Amtshilfe. Der Tatort ist schon abgesichert.«

Ganz toll abgesichert: Die Tischdecke habe ich über die Leiche gelegt. Wahrscheinlich wird er gleich belgisches Absperrband aus dem Auto holen. Geht die Amtshilfe so weit, dass er das in Deutschland aufspannen darf? Und wie lange wird es mein Restaurant verunstalten? Wann wird die Leiche abtransportiert? Wird er sich jetzt etwa um all das kümmern, was die deutsche Polizei tun sollte?

»Was ist denn so Schreckliches passiert?«, will ich wissen.

»Verkehrsunfall auf der Autobahnabfahrt in Blankenheim. Ein osteuropäischer Schwertransporter ist umgekippt und mehrere Autos sind da reingefahren. Jetzt sind dort alle verfügbaren Einsatzkräfte gefragt. Wird also noch was dauern, bis die Kollegen aus Euskirchen zur *Einkehr* kommen können.«

Gudrun stellt ihm eine zweite Tasse Kaffee hin.

»Richtig so. Hier ist ja schon Schlimmes passiert, und da kann die Polizei noch Schlimmeres verhindern.«

»Genau so ist es.« Marcel schenkt Gudrun einen freundlichen Blick. »Du denkst mit. Und passt auf. Du hast also gesehen, dass die Frau die Bundesstraße verlassen hat und nach rechts Richtung Krewinkel gefahren ist?«

Gudrun zögert.

»Ich habe nicht deutlich sehen können, ob sie da wirklich abgebogen ist, aber ihr Blinker war an.«

»Die Plaquennummer hast du nicht lesen können?«

»Nein, dafür war sie zu flott unterwegs.«

Marcel hebt eine Augenbraue.

»Bei den Straßenverhältnissen?«

»War frisch geräumt. So was Blödes. Der Schneepflug kommt immer dann, wenn man ihn nicht braucht! Bin mir nicht sicher, aber ich glaube, es war eine rote belgische Nummer.«

Da es zur Täterin nichts mehr zu sagen gibt und ihn die Euskirchener Kollegen um Amtshilfe gebeten haben, kümmert sich Marcel jetzt um das Opfer. Außer einem Ein-Euro-Stück und einem Kamm fördert er aus den Taschen der Skihose nichts hervor.

Ich deute zur Garderobe. »Da hängt noch seine Jacke. Vielleicht ist da ein Ausweis drin.«

Marcel springt auf.

»Warum hast du das nicht gleich gesagt?«

»Hast du etwa geglaubt, der Mann ist bei diesem Wetter ohne Jacke hergekommen?«

»Ich dachte, es ist deine Jacke. Du hast doch genauso ein Ding.«

Er hat recht. Eine ähnlich unförmige schlammfarbene Jacke hängt über dem Stuhl in der Küche. Wie bizarr, dass mich, die frühere Moderedakteurin, ausgerechnet ein so unelegantes Kleidungsstück mit dem toten Mann auf dem Boden verbindet.

Marcel durchsucht mit geübtem Griff die Jackentaschen. Er kehrt mit einer einstmals edlen, inzwischen aber ziemlich abgegriffenen schwarzen Lederbrieftasche an den Tisch zurück, setzt sich, zieht einen Ausweis hervor und springt sofort wieder auf.

»No di pipp!«

»Was ist los?«, frage ich gespannt.

Er strahlt.

»Womit ein Fall geklärt ist.«

»Der Fall ist schon geklärt?«, frage ich verwirrt. »So schnell geht das?«

»Nicht dieser. Ein anderer. Ein Vermisstenfall, den wir zu den Akten gelegt haben. Jean-Marie Lambert. Der ist vor fünf Jahren plötzlich verschwunden.«

»Ein Belgier?«

Marcel nickt.

»Und wer war er?«

Der belgische Polizeiinspektor schweigt einen Moment und zupft an seiner Soutane herum.

»Früher hatte ich bei dir zu Hause immer was für umzuziehen«, murmelt er.

»Früher warst du ja auch öfter hier.«

»Weil ich mich willkommen fühlte. Das hat sich allerdings deutlich geändert.«

»Dann geh doch, wenn es dir hier zu ungemütlich ist.«

»Bitte nicht streiten!«, fleht Gudrun. »Und bleib, Marcel. Es ist hier doch nie gemütlich, wenn jemand ermordet wird. Der arme Mann.«

Betroffen nicken wir alle zum Tischtuch hin.

»Sag schon, Marcel, wer war er?«, frage ich. »Vielleicht der Vater der Täterin?«

Der belgische Polizeiinspektor befingert immer noch seine Soutane.

»Eher nicht«, antwortet er. »Wäre bei seinem Beruf nicht sehr opportun gewesen.«

»Was für ein Beruf?«, frage ich verständnislos.

Gudrun begreift schneller.

»Ein Priester!«, ruft sie entgeistert. Sie schlägt die Hand vor den Mund und bekreuzigt sich rasch. »Die Frau hat einen Pfarrer erschossen!«

Als **ZWEITES** trifft nicht ganz milde Schärfe auf Püriertes:

Ingwer-Karotten-Suppe mit Chili, Zwiebeln, Hühnerbrühe und Orangensaft

»Nein«, sagt Marcel. »Sie hat keinen Pastor erschossen, weil der Mann nicht mehr Pastor war. Er hat die Kirche verlassen.«

»Kann er gar nicht«, widerspricht Gudrun. »Einmal katholischer Priester, immer katholischer Priester. Eine Weihe kann niemand rückgängig machen.« Mit einem Seitenblick zu mir: »Du kannst aus diesem Beruf nicht austreten wie aus der Kirche.«

»Ich bin nicht ausgetreten; ich war nie drin«, entgegne ich müde und wende mich an Marcel, bevor Gudrun wieder zu einem ihrer Bekehrungsversuche ansetzen kann: »Jetzt erzähl schon, was du über den Mann weißt! Was für ein Vermisstenfall?«

»Das stimmt nicht ganz, Gudrun«, weicht Marcel aus. »Ein Priester kann sich sehr wohl in den Laienstand versetzen lassen. Die Priesterweihe, insofern hast du recht, kann ihm allerdings keiner mehr nehmen, da diese ein Sakrament ist. Aber ein abtrünniger Herr kann durchaus den Priesterrock ausziehen. Was ich jetzt selber auch sehr gern tun würde.«

Gudrun öffnet ihm ihren Kleiderschrank und zieht sich dann diskret mit mir in den Flur zurück. Durch die halb offene Tür vernehmen wir die Flüche, mit denen Marcel seinen Versuch begleitet, sich in Gudruns offenbar viel zu enge Jeans zu quetschen.

»Zapperloot! Schoss! Hosses Maaria!«

Ich hätte mein Repertoire an Eifeler Kraftausdrücken gern weiter aufgestockt, doch leider erlöst Gudrun den Polizeiinspektor – sicherlich mit Rücksicht auf die Seele des toten Priesters nebenan – viel zu früh aus seiner beklemmenden Lage:

»Die Jogginghose, unten im Schrank!«

Einem Erleichterungsseufzer folgt die Frage nach einem geeigneten Pullover *für über mein T-Shirt*. Wobei es diesmal weniger um die Größe geht als um die Optik. Der Mann, der es überflüssig findet, gleich hohe und farblich zueinanderpassende Socken anzuziehen, zeigt sich angesichts von Strass-Steinchen, Schleifen, rosa Herzen und Brustabnähern von seiner pingeligen Seite. Gegen ein Texanisches Longhornrind hat er allerdings nichts einzuwenden.

Ein solches prangt auf dem orangeroten Sweatshirt, das Gudrun nach einem verschämten Blick zu mir unter ihrem Kissen hervorgezogen hat und dem Polizeiinspektor in den Hochwasserjoggings feierlich überreicht.

»Texas«, liest Marcel die Aufschrift. Er schenkt Gudrun ein trauriges Lächeln. »Das ist ganz in Ordnung. Danke, Gudrun. Ich pass gut drauf auf. Für wenn David zurückkommt.«

Meinen strafenden Blick ignorierend, zieht er sich das Sweatshirt über. Was fällt ihm ein, ihr eine so blödsinnige Hoffnung zu machen? Ich glaube kaum, dass wir David in absehbarer Zeit wiedersehen werden. Dessen Sohn Daniel, der zurzeit in Ohio den Facharzt für Tierschutz erwerben will, hat uns am Telefon erklärt, sein Vater habe sich bei ihm schon lange nicht mehr gemeldet. Offenbar befinde er sich auf Reisen in unerforschte oder zumindest schwer erreichbare Gefilde.

Gudrun lässt die Tränen kullern, streichelt das gehörnte Rindvieh auf Marcels Brust und schluchzt: »David ist ja auch ein Vermisstenfall.«

»Er ist wahrscheinlich auf einer Weltreise«, werfe ich ein.
»Bei den Negern!«
»Das wissen wir nicht, Gudrun«, sage ich, ohne die anrüchige Bezeichnung zu korrigieren.

Das geht nicht so nebenbei. Sofern die Diskussion darüber in diesem Teil der Eifel überhaupt angekommen ist, stößt sie auf gänzliches Unverständnis.
»Wie soll man die denn sonst nennen?«, hat mich Jupp erst vor zwei Tagen rätselnd gefragt.
»Schwarze«, schlug ich vor.
»Aber das stimmt nicht; die meisten sind doch kaffeebraun.«
»Farbige«, warf Hein ein.
Ich schüttelte den Kopf. »Das klingt nach Tuschkasten und ist auch diskriminierend. Wenn auch nicht ganz so schlimm wie …« Mein Gewissen verbot mir, das Wort auszusprechen.
»… Neger«, sagte Jupp unbekümmert nickend.
Ich hätte es wissen sollen. Erlebe ich doch täglich, wie behutsam man hier schon vorgehen muss, wenn man sprachliche Veränderungen einleiten will, die von keinerlei gesellschaftspolitischer Bedeutung geprägt sind.

»David ist vermisst!«
»Nein, Gudrun.« Marcel drückt sie leicht an sich. »Du vermisst ihn, wir alle vermissen ihn, aber offiziell gilt er nicht als vermisst. Das ist etwas anderes. Und jetzt muss ich Euskirchen informieren.«
Wir hängen an seinen Lippen, als er der zuständigen deutschen Ermittlungsbehörde mitteilt, was er über den Ermordeten zu sagen hat. Der belgische Polizeiinspektor kann sich eben leisten, nicht alles zweimal erzählen zu müssen. An alle Einzelheiten aus dem Vermisstendossier könne er sich

nicht mehr so genau erinnern, sagt er, aber der Vorgang würde der deutschen Polizei flott zugehen.

»Ja, belgischer Staatsbürger«, bestätigt Marcel am Telefon, »und die Täterin ist in ihrem Jeep wohl auch nach Belgien geflüchtet. Sie könnte eine belgische Plaquennummer haben, sagt die Zeugin hier. Sieht also ganz so aus, als ob alle Spuren in unser Land führen.« Wie nebenbei setzt er hinzu, dass Jean-Marie Lambert kurz vor seinem Verschwinden aus dem Kirchendienst ausgeschieden sei.

»Warum hat Pastor Lambert nach fast dreißig Jahren als Pfarrer aufgehört?«, fragt Gudrun verstört, als Marcel sein Gespräch beendet hat.

»Vielleicht hängt es damit zusammen, dass die Pfarre Mackenbach im Ourgrund aufgelöst wurde. Obwohl ihm die Diözese Lüttich bestimmt eine andere Pfarre zugewiesen hätte. Vor allem, weil er sehr beliebt war.« Ziemlich klug müsse er auch gewesen sein. Er habe schließlich mehrere Bücher veröffentlicht.

»Erbauliche Schriften?«, frage ich. »Wie klug muss man dafür sein?«

»Sehr klug«, versichert Gudrun mit unüberhörbarem Vorwurf in der Stimme.

»Er hat wissenschaftliche Werke geschrieben«, korrigiert Marcel. »Er hatte nämlich im Fernkursus auch noch Physik studiert.«

»Passt«, sage ich. »Er sah seine Zweifel an Gott begründet und wissenschaftlich untermauert. Darum ist er aus der Kirche ausgestiegen.«

Marcel lächelt.

»Ein wenig Wissenschaft führt von Gott weg, viel Wissenschaft führt wieder zu ihm hin.«

»Sagt wer?«, fahre ich auf.

»Einstein.«

»Der hat auch gesagt, dass Gott nicht würfelt.«

»Weil es das Spiel des Teufels ist«, meldet sich Gudrun und fragt zaghaft: »Könnte der Pfarrer spielsüchtig gewesen sein?«

»Glaub' ich nicht«, erwidert Marcel, der auf Gudruns abwegige Kommentare schon immer ernst eingegangen ist. »Davon hätte uns seine Schwester erzählt. Bei der hat er gewohnt, und sie hat ihn vor fünf Jahren als vermisst angegeben.« Er seufzt. »Ich werde ihr Bescheid sagen müssen.«

Ich schüttele den Kopf.

»Heute nicht. Du wirst bei dem Wetter unmöglich bis nach Mackenbach durchkommen.«

»Sie wohnt in Atzerath.«

»Wie praktisch für die Gläubigen von Mackenbach!«

»Die gibt's da nur auf dem Friedhof. Mackenbach ist kein richtiger Ort. Außer der St.-Laurentius-Kirche steht da nur noch eine Vereinshalle. Zur früheren Pfarre gehörten einige Ourgrunder Dörfer, darunter eben auch Atzerath. Die Gemeinde war voll des Lobes über ihn; er hatte keine Feinde.«

»Vielleicht musste er untertauchen. Weil ihm jemand an den Priesterkragen wollte. Gerade jetzt, wo überall in der katholischen Kirche von Miss…«

»Du musst nicht alles glauben, was man da so sagt«, unterbricht mich Gudrun mit unverhohlener Schärfe. »Das sind ganz seltene böse Ausnahmen.«

»Über ihn ist mir diesbezüglich damals nichts zu Ohren gekommen«, versetzt Marcel hinzu. *Missbrauch* in Zusammenhang mit der katholischen Kirche ist für diese beiden Eifeler offenbar genauso unaussprechlich wie die hier gängige Bezeichnung für Menschen mit anderer Pigmentierung für mich.

»Was natürlich nicht was heißen muss«, fährt Marcel fort. »Gerade bei dieser scheußlichen Sache ist meistens Schweigen angesagt. Und irgendeinen Grund für unterzutauchen muss er ja gehabt haben. Wenn nicht mal seine Schwester weiß, wo er gesteckt hat.«

»Vielleicht ist er ins Ausland gegangen?« Ich sehe Gudrun an. »Als Missionar nach Afrika?«

»Ja, genau, um die armen Wilden zu bekehren.«

»Wilde gibt es da kaum noch.« Jetzt lauere ich nur noch auf die *Neger*. Ein zweites Mal werde ich ihr die nicht durchgehen lassen. Kann ja nicht schaden, ein bisschen politische Korrektheit auf die Kehr zu bringen, oder? Aber sie erspart mir die Unbequemlichkeit und erkundigt sich stattdessen bei Marcel, wann die deutsche Polizei eintreffen werde.

»Erst morgen früh, wenn die Straßen wieder frei und die Einsatzkräfte verfügbar sind. Und jetzt würde ich gern was essen.« Er wehrt ab, als ich ihm den Teller mit den Brownies zuschiebe. »Bitte was Herzhaftes.«

Farblich passend zu Davids Sweatshirt wärmt Gudrun unsere neue Möhrensuppe auf, deren nicht ganz milde Schärfe diesmal Marcel Tränen in die Augen treibt.

Mir graut vor dem Einzug der staatlichen Allmacht, so wie wir sie auf der Kehr leider nur allzu oft erlebt haben; Polizei, Staatsanwaltschaft, Spurensicherung, Gerichtsmedizin, manchmal auch Untersuchungsrichter, Wichtigtuer und hinter dem Absperrband eine Horde von Journalisten. Eine Werbeveranstaltung ist das nicht. Die Leute fallen bei uns ein und hinterlassen ein großes Durcheinander, kämen aber in friedlichen Zeiten nie auf die Idee, bei uns Möhrensuppe zu verspeisen. Der Marcel jetzt ein großes Glas Wasser hinterherschickt.

»Ich bleibe hier am Tatort, bis mich die zuständigen Kollegen ablösen«, erklärt er und schlägt Gudrun vor, in meinem Bruchsteinhaus zu übernachten.

Sie schüttelt vehement den Kopf und besteht darauf, in der *Einkehr* zu verharren, bis der Trupp anrauscht. Ich verschlucke mich fast an meinem Brownie, hätte mein Restaurant darauf verwettet, dass sie keine Nacht mit der Leiche unter einem Dach verbringen würde. Bei ihrem nächsten Satz bleibt mir die Schokolade wirklich im Hals stecken:

»Geh *du* rüber zu Katja, Marcel. Ist viel besser. Für gründlich ausgeschlafen zu sein, morgen, wenn du wieder richtig arbeiten musst.«

Ausgeschlossen, will ich sagen, doch das Wort geht in meinem Hustenanfall unter.

Ich kann Gudruns Gedanken lesen. Marcel soll die Nacht bei mir verbringen, damit wir übereinander herfallen und endlich wieder ein Paar werden. Wenn dieses Wunder geschieht, wäre das nächste auch nicht fern. Dann könnte David in ihre Arme zurückkehren und alles wieder so werden wie früher. Um die Rückkehr eines lebenden Mannes zu evozieren, nimmt Gudrun das Opfer auf sich, in unmittelbarer Nähe eines Toten zu nächtigen.

Immer noch keuchend, warne ich sie: »Du wirst kein Auge zukriegen.«

»Natürlich nicht«, erwidert sie gelassen. »Ich werde Totenwache halten. So wie wir das früher immer gemacht haben. Wir können den Priester doch nicht alleinlassen. Schlimm genug, dass er so würdelos auf dem kalten Holzboden liegen muss, eine Schande ist das!«

»Gudrun«, mahnt Marcel mit ungewohnter Schärfe in der Stimme. »Du lässt ihn da liegen, ja? Du rührst ihn nicht an, verstanden? Legst auch keine Blumen auf die Tischdecke oder so was!«

»Aber eine Kerze darf ich doch anzünden?«

»Ja, aber nicht in der Nähe der Tischdecke.«

»Vielleicht solltest du den Tatort ordnungsgemäß sichern?«, schlage ich vor. »Macht auch einen besseren Eindruck vor deinen Kollegen morgen. Du willst dir doch keine belgische Schlamperei nachsagen lassen.«

Er geht tatsächlich zum Wagen und holt das blauweiße Absperrband. Als er zurückkehrt, sieht er sehr entschlossen aus.

»Ich bleibe auch hier, Gudrun«, sagt er. »Wir können uns bei der Totenwache abwechseln.«

Alles, nur um nicht mit mir allein zu sein. Ist mir durchaus recht; eine Nacht zu zweit könnte ziemlich unbehaglich werden. Seit meiner Rückkehr vor einem halben Jahr ist er nicht mehr in meinem Haus gewesen. Wir haben uns nur sehr selten gesehen und kaum ein persönliches Wort miteinander gewechselt.

»Du kannst dich gern an unserem Single Malt bedienen«, biete ich mit einer großzügigen Handbewegung zum Buffet an. Dort steht immer noch das Tablett mit den edlen Spirituosen, die ich der Mörderin hatte servieren wollen. »Ich werde mir zu Hause auch einen schütten.«

»Du magst doch nicht allein trinken.« Natürlich fällt mir Gudrun in den Rücken. »Außerdem ist mir viel lieber, wenn du zu Katja gehst, Marcel. Wenn ich allein bin, kann ich besser für die Seele des armen Priesters beten. Du hast ja nicht mal einen Rosenkranz bei dir.«

Ein Argument, das nicht zu entkräften ist. Marcel sieht mich an. Da ich es nicht fertigbringe, eine Einladung auszusprechen, sage ich nur achselzuckend: »Linus würde sich freuen. Der liebt deine Schuhe.«

Gudrun versichert, Marcel sofort anzurufen, wenn die ersten Beamten auftauchen, und dann entlässt sie uns hinaus in die weiße Hölle.

Ich stapfe schnell Richtung Bundesstraße, damit Marcel gar nicht erst auf die Idee kommt, meinen Arm zu nehmen. Das hat er auch nicht vor. Mit raschem Schritt überholt er mich. Ich habe das Nachsehen, und das meine ich wörtlich: Unter einer wadenlangen Jogginghose geben sehr unterschiedlich lange fehlfarbene Strümpfe alles andere als ein erotisches Bild ab. Ich präge es mir ein. Um diesen Anblick vor mein geistiges Auge zu holen, sollten sich bei mir in den nächsten Stunden Anzeichen einer gewissen Schwäche zeigen.

Bei meinem Haus angekommen, dreht Marcel den Türknauf um. Den Vortrag über die Gefahren von unverschlossenen Häusern erspart mir Linus. Der Riesenhund springt Marcel mit lautstarkem Willkommensgebell an und wirft ihn tatsächlich um.

Während sich die beiden im Schnee wälzen, gehe ich in die Küche und schalte meinen neu erworbenen Kaffeeautomaten ein. Auf den Whisky werde ich verzichten und ihm auch keinen anbieten. Damit gar nicht erst sentimentale Erinnerungen an unsere allererste, wenn auch damals noch keusche, gemeinsame Nacht aufkommen.

»Schuhe aus!«, rufe ich, als ich höre, wie sich Marcel vor der Haustür den Schnee von den Klamotten abklopft. Fiepend und schwanzwedelnd kommt Linus zu mir angerannt. Er stupst mich an, läuft dann wieder in den Flur, kehrt mit einem von Marcels matschigen Schuhen zurück und deponiert ihn mir zu Füßen. *Schau doch mal, was ich dir Schönes herbeigeschleppt habe.*

»Lass mich in Ruhe«, blaffe ich den armen Hund an, der gar nicht gemeint ist. Und der nicht mehr rausmuss, weil er sein Geschäft soeben erledigt hat, wie mich Marcel vom Flur aus informiert.

»Kaffee ist gut«, sagt er, als er mich in der Küche hantieren sieht. »Ich will gar keinen Whisky. Seit wann hast du eine Kaffeemaschine?«

»Seit Langem.«

»Ich dachte, du magst nur frisch aufgeschütteten.« Er räuspert sich. »Aber ist besser so. Dann verbrennst du dir nicht wieder die Hand. Zu spät, für den Gesundbeter heute noch anzurufen.«

Lass die Vergangenheit ruhen!

Aber die Gegenwart kommt mir auch nicht gerade heimelig vor. Und zwar nicht nur, weil heute Abend in meinem Restaurant ein Mann erschossen wurde, was schlimm genug ist. Wie soll ich den Schock denn überwinden, wenn ich plötzlich nicht einmal mehr weiß, wie ich mich in meinem eigenen Haus bewegen, wie ich mit dem ungebetenen Gast umgehen und was ich ihm sagen soll? Sogar so etwas wie die unschuldige Ankündigung, jetzt ins Bett gehen zu wollen, würde sich doppeldeutig anhören. Also erst mal die Grenzen abstecken:

»Du kannst auf dem Sofa pennen«, sage ich. »Kissen und Decke liegen da schon.«

Marcel nickt. Er bittet nicht um ein T-Shirt für die Nacht. Er zieht sich auch nicht zurück. Als wäre er hier zu Hause, öffnet er die Kühlschranktür.

»Seit wann nimmst du Milch?«, frage ich spitz.

»Gott behüte«, sagt er und schließt den Kühlschrank wieder. »Wollte nur mal so gucken, wie du dich neuerdings ernährst.«

»In meinem Restaurant«, erwidere ich. »Da wirst du morgen auch frühstücken müssen. Wie du siehst, ist der Kühlschrank leer.«

»Wieder mal.« Leise setzt er hinzu: »Du hast dich überhaupt nicht verändert.«

»Die Zeit ist nicht spurlos an mir vorbeigegangen«, erinnere ich ihn.

»Tut mir leid.« Seine Entschuldigung klingt so lapidar, dass ich mir aussuchen kann, ob sie nun auf das Wüten der Zeit oder auf seine Beleidigung von vorhin gemünzt ist.

Er steht jetzt direkt neben mir und will mir den Kaffeebecher aus der Hand nehmen. Unsere Fingerspitzen streifen sich. Ich lasse zu früh los. Es scheppert, und Linus heult auf.

Gleichzeitig sacken wir auf die Knie, tasten hektisch das schwarze Fell zwischen uns ab und sehen einander dann erleichtert an. Linus lässt die Zunge weit raushängen, entblößt gewaltige Backenzähne, stellt die Ohren auf und lässt die Augen leuchten; der verdammte Hund grinst.

»Nur ein paar Spritzer«, sagt Marcel. Wir atmen beide erleichtert aus, und da erst spüre ich, dass seine linke Hand auf meiner rechten liegt.

»Strümpfe!«, rufe ich mir laut mein Zauberbild ins Gedächtnis.

Es funktioniert. Ich ziehe meine Hand fort, gebe Linus einen Klaps, hebe den heil gebliebenen Becher auf und gehe zur Spüle.

»Ja, die Strümpfe sind auch nass geworden«, sagt Marcel und zieht das ungleiche Paar aus. Bevor er damit den Boden aufwischen kann, werfe ich ihm einen Lappen zu, fordere ihn auf, die Schweinerei zu beseitigen, und flüchte in mein Schlafzimmer.

Ganz unten im Schrank entdecke ich die nagelneuen knielangen dunkelblauen Männerstrümpfe aus feiner Wolle. Die hatte ich ihm im vergangenen Jahr schenken wollen, aber angesichts der fürchterlichen Ereignisse und meiner überstürzten Abreise nicht mehr daran gedacht.

Gleichmütig dankend nimmt er sie entgegen. Als könne meine Garderobe tatsächlich Passendes für ihn hergeben.

»Wozu Socken, die kriegen nur Löcher«, sagt er seufzend. »Hat übrigens auch Einstein gesagt. Ja, da staunst du. Ich beschäftige mich neuerdings nämlich auch mit Physik. Kriegst sie gewaschen wieder. Und jetzt keinen Kaffee mehr. Was Stärkeres.«

Da ich mich mit dem Bild von Hochwasserjoggings und

ungleichen Strümpfen für ausreichend bewaffnet halte, knalle ich die Flasche Single Malt auf den Tisch.

Im Laufe der nächsten Stunden verliert das Bild allerdings seine Wirkung. Vor allem, als Marcel in tiefer Nacht sehr persönlich wird: »Du hast verbrannte Erde hinterlassen, Katja.«

Bis dahin hatten wir uns auf ungefährlichem Terrain bewegt, über unsere Freunde gesprochen und die neuen Bewohner von Gudruns ehemaligem Elternhaus, das sie für David vermietet hat.

»Robert aus Radevormwald wohnt da?«, fragte Marcel ungläubig. »Der Mann, der uns letztes Jahr den entscheidenden Tipp gegeben hat?«

»Der hat Haus und Grundstück für seine Tochter gemietet. Selbst kommt er nur an den Wochenenden.«

»Was will ein junges Mädchen allein in einem großen Haus auf der Kehr?«

»So jung ist Bianca nun auch nicht, Ende zwanzig. Auch wenn sie ungeheuer naiv ist und mit ihren Zöpfchen auf achtzehn macht. Sie will sich vom fürchterlichen Ende einer grauenvollen Ehe erholen.«

»Ausgerechnet hier?«

»Ursprünglich wollte sie so weit weg von ihrem Ex wie nur möglich. Schafe züchten in Neuseeland. Das war Robert zu weit. Vor allem, weil er Flugangst hat. Schafe könne sie auch in der Eifel haben, sagte er, und weil er alles bezahlt, hat sie zugestimmt.«

»Die züchtet da drüben jetzt Schafe?«, fragte Marcel ungläubig.

»Dafür fehlt ihr der Bock. Sie hält sich eine kleine Herde von sechs Schafen. Da fällt 'ne Menge Wolle ab.«

»Ach, daher das Spinnrad in Gudruns Zimmer. Ich hatte mich schon gewundert.«

»Sie spinnt, was das Zeug hält. Und Jupp strickt.«

»Früher hat er geklöppelt.«

»Hat ihm Hein verboten. Genug Deckchen.«

»Zieht Hein die Pullover wirklich an, die Jupp ihm strickt?«

»Er strickt keine Pullover für Hein.«

»Für wen dann?«

Eigentlich eine völlig harmlose Frage. Doch ich zögerte mit der Antwort. Weil ich schon ahnte, dass Marcels Reaktion darauf die fragile Wand umwerfen würde, die wir mit belanglosem Small Talk über andere errichtet hatten. Trotz des Whiskys hatten wir stundenlang erfolgreich vermieden, irgendetwas Persönliches preiszugeben. Jetzt beschlich mich Angst vor der Vertrautheit gemeinsamen Gelächters. Ich fürchtete den neuen Druck, der nach dem Dampfablassen meinem verräterischen Herzen zusetzen könnte.

Marcel wartete mit hochgezogenen Augenbrauen.

»Für Bäume«, murmelte ich und atmete tief aus. Jetzt bloß nicht lachen.

»Für wen?«

»Du hast schon richtig gehört. Jupp zieht Bäume an. Mit leuchtend grell gefärbten, selbst gestrickten Wollsachen. Wenn er sie bei dem Wetter schon nicht fällen kann ...«

Wir prusteten beide los.

»Das heißt Guerilla-Stricken, aber Jupp nennt es Gorilla-Stricken«, brachte ich hervor. »Weil er dafür in die Bäume reinklettern muss.«

»Mon dieu, hat mir das alles gefehlt!«, keuchte Marcel, wischte sich die nassen Augen ab und prostete mir zu.

Dann wurde er mit einem Mal sehr ernst und kam aus dem Nichts heraus mit der verbrannten Erde. Was da dann zwischen seinen Lidern glitzerte, sah nicht nach Lachtränen aus. Ich vergaß alles, was ich mir über Strümpfe und Hochwasserjoggings hatte merken wollen, widerstand dem Drang, mich zu erklären, und flüchtete nach einem freundlichen *Gute Nacht* in mein Schlafzimmer; dankbar, dass ich an meinem Whisky nur genippt hatte.

Der nächste Morgen

Ich fahre mit einem Ruck auf, brauche einen Augenblick, um mich zu orientieren. Dann weiß ich es wieder. Gestern hat eine Frau einen Priester in der *Einkehr* erschossen, und Marcel hat danach bei mir übernachtet. Auf dem Sofa.

Aber wieso liegt dann auf dem Kissen neben mir eine sorgfältig zusammengefaltete Nylon-Soutane? Es durchläuft mich heiß und kalt.

Nichts ist passiert, beruhige ich mich. Warum traue ich mich dann nicht, unter der Bettdecke nachzusehen? Erst wach werden, befehle ich mir, klar denken. Ich komme mir wie durch den Wolf gedreht vor. Am Alkohol kann es nicht gelegen haben. Aus den Tiefen meines Unterbewusstseins meldet sich ein Traum zurück. In dem Marcel so etwas gesagt hat, wie *das Sofa ist schrecklich unkomfortabel.*

Ich werfe mir die Decke vom Leib und atme erleichtert aus. Egal, ob nüchtern oder beschwipst: Marcel hätte die Strippe am Bund meiner Schlafanzughose nicht einmal im Traum zu einer ordentlichen Schleife binden können. Ich drücke die schwache Erinnerung an Arme, die sich um mich gelegt haben, an Küsse auf die Wange und – zu ungeheuerlich – an eine Hand auf meiner Brust weg. Alles nur geträumt. In seiner Soutane wird Marcel nicht über mich hergefallen sein. Das ist nicht seine Art. Außerdem wäre ich davon aufgewacht, oder?

Linus springt durch die offene Tür direkt aufs Bett. Absolut verboten und etwas, das er sich früher nur dann herausgenommen hat, wenn Marcel an meiner Seite lag. Ich scheuche ihn runter. Seine wissenden Augen sind unerträglich.

»Nein!«, fauche ich ihn an. »Nichts ist passiert! Er mag nur keine Hundehaare auf dem Sofa.«

Ich sehe im Wohnzimmer nach, aber Marcel ist schon fort. Also klemme ich mir die alberne Soutane unter den Arm und stoße die Haustür auf.

Die Sonne blendet. Ich wende den Blick ab, hin zu dem inzwischen fast schneefreien Klumpen des pink-giftgrünlila geringelten Wollkondoms an meiner kleinen Birke. Es ist übel verrutscht. Armer Jupp. Ich hatte ihn gewarnt. Echte Wolle eignet sich nicht fürs Gorilla-Stricken. Weil sie sich, im Gegensatz zu Polyacrylwolle, mit Feuchtigkeit vollsaugt, ihre Maschen hängen lässt und dann so traurig und schwermütig aussieht wie Marcel, wenn er von verbrannter Erde spricht.

Vor der *Einkehr* ist alles zugeparkt. Drinnen herrschen Stimmengewirr und emsige Geschäftigkeit. Tische sind verrückt worden, und eine weiße Kreidezeichnung gibt die Stelle an, wo die Leiche gelegen hat. Das blauweiße belgische Absperrband ist durch ein rot-weißes deutsches ersetzt worden. Dahinter sind die Vermummten der Spurensicherung mit feinen Pinseln zugange. Sie werden nichts finden, was auf die Täterin hinweist, da bin ich mir sicher. Keine Hautschuppe wird dem dicken Kleister auf ihrem Gesicht entkommen sein, und sie hat bestimmt eine Perücke getragen.

»Katja!«, begrüßt mich Hein an der Küchentür mit vor Aufregung gerötetem Gesicht. »Marcel hat wirklich die Nacht bei dir verbracht?«

Als ob es nichts Wichtigeres gäbe. Ich schüttele den Kopf.

»Nicht?« Er klingt enttäuscht.

»Marcel ist schon weg«, haucht Gudrun zur Begrüßung. Ihre Augen sind weit aufgerissen: »Und?«

Da beantworte ich doch lieber die Fragen der deutschen Polizei.

Und mache mich gleich danach vom Acker.

Warum ich ausgerechnet nach St. Vith gefahren bin, weiß ich gar nicht mehr genau. Nur dass ich dem Gewusel, dem Lärm, den Fremden in meinem Lokal, den neugierigen Blicken und Fragen meiner Freunde entkommen musste. Ich habe mich einfach in meinen Wagen geflüchtet.

Aber jetzt, wo ich schon mal in der Nähe der Aachener Straße bin, könnte ich das Requisit aus der Kleiderkammer des Dorftheaters im belgischen Gebäude der Polizeizone Eifel deponieren.

Freudig begrüßt mich Marcels Kollege Erwin Hannen.

»Wie schön, dich endlich mal wiederzusehen, Katja«, ruft er, »auch wenn der Anlass furchtbar ist.« Er schüttelt betrübt den Kopf. »Wie kann es nur sein, dass uns schon wieder ein Mord auf der Kehr beschäftigen muss!«

Weil ich zurück bin, hätte ich beinahe gesagt, merke stattdessen tröstend an, der tödliche Schuss sei ja auf NRW-Gebiet gefallen, womit sich die Arbeit der belgischen Ermittler wohl in den ihnen zugewiesenen Grenzen halten werde.

Erwin schüttelt den Kopf und erklärt, die polizeiliche Unterstützungsabteilung in St. Vith habe sich den ganzen Morgen über ausschließlich dem Mord auf der Kehr gewidmet. Noch in der Nacht habe Marcel die Staatsanwaltschaft in Eupen benachrichtigt. Die habe den Fall dann sofort an die Untersuchungsrichterin weitergeleitet und diese wiederum heute Morgen das Rechtshilfeersuchen an die zuständige Staatsanwaltschaft in NRW ausgestellt.

»Was bedeutet, dass wir jetzt mit der deutschen Polizei zusammen ermitteln«, schließt Erwin und öffnet mir die Tür zu Marcels Büro. »Kannst auf ihn warten. Er ist gleich wieder da.«

»Will nur was abgeben«, murmele ich und ziehe die zusammengefaltete Soutane aus meiner Tasche. Bleibe dann wie gebannt vor Marcels Schreibtisch stehen und starre auf die Fotos des Bildschirmschoners: der Blick aus meinem Schlafzimmerfenster im Wechsel der Tages- und Jahreszeiten. Ziemlich alte Aufnahmen, wie mir die Gans im herbstlichen Sonnenuntergang verrät.

Nichts wie weg von hier! Doch als ich die Soutane auf einen Stapel Papier lege, stoße ich aus Versehen die Maus an. Die Landschaft auf dem Bildschirm verwandelt sich in eine offizielle Seite. BCR lese ich, also *bulletin centrale de recherche,* das Fahndungsbuch der belgischen Polizeibehörden. Der Name Jean-Marie Lambert ist markiert. Neugierig beuge ich mich weiter vor und greife jetzt absichtlich zur Maus. Es kommt nur ein kurzer Text, aber der erschreckt mich dermaßen, dass ich ihn mehrmals lesen muss, um ihn zu begreifen. Ich sinke auf den Schreibtischstuhl und klicke an die Stelle, die auf einen Zeitungsartikel verweist.

»Was machst du da?«

Von hinten schiebt sich der lange Arm des Gesetzes an mir vorbei. Mit einem Klick schließt Marcel die Seite.

»Mensch, Katja, du kannst doch nicht so einfach polizeiinterne …«

»Zwei Frauen!«, unterbreche ich ihn und starre fassungslos auf das Hintergrundbild der frühmorgendlichen Sommerwiese. »Marcel, das ist ja ungeheuerlich! Wieso hast du mir gestern nichts davon gesagt? Dass der Pfarrer zwei Frauen ermordet hat?«

Als DRITTES wird es erst hitzig und knistert danach gewaltig

Crème brûlée mit einem Hauch Roquefort, Birnenstückchen und kleinem Schuss Williamsbirne

Mit meinen schnellen Schlussfolgerungen hat sich Marcel nie anfreunden können. Ich zähle eins und eins zusammen, und er nennt das Voreiligkeit.

»Setz jetzt bloß kein Gerücht in die Welt!«, warnt er mich. »Es gab nur Fingerabdrücke in einem Haus in Hergersberg, die wir jetzt endlich zuordnen konnten.«

»Fingerabdrücke von Jean-Marie Lambert! In einem Haus, wo ihr vor drei Monaten zwei tote Frauen entdeckt habt!«

Für mich ist der Fall sonnenklar. Er lässt sich in einem Satz zusammenfassen: Aus Angst um ihr eigenes Leben hat die Frau in meinem Lokal den Pfarrer niedergeschossen und damit gleichzeitig möglicherweise den Mord an zwei Freundinnen gesühnt. Ja, das hätte zu dem grimmigen Lächeln gepasst; so könnte es gewesen sein.

»Er hat die Frauen nicht umgebracht. Die haben sich selbst das Leben geholt«, informiert mich Marcel, als ich ihm das logisch Nachvollziehbare serviere. »Die Staatsanwaltschaft schließt Fremdverschulden aus.«

Das Leben geholt. Klingt erhabener, als sich das Leben – wie sonst überall – einfach nur zu nehmen.

»Wie haben sie sich umgebracht?«

»Mit Zyankali. Kein schöner Tod.«

»Der ihnen verabreicht worden sein kann.«

»Es gibt auch keinen Hinweis auf Sterbehilfe. Aber einen Abschiedsbrief, den beide unterschrieben haben.«

»Was steht drin?«

Natürlich sei er nicht befugt, mir das zu verraten.

»Ich wette, sie sind dazu gezwungen worden!«

»Gut, dass du nicht bei der Polizei arbeitest. Aber wo du schon mal hier bist ...«, fügt er beiläufig hinzu, »könntest du dem Phantomzeichner zur Hand gehen. Der sitzt drüben bei Erwin.«

»Wo hast du den denn so schnell hergekriegt?«, frage ich misstrauisch. »Deine deutschen Kollegen ...«

»... haben dich gefragt, die Zeichnung bei ihnen anfertigen zu lassen. Ich weiß. Wir leisten Amtshilfe. Der Mann kommt aus Lüttich und spricht nur Französisch, erspart dir aber die Fahrt nach Euskirchen; ist doch nett von mir, oder?«

»Du hast also gewusst, dass ich herkomme?«

»Ich habe es gehofft. Deshalb habe ich dir einen Grund dagelassen. Danke.« Er hebt die zusammengefaltete Soutane wie zum Gruß an, zieht eine Mappe darunter hervor und seufzt: »Wird höchste Zeit, Jean-Marie Lamberts Schwester zu informieren.«

»Da komme ich mit!«

»Impossible. Du musst den Phantomzeichner füttern.«

»Ich muss gar nichts. Ist sicher korrekter, wenn ich das nachher in Euskirchen erledige.«

Für Marcel ist es schon unerfreulich genug, dass er als kleiner Polizeiinspektor bei Kapitalverbrechen die Ermittlungen offiziell nicht leiten darf. Eigentlich sollte er nur seinen Chefs oder der jeweils eingesetzten Kommission zuarbeiten. Aber er ist ein lausiger Teamworker, berüchtigt für seine oft fragwürdigen Methoden und eigensinnige Arbeitsweise. Er ist in der Vergangenheit nur deshalb nicht verwarnt, abgemahnt oder von Mordermittlungen abgezogen worden, weil er erstaunlich erfolgreich vorgeht, solange man ihm freie Hand lässt. Innerhalb seiner belgischen Behörde genießt er daher so etwas wie Narrenfreiheit. Die würde ihm die für diesen Fall zuständige deutsche Polizei bestimmt nicht einfach so zugestehen. Erhält sie aber durch ihn das Phantombild – natürlich mit dem Verweis auf den belgischen Vermisstenfall –, hätte er ein kleines Pfund in der Hand, mit dem sich trefflich wuchern ließe. Diese Chance wird er sich von mir nicht vermasseln lassen.

»Einverstanden?«, frage ich. »Phantomzeichnung gegen gemeinsamen Besuch bei der Schwester?«

»Du hast dich überhaupt nicht verändert, Katja.«

»Du wiederholst dich, Marcel.«

Wie nicht anders zu erwarten, geht er auf den Deal ein. Wahrscheinlich ist er sogar froh darüber, die traurige Nachricht nicht allein überbringen zu müssen.

Die Zeichnung kommt sehr schnell zustande; der Künstler souffliert mir die französischen Begriffe. Wie erfreulich, dass zumindest Rudimente dieser Sprache noch passiv in meinem Hirn abgelagert sind. Vom Kunstwerk des Lütttichers aber zeigt sich Marcel enttäuscht.

»Das bringt uns nicht weiter«, sagt er, während der Zeichner das schöne ebenmäßige Gesicht abwechselnd mit hellen, dunklen, langen, kurzen, glatten und lockigen Haaren einrahmt. »Die sieht ja aus wie alle diese Schauspielerinnen, die man nie wieder erkennt.«

»Sag ich doch. Aber vielleicht hat die Schwester so eine ähnliche Frau schon mal gesehen?«

Aus der Not, mich mitnehmen zu müssen, macht Marcel schnell eine Tugend. Es sei besser, in meinem Wagen zusammen nach Atzerath zu fahren. Wegen der Nachbarn. Könne ja sein, dass die Frau hinterher lieber mit ihrem Kummer allein sein wolle. Ein Polizeiauto vor der Haustür errege im Grenzgebiet mehr unnötige Neugier als ein PKW mit deutschem Kennzeichen.

»Wohnt sie denn immer noch im Pfarrhaus?«, frage ich unterwegs verwundert.

»Es ist ihr Elternhaus ... Vorsicht, Katja! Auf diesem Abschnitt blitzen wir oft, also halt dich von hier bis ... ja, etwa hier ... immer an die Geschwindigkeit. Das wird sonst richtig teuer.«

Kein Mensch, nicht einmal Marcel, könnte auf dieser zugematschten, holprigen und kurvenreichen Straße auch nur annähernd die hier erlaubten neunzig Stundenkilometer erreichen. Mit weiteren überflüssigen Fahrhinweisen, einer ausführlichen Schilderung des schönen und gepflegten Anwesens der Familie Lambert und Bemerkungen über die erstaunlich milden Temperaturen nach dem gestrigen Schneesturm hält Marcel jene allzu große Vertrautheit in Schach, die während der viertelstündigen Fahrt auf so engem Raum hätte aufkommen können. Der ansonsten wortkarge Mann holt zwischendurch nicht mal so viel Luft, dass ich eine Frage über die zwei toten Frauen in Hergersberg dazwischenquetschen kann. Wahrscheinlich sollte ich froh sein, dass er mir diesmal die verbrannte Erde erspart.

Kurz hinter dem Ortsschild von Atzerath halten wir vor einem Mäuerchen in der Einfahrt eines großen Bruchsteinhauses.

Ich hatte eine stämmige ältere Frau erwartet, mit grauem Knoten, Kittelschürze und resolutem Gesicht; eine Erscheinung eben, die dafür geschaffen ist, einem katholischen Pastorenhaushalt vorzustehen. Christine Lambert aber entpuppt sich als ausgesprochen *petite*, wie Marcel sagen würde, zierlich, mit diskret geschminkten filigranen Zügen, Mausezähnchen und grau melierter Kurzhaarfrisur.

Sie begrüßt Marcel wie einen alten Bekannten und nickt ernst, als er von einer traurigen Mitteilung spricht.

»Jean-Marie ist also tot?«

Marcel hat mir zwar von dem wirklich feinen und gepflegten ehemaligen Pfarrhaus erzählt, aber auf dessen spezielle Ausstattung bin ich nicht vorbereitet gewesen. Staunend sehe ich mich um, als uns Frau Lambert in ein Wohnzimmer führt, dessen Mobiliar ich eher in einer englischen Villa als in einem Eifeler Bruchsteinhaus erwartet hätte. Ich bleibe kurz vor einem dreitürigen viktorianischen Kabinettschrank aus Mahagoni stehen. In der Vitrine des Spiegelaufsatzes stapelt sich feines Wedgwood-Porzellan. Das Möbel weist uralte Beschläge auf, ein wirklich edles antikes Teil. Nun, nicht jeder gibt sich so wie ich mit ererbten belgischen Eichenmöbeln zufrieden. Alles in diesem Raum atmet unaufdringlichen angelsächsischen Wohlstand. Nichts, was ich um mich herum sehe, passt zu der abgerissenen Gestalt, die in meinem Restaurant ein so schreckliches Ende gefunden hat.

Die Nachricht vom Tod ihres Bruders hat Christine Lambert zunächst erstaunlich gefasst aufgenommen. Erst als Marcel mit den näheren Umständen rausrückt, krümelt sie in ihrem braunledernen Klubsessel zusammen. Tonlos wie ein Mantra wiederholt sie einen seltsamen Halbsatz: »Dass er hier war ... dass er hier war ... dass er hier war ...«

Ich hocke mich neben sie hin, aber eine Umarmung wehrt sie ab.

»Er war wirklich hier in der Eifel?«, fragt sie plötzlich ganz sachlich. Sie wischt sich über die Augen und setzt sich wieder aufrecht hin.

»Wo hätte er denn sonst sein sollen?«, fragt Marcel sanft zurück.

Sie hebt die Schultern.

»Im Ausland, dachte ich. Und dass er da gestorben ist. Weil er sich nie gemeldet hat.«

»Was wollte er denn im Ausland?«, hake ich nach.

»Komische Sachen lernen wollen, glaube ich«, murmelt sie. »Andere Dinge ...«

»Lernen? Was und wo?«

»Indien, Japan, Afrika ... ich weiß nicht, Frau Klein. Da, wo die Leute einen anderen Blick auf die Wirklichkeit haben, eine andere Wirklichkeit, so was Ähnliches hat er mal gesagt. Verstanden habe ich es nicht. Da tat er sehr geheimnisvoll. Irgendwie hing das mit Physik zusammen und vielleicht auch mit dieser merkwürdigen Frau ...« Sie bricht ab.

»Etwa diese?« Marcel beugt sich vor, hebt mit einer Hand eine randlose Brille vom niedrigen englischen Couchtisch und reicht ihr dann mit der anderen eine Kopie des Phantombildes. Christine Lambert rückt die Brille auf ihrer Nase zurecht und vertieft sich dann sehr lange in das Studium der nichtssagenden Abbildung.

»Ja, genau, es war diese Frau«, sagt sie unvermittelt und geht mit dem Bild zur Tür, an der es soeben geklingelt hat.

Marcel sieht mich verdattert an.

»Wie kann das sein?«, flüstert er. »Wie kann man irgendwen drauf erkennen?«

»War der Bäcker«, erklärt Christine Lambert, als sie zurückkehrt und einen Eierkarton auf einem Sideboard aus Mahagoni abstellt. »Wir haben keinen mehr im Dorf.«

Aber wenigstens kommt mittags einer vorbei und bringt auch noch Eier mit. Davon können wir auf der Kehr inzwischen nur noch träumen.

»Wer ist die Frau?«, fragt Marcel. »Und an was haben Sie sie denn erkannt?«

»So sieht doch sonst niemand in echt aus«, antwortet sie. »So glatt und hergerichtet. So unbeschreiblich schön.«

Diese Erklärung überzeugt mich, aber leider weiß Frau Lambert weiter nichts über die elegante Dame, die ihren Bruder etwa eine Woche vor seinem damaligen Verschwinden zweimal aufgesucht und mit der er sich in sein Arbeitszimmer zurückgezogen hatte. »Ich durfte ihnen nicht einmal Kaffee bringen.« Und dann lässt sie doch noch eine Information los: »Sie war mal eine seiner Messdienerinnen, hat er mir hinterher gesagt, aber das muss vor meiner Zeit hier gewesen sein.«

»Ha!«, entfährt es mir.

Marcel sieht mich warnend an, also denke ich mir nur meinen Teil und hebe die naheliegende Äußerung für später auf.

Frau Lambert bricht plötzlich in Tränen aus.

»Dass er hier war ... und jetzt tot ist!«

Unter Schluchzen fragt sie Marcel, wann und wo sie sich von ihrem toten Bruder verabschieden könne. Nachdem sie den Zettel mit der gewünschten Information entgegengenommen hat, fordert sie uns auf zu gehen. Sie müsse jetzt mit ihrer Trauer allein sein. Ihre Bitte klingt so entschieden, dass es Marcel nicht gelingt, wie sonst immer, noch eine Frage hinterherzuschieben.

»Messdienerin!«, sage ich vielsagend, bevor wir wieder in meinen Wagen steigen. »Die natürlich missbraucht worden ist. Ich bleibe dabei: Es war ein Racheakt.«

»Warum hat sie ihn dann vor fünf Jahren nicht gleich in seinem Haus erschossen?«

»Weil sie keine Pistole dabeihatte. So leicht ist es schließlich nicht, sich eine zu beschaffen. Jedenfalls ist das schon mal ein Anfang; die Liste seiner Messdienerinnen wird sich wohl auftreiben lassen.«

»Ja, und ihr Alter können wir somit auch eingrenzen.« Marcel schnallt sich sehr umständlich fest. Bestimmt, um jede Berührung mit der Fahrerin zu vermeiden.

»Lambert war über dreißig Jahre lang in Mackenbach tätig«, erinnere ich ihn.

»Aber Messdienerinnen gibt es noch gar nicht so lange. Hier bei uns in der Deutschsprachigen Gemeinschaft erst vereinzelt ungefähr ab Mitte der Achtzigerjahre und in Eupen sogar erst ab den Neunzigern. Die Frau kann also allerhöchstens um die vierzig sein. Nein, Katja, nicht rumdrehen. Fahr jetzt Richtung Kehr.«

Klar, er will dort die Lage peilen, aus unseren Freunden, vor allem aus Gudrun, Informationen rauskitzeln, die seine Euskirchener Kollegen vielleicht nicht ins Protokoll für die Polizeizone Eifel hineingeschrieben haben.

»Und wie kommst du dann zurück?« Ich gebe vorsichtig Gas. Hier ist die Straße besonders glatt.

»Vielleicht so, wie der Pastor Lambert auf die Kehr gekommen ist. Irgendwer wird sich schon meiner erbarmen und mich mitholen.«

»Der Pfarrer ist zu Fuß gekommen. Da bin ich mir ziemlich sicher, so wie der aussah.« Ich wiederhole, was ich vor ihm und der deutschen Polizei bereits ausgesagt habe: »Außerdem habe ich keinen Wagen anhalten hören.«

»Wie denn auch?«, entgegnet Marcel. »Bei dem Sturm und dem Schnee!«

»Eben, da war kein Schwein unterwegs. Vielleicht hast du nachher ja mehr Glück.«

Meine unmissverständliche Weigerung, den Fahrdienst für die Polizeizone Eifel weiter auszudehnen, nimmt Marcel kommentarlos hin.

»Hübsches Haus, nicht?«

Er deutet aus dem Fenster nach rechts zu einer gelben Fassade, an der große Gemälde von drei historischen Gestalten angebracht sind.

Graffiti in der Eifel. Ich halte an, um mir die Kunstwerke genauer zu betrachten.

»Karl der Große stammt ja angeblich aus der Eifel und soll in Prüm geboren sein«, bemerke ich, »aber was haben Dschingis Khan und Montezuma hier verloren?«

»Das Gleiche könnte man dich fragen«, murmelt Marcel unvermittelt. Doch ich lasse mich nicht überrumpeln.

»Selbst schuld. Du hast mich in Berlin angerufen.« Mit quietschenden Reifen fahre ich wieder los. »Hast wohl nicht erwartet, dass ich auf dich höre?«

»Nichts habe ich von dir erwartet, Katja, gar nichts.«

Bilde ich mir das nur ein, oder schwang in der sanft geäußerten Bemerkung tatsächlich ein Hauch von Sehnsucht mit? Der mich jetzt wie eine warme Brise umweht. *Besser gar nich erst ignorieren*, sagt die Berlinerin in mir; im Winter verirrt sich in die Eifel keine warme Brise.

Und in mein Herz werde ich keine mehr reinlassen. Das Kapitel Männer ist für mich abgeschlossen, vor allem das mit der Überschrift Marcel. Der Nähe, die in der Enge meines Wagens aufzukommen droht, muss ich diszipliniert einen Riegel vorschieben. Aus reinem Selbstschutz. Sollte ich nämlich jeder diffusen Regung in meinem Inneren nachgeben, schaffe ich nie wieder den Absprung in die Welt der Kino- und Theaterpremieren, der Straßencafés und Kleinkunstbühnen, der Shoppingmalls und Fanmeilen. Die Rückkehr in ein geordnetes Leben eben, wo man seinen Alltag schön planen kann, ohne durch Verbrechen in der Nachbarschaft oder gar im eigenen Restaurant aus dem Tritt gebracht zu werden. Oder durch die Sorge um Freunde und die Erinnerung an eine alte Liebe. Die so alt nun auch wieder nicht ist, erinnert mich mein verräterisches Herz. Das Marcel mit seiner nächsten Bemerkung sofort zum Schweigen bringt.

»Mon dieu, Tempo dreißig!«, schnauzt er mich an, als ich mit höchstens zwanzig Stundenkilometern über die Eselsbrücke, wie Marcel die Schwelle nennt, vor der Manderfelder Schule krieche.

Gleich danach fordert er mich auf, der Straße zu folgen, anstatt rechts nach Krewinkel runterzufahren. Zur Kehr ginge es da normalerweise schneller als über Losheim, aber er kennt die derzeitigen belgischen Straßenverhältnisse besser als ich. Vielleicht hat sich der Winterdienst Krewinkel erspart.

Erst als er mich in Hergersberg bittet, links in einen Seitenweg einzubiegen, ahne ich, wohin die Reise geht.

Wir halten vor einem an den Waldrand geduckten hässlichen Häuschen. Es ist mit Eternitplatten verkleidet und hat drei winzige Fenster zur Straße hin. Eine dünne Rauchsäule steigt aus dem Schornstein empor.

Marcel zieht an der Außenglocke, deren Läuten keine Nachbarn stören kann, weil es weit und breit keine gibt.

Es dauert ziemlich lange, bis uns eine alte Frau die Tür öffnet. Marcel stellt sich vor, mich aber nicht und bittet um Einlass.

»Gibt es Ärger?«, fragt die Frau, zieht hinter sich eine Tür zu und lässt uns im dunklen Flur bei offener Haustür stehen. Marcel verneint die Frage und erklärt, es ginge um die beiden Frauen, die früher hier gewohnt hätten.

»Ach, die sich an sich selbst versündigt haben.« Die Frau bekreuzigt sich. »Ich dachte, das ist alles vorbei?«

Ist es auch, ist es auch, versichert Marcel, er hätte nur ein paar Fragen und wolle wissen, ob es noch irgendwelche Gegenstände von den Frauen im Haus gäbe, Kartons mit Papieren, zum Beispiel.

»Die hatten ja nix«, sagte die Alte. Den Karton mit den Papieren und noch so ein paar Kleinigkeiten, alles garantiert wertlos, habe sie der Schwester von der einen mitgegeben. Die sei eine Woche nach dem Tod der Frauen plötzlich aufgetaucht.

Marcel zieht eine weitere Kopie des Phantombilds hervor und hält sie der Alten vor die Nase.

»Sah die Schwester so aus? Vielleicht sollten wir mal das Licht anmachen?«

Die Frau schüttelt den Kopf.

»Nützt nichts. Ich seh sowieso kaum was. Nur dass die Frau reich aussah, das schon. Da hätte sie ihrer armen Schwester doch helfen können. Mir die letzten beiden Monatsmieten geben. Und freundlich war sie auch nicht.«

Die Bitte, uns die Räumlichkeiten näher ansehen zu dürfen, schlägt uns die einstige Vermieterin ab. Sie bugsiert uns wieder nach draußen.

»Hat Pastor Lambert die Frauen öfter besucht?«, ruft Marcel noch, aber da hat uns die Alte die Tür bereits vor der Nase zugeschlagen.

»Unsere Täterin war also auch hier«, bemerkt Marcel.

Diesmal zeihe ich *ihn* der Voreiligkeit.

»Für die Alte sehen wir bestimmt alle reich aus«, sage ich.

»Keine der Frauen hatte irgendwelche Angehörige«, antwortet Marcel. »Könnte also sein, dass wir da tatsächlich einen Fall haben. Wie gut, dass die Spusi damals wenigstens Staub gewischt hat; ohne die Fingerabdrücke wären wir nie auf die Verbindung zu Jean-Marie Lambert gestoßen.«

Während wir in den Wagen steigen, denke ich laut darüber nach, welche Beziehung zwischen dem Pfarrer, seiner Mörderin und den beiden toten Frauen bestanden haben könnte: »Du wirst bestimmt rausfinden, dass die zwei früher auch Messdienerinnen bei Lambert waren, Marcel. Der ist ihnen an die Wäsche gegangen, und später haben sie dann einen Klub der Missbrauchten gegründet, um ihn zu erpressen. Er ist abgehauen, nachdem ihm unsere elegante Täterin im Pfarrhaus die Pistole auf die Brust gesetzt hat ...«

»Erst fünf Jahre später in deinem Restaurant.«

»Da hat sie sofort gesehen, dass bei dem nichts mehr zu holen ist, und abgedrückt. Findest du nicht, dass das sehr viel erklären würde?«

Marcel fordert mich auf loszufahren. »Meinst du, dass es in der *Einkehr* für mich was zu essen gibt?«

Neugierig betrachtet er die Tabletts mit den kleinen Schälchen, die Gudrun gerade in den Kühlschrank schieben will.

»Kann man das essen?« Marcel greift sich eine Portion. »Was ist das?«

»Was für morgen.« Gudrun haut ihm auf die Finger. »Tu's zurück, ich mach dir direkt ein Rührei.« Sie wendet sich besorgt an mich. »Oder ist die Fackelwanderung etwa abgesagt?«

»Wackelwanderung? Was ist das denn?«, fragt Marcel.

»Fackelwanderung!«, korrigiert Gudrun.

»Genauso bescheuert. Wer macht denn so was bei diesem Schnee?«

Ich schlag mir gegen die Stirn. »Verdammt, hab ich total vergessen!«

»Du hast vergessen, wer die Fackelwanderung macht?«, fragt Gudrun besorgt. »Vielleicht sollte Marcel dich doch nach Hause bringen, Katja, der Schock von gestern ...«

Ungeduldig schüttele ich den Kopf und hole tief Luft. »Natürlich ha...«

Marcel greift mir von hinten über die Schulter und schließt mir mit einer Hand den Mund.

»Alles in Ordnung, Gudrun«, sagt er mit der sanften Stimme, die er für meine Freundin reserviert hat. »Katja hat nur vergessen, dass morgen irgendwelche Verrückten mit Fackeln durch den Schnee latschen wollen.«

Gudrun richtet sich auf.

»Keine Verrückten!«, tönt sie empört. »Rudolf Westerburg, der Bürgermeister von Hellenthal!«

Marcels Finger streicheln leicht meinen Mund und ziehen sich dann zurück. Ich räuspere mich, aber meine Stimme kommt trotzdem unangenehm heiser raus: »Er lädt die Bürger jeden Februar zu einer Fackelwanderung in die hinteren Ecken unserer weitläufigen Gemeinde ein. Und dieses Jahr eben in die allerhinterste.«

»Zum südlichsten Punkt Nordrhein-Westfalens«, korrigiert Gudrun. »Damit die Leute aus Schleiden und so mal sehen, wie wir hier leben. Er hat also nicht abgesagt?«

»Rudolf Westerburg ist hart im Nehmen. Den schreckt das bisschen Schnee nicht ab. Und seine Wandergruppe auch nicht.«

»Ich meine nicht wegen dem Schnee«, flüstert Gudrun.

»Die kommen schon«, beruhige ich sie.

Mord ist immer gut fürs Geschäft. Um sich dem Grusel eines Tatorts auszusetzen, nehmen Menschen gern Beschwerlichkeiten in Kauf. Gudrun weiß das genauso gut wie ich, aber sie würde es nicht einmal denken. Wir müssen damit rechnen, dass morgen weit mehr als nur die fünfzig Leute kommen, die das Bürgermeisterbüro vor einer Woche angemeldet hat.

»Warum darf ich nicht mal ein kleines Schüsselchen haben?«, fragt Marcel.

»Weil die Crème brûlée erst fertig ist, wenn das Karamell obendrauf ist«, belehrt ihn Gudrun. »Das knistert dann so schön im Kopf.«

»Crème brûlée?«, fragt Marcel ungläubig. »Seit wann macht ihr so was ganz Normales?«

Das kann ich natürlich nicht auf mir sitzen lassen. Ich nehme drei Schälchen aus dem Kühlschrank, streue auf jedes groben Rohrzucker und will gerade den Bunsenbrenner in Gang setzen, als mich ein sehr seltsamer Anblick vor dem Küchenfenster stutzen lässt.

»Was ist?«, fragt Marcel ungeduldig.

Ich reiße das Fenster auf.

»Braucht ihr Hilfe?«, brülle ich hinaus. Eine gänzlich überflüssige Bemerkung, denn Hein und Bianca sind ganz offensichtlich nicht dazu geschaffen, ein wild gewordenes ausgewachsenes Schaf zu bändigen. Sie ziehen und zerren an dem Tier, das zwar nach allen Seiten so wild ausschlägt, dass die Eisklümpchen von seinen Zotteln fliegen, sich aber laut blökend nicht von der Stelle rühren will, obwohl es ja irgendwie aus Biancas Stall entkommen sein muss.

»Die Leine von Linus«, brüllt Jupp und winkt mir mit einer Krücke zu.

Dieser Anblick macht mir mehr Sorgen als der eines entlaufenen halbgefrorenen Schafes, das mir persönlich unbekannt ist.

»Was ist denn mit Jupp passiert?«, frage ich Gudrun.

»Vom Baum gefallen. Als er das Strickzeug runterholen wollte. Weil es im Schnee so schlapp um den Baum hing und nicht mehr schön aussah. Da ist er dann abgerutscht und aufs Knie gestürzt.«

Sie stellt drei weitere Schälchen auf die Anrichte, wischt sich die Hände an der Schürze ab, reißt die Hundeleine vom Haken und schreit zum Fenster raus: »Ich mach das schon.«

Wenn irgendjemand einem renitenten Vierbeiner beikommen kann, dann Gudrun.

Wie sie das schafft, wollen Marcel und ich vom Fenster aus beobachten. Aber anstatt dem Schaf die Leine anzulegen, entschwindet Gudrun aus unserem Blickfeld. Wenig später vernehmen wir lautes Bellen.

»Mal wieder Haus der offenen Tür?«, tadelt Marcel.

»Die wird doch nicht Linus auf das Schaf loslassen!«, rufe ich alarmiert. Gudrun weiß doch, wie nutzlos und verspielt der Labrador-Staffordshire-Terrier ist, der jeden Einbrecher schwanzwedelnd begrüßen würde, weil er auf ein Leckerli hofft. Dass er mal ein vergiftetes runterschluckt, ist seit Jahren eine meiner größten Sorgen. Die andere ist die Angst, dass sich aus dem Unterbewusstsein seines tierischen Wesens die Kampfhundgene melden und aktivieren könnten. Bitte nicht das Schaf vor meiner Tür reißen!

»Lamm auf Heu im Ofen viele Stunden ganz langsam garen«, sagt Marcel. »Hab ich neulich was drüber gelesen. Solltest du mal machen. Aber heute wird daraus nix. Schau, sie hat ihn an der Leine.«

Gudrun führt den Hund ganz nah an das Schaf heran, an dessen eiszapfenverklebtem Fell Bianca und Hein immer noch herumzerren. Das Tier tobt erst einmal weiter. Dann öffnet Linus sein Riesenmaul und lässt die Fänge sehen. Nicht nur ich erstarre. Auch das Schaf ist beeindruckt. Endlich hält es still. Bianca und Hein sind so überrascht, dass sie es einfach loslassen. Gudrun klickt die Leine auf und versetzt dem Hund einen kleinen Klaps. Linus bellt kurz, blickt das Schaf herausfordernd an, wendet sich ab und schlägt dann den ihm vertrauten verschneiten Weg zum Verbotsgelände ein. Wir trauen unseren Augen kaum. Das Schaf schüttelt sich noch einmal kurz und trottet dem Hund dann gemächlich hinterher. Gudrun blickt zu uns hinüber und bekreuzigt sich, bevor sie Bianca und den beiden Tieren folgt.

»Da bekommt das Wort *lammfromm* doch eine ganz andere Bedeutung«, sage ich und überlege, dass ich meiner Mitarbeiterin zu anderem Schuhwerk raten sollte. Zum zweiten Mal innerhalb von zwei Tagen wandelt sie nackten Fußes durch den Schnee – diesmal aber wenigstens in Birkenstocksandalen. »Vielleicht war das Schaf nur hitzig und ist darum abgehauen.«

»Schafe sind bockig«, versetzt Marcel, »wie manche andere Wesen auch.« Er schiebt mir den Hocker hin und fasst mir leicht an die Schulter. »Setz dich, Katja, wir müssen über einiges reden.«

Bloß nicht! Ausgesprochenes ist unwiderrufbar und in meiner derzeit so fragilen Gemütslage gefährlich. Ich schüttele den Kopf, verweise auf die vor mir liegende Arbeit des Abflämmens der Karamellkruste und deute mit dem dafür geschaffenen Gerät zur Tür. Die Hitze, die der Bunsenbrenner gleich entfachen wird, ist nichts im Vergleich zu der, die sich gerade in mir breitmacht. Liegt bestimmt an den Wechseljahren. Ich drehe Marcel den Rücken zu. Mein rotes Gesicht würde er garantiert fehlinterpretieren.

»Geh lieber zu Hein und Jupp in den Gastraum«, sage ich so gelassen wie eben möglich. »Ich bring euch gleich noch etwas Möhrensuppe.«

»Und die Schüsselchen.«

»Zum Nachtisch«, sage ich, dankbar für einen Hunger, der größer als ein Aussprachebedürfnis ist. »Wenn alle da sind. Die anderen freuen sich bestimmt auch über ein spätes Mittagessen.«

Ich bin wild entschlossen, in seiner Gegenwart heute nur noch übers Essen zu reden.

Hein und Jupp wollen keine Suppe, da sie schon in Luxemburg gegessen haben.

»Die deutsche Polizei hat mich doch glatt aus der *Einkehr* geworfen«, klagt Hein und greift sich ein Schälchen Crème brûlée, »weil ich angeblich nichts Erhellendes zu diesem Mordfall beitragen könnte und nur stören würde. Dabei hätte ich ihnen nach Gudruns Beschreibung die Klamotten genauer bezeichnen können. Das war zweifellos ein Burberrymantel mit Schaffell gefüttert.«

»Eher Merino«, werfe ich ein.

»Ist auch ein Schaf, egal.«

Wenn Hein gefrustet ist, muss er shoppen. Da in Prüm die Geschäfte über Mittag schließen, bietet sich nur Luxemburg an. Also hat er Jupp aus Losheim geholt und ist mit ihm zu einer Schmuggeltour ins Einkaufszentrum nach Wemperhardt aufgebrochen. Er stellt eine Flasche Single Malt vor mich auf den Tisch.

»Hoffentlich der Richtige?«

Marcel löffelt nickend seine Suppe aus.

»Ja, genau der«, sagt er, als hätte Hein ihn gefragt. »Den haben wir gern.«

Wir müssen über einiges reden. Am besten bei einem guten Single Malt, nicht wahr? Damit ich dir erzähle, wie einsam ich mich in Berlin gefühlt habe, wie dankbar ich war, dass du mir einen Grund zur Rückkehr geliefert hast. Nee, mein Lieber, diesen Whisky wirst du bestimmt nicht verkosten!

»Und jetzt kommt was ganz Irres«, verkündet Hein mit geheimnisvoller Miene. »Ihr werdet nicht glauben, was Jupp in Wemperhardt gesehen hat.«

»Ich glaube alles«, versichere ich, »seitdem ich Linus als Hütehund gesehen habe.«

»Los, sag's ihnen«, fordert Hein seinen Freund auf, während er mit dem Löffel die Karamellkruste zerbricht.

Jupp deutet fragend zur Haustür.

»Keine Angst, Gudrun kommt so schnell nicht zurück«, versichert Hein. »Sie muss ja Bianca helfen, dieses dämliche Schaf wieder in den Stall zu bringen. Wir haben es doch glatt auf der Bundesstraße einfangen müssen! Ich dachte immer, Schafe sind Herdentiere, aber die anderen haben sich vom offenen Gatter nicht verlocken lassen. Fragt man sich wirklich, was für ein Viech sich die Bianca da angeschafft hat.«

»Wer weiß das schon«, sinniert Marcel und setzt hinzu: »Um tadelloses Mitglied einer Schafherde sein zu können, muss man vor allem ein Schaf sein.«

»Wieder mal eine ganz schlaue Bemerkung«, sage ich spitz.

»Schlauer als du denkst. Ist nämlich von Einstein«, gibt Marcel zurück.

»Offenbar dein neuer Freund.«

»Oh, das knistert aber gewaltig«, ruft Hein mit vollem Mund, stutzt dann und fragt: »Was ist das für ein seltsamer Geschmack?«

»Rate mal«, sage ich. Seine Antwort geht im Klingeln von Marcels Handy unter.

»Entschuldigt«, sagt der Polizist zu uns und dann ins Telefon: »Oh, ja. Ja, ja. Was? Wann?« Er holt tief Luft. »Incroyable ...« Damit greift er sich ein Schälchen, verschwindet mit diesem und dem Handy in der Küche und macht die Tür zu.

»Bestimmt eine neue Entwicklung im Mordfall«, sagt Hein. »Vielleicht haben sie ja die Frau. Eine solch auffallende Erscheinung kann hier doch nicht so einfach untertauchen.«

Ich wende mich an Jupp.

»Was hast du in Wemperhardt gesehen?«

Er schüttelt den Kopf.

»Sage ich, wenn Marcel wieder da ist. Vielleicht hat er eine Idee, was man da machen kann. Wäre für uns alle ziemlich wichtig, glaube ich.«

Marcel hat eine ganz andere Idee, als er die Küchentür öffnet. Er bittet mich, ihm augenblicklich meine Autoschlüssel zu geben. Und zwar in einem Ton, als habe er ein Recht, meinen Wagen zu requirieren.

»Dafür brauche ich schon eine ordentliche Begründung.«

»Ich muss sofort nach Eupen!«

»In einem Betriebsfahrzeug mit deutschem Kennzeichen. Da könnte ich in Teufels Küche kommen.«

»Katja, ich habe keine Zeit für solche Spielchen. Es gibt einen neuen Tatort. Ich muss dahin.«

Ich starre ihn entgeistert an. »Die Frau hat wieder gemordet?«

»Das wissen wir nicht. Aber in der Wohnung sind wieder Fingerabdrücke von Lambert gefunden worden. Ziemlich frische, diesmal.«

»Also noch eine tote Frau«, flüstere ich.

»Nein! Diesmal ist es zur Abwechslung wieder mal ein Mann. Tot in einer Eupener Wohnung aufgefunden, offenbar Selbstmord. Und über siebzig!«, schreit er mich an. »Wie soll er da Messdiener bei Lambert gewesen sein? Kannst also all deine Theorien vergessen. Und jetzt gib mir endlich die Schlüssel, verdammt noch mal!«

Meine Knie sind ganz weich, als ich zur Garderobe gehe. Ich ziehe den Schlüsselbund aus meiner Jackentasche und fummele nervös daran herum.

»Lass schon, ich mache den selber los.« Ungeduldig greift Marcel nach meiner Hand. Es knistert gewaltig.

»Statische Aufladung«, sagt der Polizeiinspektor knapp. Er vereinzelt den Autoschlüssel, legt den Bund auf den Tisch und tippt auf ein Schälchen.

»Birne und Roquefort«, informiert er Hein. »Sehr interessant, aber nicht meine Sache.«

Ebenso wenig wie das Auto, in dem er schon sitzt, bevor wir uns von unserer Überraschung erholt haben.

»David«, murmelt Jupp.

»Was?«, frage ich verstört.

»David«, wiederholt er. »Ich habe David gesehen. In Wemperhardt. Er ist vor mir davongelaufen.«

Als **VIERTES** wird ein fleischloses Durcheinander angerichtet

Rote Zwiebeln mit gewürfelten Trockenaprikosen, Apfelstückchen, Süßkartoffeln und roter Currypaste in Öl anschwitzen, rote Linsen hinzugeben, mit Gemüsebrühe aufgießen, zehn Minuten köcheln lassen, kurz angebratenen Rosenkohl und Kokosmilch hineintun; alles noch zehn Minuten ziehen lassen, mit Muskatnuss, Zimt, Kreuzkümmel, Koriander und Aprikosenkonfitüre abschmecken und das fertige Durcheinander mit gerösteten Mandelsplittern überstreuen

»Diese verdammten Krücken! Sonst hätte ich ihn erwischt!«

»Ohne Krücken hättest du ihn gar nicht erst gesehen«, wirft Hein ein. »Weil wir dann nämlich zusammen eingekauft hätten.«

So aber hatte sich Jupp auf einem bequemen Stuhl vor dem weitläufigen Supermarkt in Wemperhardt niedergelassen und gerade seine Kaffeetasse gehoben, als an der Theke hinter ihm eine vertraute Stimme Lütticher Waffeln bestellte.

Sehr groß kann Davids Appetit nicht gewesen sein, denn als er seinen Namen hörte, ergriff er augenblicklich die Flucht. Jupp versuchte, ihn aufzuhalten, fummelte aber, wie er bedauernd anmerkt, zu spät seine Krücke zurecht, um David mit ihr zu Fall zu bringen. An dieser Stelle von Jupps Erzählung atme ich erleichtert aus. Die Emotionen unseres sanftmütigen Riesen hätten dann möglicherweise nicht nur ihn selbst überwältigt. Jupp kann seine Kräfte manchmal schlecht einschätzen. Insofern ist David wortwörtlich noch mal davongekommen.

Doch Jupp hielt es nicht mehr auf seinem Stuhl. Zu seinem Leidwesen bewegte er sich aber mit seinen Gehhilfen erheblich langsamer zum Aufgang als der Mann, der dem Einkaufszentrum entfloh. Also schmiedete der Behinderte einen Plan. Wenn er flott bis an den Straßenrand humpelte, würde er vielleicht das Auto erkennen, mit dem David davonfuhr. Marcel könnte dann das Nummernschild identifizieren und herausfinden, wo sich der Texaner derzeit aufhält.

»Um ihn zu kidnappen? Und ihn dann gefesselt und geknebelt neben Gudrun ins Bett zu legen, oder was?«, frage ich ungehalten. »David ist ein freier Mann, Jupp. Er ist abgehauen, weil Gudrun zu sehr geklammert hat. Weil ihm das hier alles zu viel wurde. Oder zu wenig war. Er wird schon seine Gründe gehabt haben, und die sollten wir auf jeden Fall respektieren.«

Ich möchte mir keinesfalls anmerken lassen, wie sehr es auch mich überrascht, dass unser alter Freund noch immer oder schon wieder in der Eifel ist. Ich wäre die Letzte, die darüber beleidigt sein dürfte, dass er mit uns nichts mehr zu tun haben möchte. Wie er bin schließlich auch ich ohne großen Abschied aus dem Leben unserer Freunde verschwunden. Jeder hat das Recht, die Gegenwart zu nutzen, um seiner Vergangenheit zu entfliehen und sich woanders eine unbelastete Zukunft zu erschaffen.

Dass ich in Berlin daran gescheitert bin, gebe ich allerdings nur in den seltensten Momenten vor mir selbst zu. Meistens kann ich mir erfolgreich einreden, ich sei Gudruns wegen zurückgekehrt. Aber David hat sich vermutlich Gudruns wegen vom Acker gemacht.

»Dass er hier ist!«, ruft Hein. »Wundert dich das denn überhaupt nicht? Dass er hier ist?«

»Dass er hier ist, ja«, echot Jupp. »Und wir wussten es nicht. Unglaublich. Dass er hier ist.«

Dass er hier war.

Ich ignoriere den Schauer, der mich durchläuft.

»Gut, dann ist er eben nicht da, wo der Pfeffer *wächst*, sondern hier, wo wir ihn kaufen!«, erkläre ich ungeduldig. »Auch Luxemburg ist ein freies Land. In was für einem Auto ist er denn abgedampft?«

Jupp sieht Hein an.

»In keinem«, antwortet sein Freund für ihn. »David ist zu Fuß die Straße runtergerannt. Richtung belgischer Kreisel. Als sei der Teufel hinter ihm her.«

Dabei war es nur ein alter Freund am Stock.

Dass er hier ist ... Natürlich finde ich das merkwürdig. Aber ich mache meiner Verwunderung lieber mit einer harmlosen Frage Luft: »Wer geht schon zu Fuß bei Massen einkaufen?«

»Genau!«, ruft Hein. »Das heißt, dass er in der Gegend von Wemperhardt wohnen muss.«

»In Luxemburg?«

»Oder in Burg-Reuland, direkt an der Grenze.«

»Kein Wort zu Gudrun!«

Ich sehe schon, wie sie auf der Suche nach ihrem verlorenen Amerikaner im belgisch-luxemburgischen Grenzgebiet ein einsames Gehöft nach dem anderen abklappert. Wie sie in Burg-Reuland an jeder Tür der kleinen Neubaureihe mit dem grandiosen Fernblick klingelt, bei jedem Ferienhaus durch ungeputzte Fenster blickt und sogar in verlassenen Bruchsteinruinen nachsieht, ob sich David da eine wohnliche Ecke eingerichtet hat. Ich sehe, wie sie immer verzweifelter und abgehärmter wird, weil ihre große Liebe offenbar so nah und doch nicht aufzutreiben ist. Jeden Bauern, jede Witwe, jedes Kind wird sie befragen, bei den Landärzten im Grenzgebiet vorstellig werden, bei sämtlichen Maklern, Vermietern, Arbeitsstellenvermittlern und Frittenbudenbesitzern. Sie wird Marcel in den Wahnsinn treiben, mich mit dem Restaurant allein lassen und keine Ruhe geben, bis es

David nicht mehr gelingt, sich verleugnen zu lassen. Und dann?

Alle diese Gedanken haben sich Hein und Jupp schon längst gemacht. Natürlich werden sie die Begegnung vor Gudrun geheim halten. Im Gegensatz zu mir haben sie nämlich zeit- und hautnah miterlebt, wie unsere Freundin zusammengebrochen ist. Sie werden alles vermeiden, was sie wieder durcheinanderbringen könnte. Wir wissen nicht, ob ihr Verhalten David wirklich zu seinem sang- und klanglosen Abschied bewogen hat, aber eine andere Begründung fällt uns nicht ein.

»Er ist auch unser Freund«, sagt Jupp. »Er hat auch uns verlassen. Eine Erklärung wäre nicht schlecht.«

»Genau«, sagt Hein, »man will schließlich wissen, woran man ist.« Er sieht mich vielsagend an.

»Das wissen wir ja jetzt«, sage ich, ohne die unterschwellige Herausforderung anzunehmen und endlich Gründe für meine eigene einstige Landflucht zu äußern. »David ist mit uns durch. Und das sollten wir akzeptieren.«

Das Thema können wir jetzt ohnehin nicht weiter vertiefen. Gudrun ist schneller zurückgekehrt, als wir erwartet haben. Biancas Vater, Robert Wiebach, hat sie in seinem Wagen mitgenommen, allerdings ohne Linus. Ich habe nichts dagegen, wenn Bianca den zum Schäferhund mutierten halben Kampfhund über Nacht dabehalten will. Schön, wenn sich das verspielte Tier mal nützlich machen kann.

»Also muss heute Freitag sein«, begrüße ich Robert aus Radevormwald und erwarte den unvermeidlichen Verkehrsbericht, mit dem er uns zum Auftakt seiner Besuche auf der Kehr so gern unterhält. Aber heute erfahre ich nicht, ob der Stau bereits lange vor der Leverkusener Rheinbrücke in

Burscheid begonnen hat oder dass die Fahrbahn ausgerechnet am Freitag wieder einspurig an der ewigen Baustelle auf der A1 vorbeiführt. Nichts höre ich über Umleitungen oder Chaos am Kölner Ring, über Unfälle, die durch schleichende Holländer oder rasante Luxemburger verursacht wurden, keine Klage über den Schwertransporter, der direkt vor ihm von der A1 auf die B51 eingebogen ist, wo man dann kilometerlang nicht überholen kann, keine Häme über Porschefahrer, die der Starenkasten bei Schmidtheim geblitzt hat. Der Mittfünfziger hat eine ganz andere Sorge.

Er fürchtet, dass sich Gudrun die *schönen* Beine abfrieren werde. Ich empfehle ein warmes Fußbad, aber Robert behauptet, nichts gehe über ein gründliches Abrubbeln mit warmen Händen. Zum Beweis, wie sehr sich die seinen dafür eignen, legt er eine Hand an Gudruns knallrot gewordene Wange.

»Sicher ein probates Mittel.« Ich deute, ohne Hein und Jupp anzusehen, vage zum Flur. »Aber bitte nicht im Gastraum.«

Doch Gudrun ist noch nicht so weit, einen anderen Mann in die Kammer zu bitten, in der sie vor Jahren ihre erste Liebesnacht mit David verbracht hat. Roberts Aufmerksamkeit tut ihr aber sichtlich gut. Wer weiß: Wenn der Zahn der Zeit den Mann aus Texas endlich aus ihrem Herz herausgenagt hat, wird da vielleicht der Mann aus Radevormwald einziehen.

Das alte, viel gebrauchte braune Pappschild mit der krakeligen Aufschrift *Wegen Trauerfalls geschlossen* an der Tür schützt uns drinnen vor ungebetenen Gästen. Jupp sitzt am Telefon und wimmelt Tischreservierer ab. Ich habe keine Lust auf Tatortbesichtiger und will auch nicht auf den letzten Drücker in Heins Sportwagen zum Einkaufen fahren. Den Gedanken an das NRW-Sammeltaxi, das mich abholen könnte, verdränge ich sofort. Ich möchte nicht an die SMS erinnert werden, die ich einst Marcel geschickt hatte und bei der mir in der Eile ein Tippfehler unterlaufen war: *Fahre mit dem Rammeltaxi nach Hellenthal.* Nein, daran darf ich gar nicht denken.

Wir werden das Restaurant erst am Montag wieder öffnen und morgen nur die geschlossene Gesellschaft bewirten. Allerdings können wir die Fackelwanderer nicht nur mit der Überraschungs-Crème-Brûlée abspeisen. Ich sichte unsere Vorräte.

»Der Rosenkohl muss weg«, ruft mir Gudrun zu, »aber der reicht nicht für so viele Leute.«

»Doch«, widerspreche ich, »wenn wir das noch dazutun.«

Ich ziehe Tüten mit roten Linsen und getrockneten Aprikosen sowie ein paar Dosen Kokosmilch und ein Glas roten Curry aus dem Schrank und stelle alles auf die Anrichte. Dazu lege ich ein Netz roter Zwiebeln, drei Süßkartoffeln und ein paar schrumpelige Äpfel.

»Ein bunter Eintopf, den wir mit Gemüsebrühe aufgießen können.«

»Was für ein fleischloses Durcheinander!«, bemerkt Hein.

»Ich würde meine Würstchen opfern«, bietet Jupp an und deutet zum Kühlschrank, wo er Unmengen seiner ekligen eingeschweißten Wiener lagert.

Ich lehne dankend ab und spitze die Ohren, als draußen eine Autotür zuknallt. Wird Zeit, dass mir Marcel meinen Wagen zurückbringt.

»Nein, wir haben wirklich geschlossen«, höre ich Hein sagen. »Ja, furchtbar. Schön, dass Sie dafür Verständnis haben. Kommen Sie doch Montag wieder.«

Jupp, Hein und Robert sind längst fort, und Gudrun hat sich in ihr Zimmer zurückgezogen, *für morgen gut ausgeschlafen zu sein.*

Die Aufgaben für die Bewirtung der Fackelwanderer sind verteilt. Hein, Robert und Bianca werden beim Servieren helfen. Jupp kann vom Stuhl in der Küche aus das Telefon bedienen und die gerösteten Mandelsplitter auf die Eintopfteller streuen. Als Gudrun sich erkundigte, ob sich Marcel um Getränke kümmern werde, wie er das früher immer getan habe, ließ ich sie wissen: »Früher ist jetzt endgültig vorbei.«

Es wird in der Tat immer später. Wo bleibt der belgische Autodieb? Der mir die am Mittag gestellte Frage, wie er denn ohne Wagen nach St. Vith zurückzukehren gedenke, nie befriedigend beantwortet hat. Ich werde ihn jedenfalls nicht kutschieren. Leider gelingt es mir nicht, Erinnerungen an frühere Freitagabende und die darauf folgenden ausufernden Nächte zu verdrängen. An eine Nähe, die selbstverständlich und behaglich war. Wie lange ist es her, dass mir jemand vor dem Frühstück einen Kaffee ans Bett gebracht hat?

Bloß nicht sentimental werden. Sachlich bleiben.

Wir sollten über einiges reden.

Ja, zum Beispiel darüber, wie die Fingerabdrücke von Jean-Marie Lambert in die Wohnung eines toten Mannes in Eupen gekommen sind. Diesmal sind es frische Abdrücke, hat Marcel gesagt, also muss der Pfarrer kurz vor seiner finalen Einkehr in meinem Restaurant den alten Mann aufgesucht haben. Wie ich den belgischen Polizeiinspektor kenne, wird er mit mir ganz bestimmt nicht über Ermittlungsergebnisse reden wollen.

Wahrscheinlich wird es wieder auf einen Deal hinauslaufen, bei dem wir beide über unsere Schatten springen müssen. Auch wenn ich nicht die geringste Lust dazu verspüre, mich in der Dunkelheit nach St. Vith und wieder zurück zu quälen, wenn mir Marcel mein Auto zurückgebracht haben wird.

Plötzlich steht er in der Tür. Ich habe keinen Wagen gehört. Er sieht müde aus, unrasiert, grau und sehr schmal. Ich ziehe meinen Vorsatz vom Mittag zurück und biete ihm zur Stärkung den frisch geschmuggelten Whisky an.

Er lehnt ab.

»Ich muss einen klaren Kopf behalten, für meinen Bericht zu schreiben.«

»Heute Abend noch?«

»Ja.«

»Viele neue Erkenntnisse?«

»Ja.«

»Habt ihr die Frau?«

»Nein.«

»Aber ihr wisst jetzt, wer sie ist?«

»Katja, sei mir nicht bös, aber ich muss direkt weg.«

Er legt den Autoschlüssel neben das Durcheinander, das morgen einen Eintopf ergeben soll.

»Ich kann dich nicht fahren. Du siehst ja, ich muss jetzt kochen.«

»Ja, sieht sehr spannend aus. Gute Nacht.«

»Willst du etwa zu Fuß gehen wie der Pfarrer?«

Ich folge ihm vor die Tür.

Erwin winkt mir aus dem Polizeijeep neben meinem Auto zu.

»Guten Abend, Katja!«

Klar, Marcel hat die Polizeizone Eifel mobilisiert, um sich von meinen Fahrdiensten nicht abhängig zu machen. Sehr enttäuscht, dass er mich um die Gelegenheit gebracht hat, sein Bittgesuch abzulehnen, will ich mich wieder ins Haus zurückziehen.

Da packt er mich plötzlich hart am Arm und feuert aus sehr schmal gewordenen Augen einen Blick ab, als wolle er mir in den Kopf hineinzielen. Oder mitten ins Herz. Einen Augenblick lang glaube ich, er will mich küssen, und einen

Augenblick lang hätte ich auch nichts dagegen gehabt. Hätte mir am liebsten, wie gestern das Schaf, die Eisklumpen vom müden Leib geschüttelt und mich endlich mal wieder angelehnt.

Marcels Stimme ist sehr ernst.

»So geht das nicht mehr, Katja!«

»Nein«, flüstere ich.

Er hat recht. So geht das nicht weiter. Diese Herumeierei! Dieser elende Zweikampf um nichts und wieder nichts, nur weil sich keiner – und vor allem ich nicht – in das Unvermeidliche fügen und klein beigeben will. Nomen est omen. Klein gibt bei. Ich strecke die Waffen. Bin zu müde, um noch länger allein ziellos durch den tiefen Schnee zu stapfen. Wozu auch, wenn einer da ist, der einem zeigt, wo's langgeht? Ich gestehe dem Mann in Uniform das Kommando zu. Allem, was er sagt und tut, werde ich zustimmen. Damit er mich nach Hause führt, die Decke über uns ausbreitet und mir morgen früh den Kaffee ans Bett bringt. Damit es wieder so wird wie früher. Da war schließlich nicht alles schlecht.

Ich glaube, ich bringe ein versonnenes Lächeln zustande. Es wird nicht erwidert. Marcels Stimme bleibt eindringlich, aber was er sagt, will nicht so recht in mein abgeschaltetes Hirn dringen.

»Es geht nicht mehr, Katja, dass du die Tür andauernd auflässt! Du musst sie jetzt direkt hinter dir abschließen. Abschließen! Mit einem Schlüssel. Verstehst du! Jeder hätte so wie ich einfach reinkommen können. Und dich erschießen. Wie den Pastor.«

»Ja«, hauche ich.

Dann erst setze ich mir seine Sätze zusammen.

Mein Gott, was bin ich nur für ein Schaf!

»Gut, dass wir uns einig sind.« Marcel lässt mich los und sprintet zum Polizeiauto.

Nein, wir sind uns nicht einig. Ohne abzuschließen, kehre

ich also in die Küche zurück und betrachte das Durcheinander auf der Anrichte, das meine Gemütslage trefflich widerspiegelt.

Der Geist ist willig, doch das Fleisch ist schwach. Nichts geht über einen guten alten Spruch, um sich eigenen Unzulänglichkeiten nicht stellen zu müssen. Marcel hätte dazu wahrscheinlich wieder einen von Einstein parat. Ich verschiebe das Kochen auf morgen und schließe die Eingangstür des Restaurants sorgfältig von außen zu. Bleibe einen Moment vor der *Einkehr* stehen. Irgendetwas habe ich vergessen. Ach ja: Der Hund fehlt mir.

So einsam habe ich mich schon lange nicht mehr gefühlt.

Der nächste Abend, Samstag

Derart gut besucht ist unsere kleine Kirche noch nie gewesen. Weit mehr als hundert Leute drängen sich im Altarraum und zwischen den Bänken. Die schlichte, aber geschmackvolle Einrichtung kann von den meisten Teilnehmern der Fackelwanderung kaum ordentlich gewürdigt werden, da alle Brillengläser beschlagen sind, die Dämmerung eingesetzt hat und die Kirchenlampen ihr Licht äußerst sparsam spenden.

Ich stehe ganz hinten zwischen Gudrun und einem Journalisten der *Kölnischen Rundschau*. Wie eine Touristin komme ich mir vor, als Nachbarin Hildegard Sieberath über unseren kleinen Grenzort referiert. Erstmals erfahre ich, dass es meinem belgischen Nachbarn zu verdanken ist, dass hier auf NRW-Gebiet die Kirche »Maria Himmelfahrt« steht und etwas abseits auch der Friedhof angelegt wurde, klein, aber international, denn dort liegen Kehrer aus zwei Staaten und zwei Bundesländern begraben.

Die noch Lebenden hat Hildegard genau nachgezählt.

Sie ordnet unserem Flecken dreiundsechzig Bewohner zu; jeweils siebenundzwanzig gehören zu Rheinland-Pfalz und NRW; neun sind Untertanen des belgischen Königs. Von allen Neunen bin ich also eine. Nur acht Kinder leben hier, dafür aber fünfundzwanzig Übersechzigjährige. Ich werde Hildegard später befragen, welchem Bundesland sie Gudrun zugeordnet hat. Als Hinterzimmerbewohnerin der *Einkehr* gehört sie eigentlich zu NRW, aber ihr Wohnhaus, Davids Erbe, das jetzt Bianca gemietet hat, steht in Rheinland-Pfalz. Ich kann mir kaum vorstellen, dass Gudrun beim Einwohnermeldeamt eine Adressenänderung beantragt hat; das würde alles nur komplizierter machen. Vor allem, weil sie immer noch auf eine Rückkehr mit David in ihr altes Elternhaus hofft.

»Die Ehen, die in dieser Kirche geschlossen wurden, haben Bestand gehabt«, sagt Hildegard. Neben mir wird leise geschluchzt. Ich lege einen Arm um Gudrun, die genau hier ihren Texaner hatte heiraten wollen, und flüstere ihr zu, dass wir direkt wieder nach nebenan gehen sollten, um den Imbiss parat zu machen.

»Ist doch alles fertig; da kann ich doch auch noch die Fackelwanderung mitmachen, oder?«, fragt sie zu meiner Überraschung. Ich blicke auf ihre Füße. Rotlederne Winterschuhe.

»Hat mir Robert heute in Prüm gekauft«, flüstert sie mir zu und lächelt aus verhangenen Augen den Mann aus dem Bergischen Land neben sich an.

Ich werde einem aufkeimenden jungen Glück bestimmt nicht im Wege stehen, schon gar nicht, wenn es Gudrun lacht.

»Neues Schuhwerk muss man einlaufen.« Ich nicke und schiebe mich dann durch die Kirchentür, die tatsächlich fast eingedrückt worden ist.

Draußen lehne ich dankend die Fackel ab, die mir der Sohn des Bürgermeisters in die Hand drücken will. Eine schmale Gestalt steht unschlüssig am Straßenrand.

»Die anderen sind noch in der Kirche, aber da kriegen Sie keinen Platz mehr. Geht bestimmt gleich los. Da vorn werden schon die Fackeln verteilt.«

Das Wesen rührt sich immer noch nicht von der Stelle. Neugierig trete ich näher.

»Sie wollen doch zur Fackelwanderung?«, frage ich.

»Fackelwanderung?«

Die Stimme wird durch den Schal vor dem Mund gedämpft, ist aber eindeutig weiblich. »Will man so etwa Jean-Marie Lamberts gedenken?«

»Nein!«, rufe ich erschrocken. »Sie sind seinetwegen hier?«

Sie deutet zu meinem Restaurant. »Ich wollte da mit jemandem sprechen, aber es macht niemand auf.«

Natürlich, Jupp hat strengste Order, keine Tatortbesichtiger reinzulassen.

»Wir haben eine geschlossene Gesellschaft.«

Die Frau lockert ihren Schal und enthüllt ein hübsches junges Gesicht.

»Sie sind Frau Klein? Sie waren dabei, als Pastor Lambert erschossen wurde?«

Das stand in keiner Zeitung.

»Woher wissen Sie das?«

»Hat mir die Polizei gestern in Eupen erzählt.«

»Etwa Polizeiinspektor Langer?«

Freiwillig erteilt Marcel nur denjenigen Auskunft, von denen er sich selbst eine erhofft.

Sie nickt und stellt sich vor.

»Ich bin Claire Maraite.«

Die junge Frau sieht mich erwartungsvoll an. Der Name sagt mir nichts, wohl aber die Information, dass ihr Marcel gestern in Eupen meinen Namen genannt hat.

»Sie sind also ...«

»... die Tochter, ja.«

Die Tochter des Mannes, der in einer Eupener Wohnung tot aufgefunden wurde.

Ich spreche ihr mein Beileid aus, aber sie winkt traurig ab.

»Mein Vater hat seine Entscheidung selbst getroffen. Die hat ihm Pastor Lambert wohl auch nicht mehr ausreden können.«

»Deshalb war er bei ihm?« Ich schaue verstohlen auf die Uhr.

Die ersten Fackelwanderer werden frühestens in einer Stunde bei uns einfallen. Zeit genug, um mir in der warmen Gaststube all die Informationen zu beschaffen, die Marcel nicht mit mir teilen wollte. Und möglicherweise höre ich ja sogar mehr als er.

»Vielleicht«, antwortet Claire Maraite, »vielleicht aber auch nicht. Es ist alles sehr rätselhaft. Deshalb bin ich hier. Bitte erzählen Sie mir genau, was hier gestern vorgefallen ist. Ich muss herausfinden, warum Lambert bei meinem Vater war. Und warum beide jetzt tot sind.«

Willkommen im Klub, hätte ich beinahe gesagt.

Stattdessen lade ich sie in mein Restaurant ein.

Volker Maraite hatte vor seiner Pensionierung als Lehrer an einem Gymnasium in St. Vith gearbeitet. Dass er neben Biologie auch Physik unterrichtet hat, passt ins Bild, finde ich. Da Jean-Marie Lambert dieses Fach im Fernkursus studiert haben soll, erscheint es mir naheliegend, dass er sich mit einem Experten in der Nachbarschaft über wissenschaftliche Fragen ausgetauscht haben könnte. Was Claire allerdings bestreitet.

»Meines Wissens haben sich die beiden nur flüchtig gekannt. Und das ist auch schon sehr lange her. Damals, als wir noch hier in der Gegend wohnten, da sind sie sich manchmal über den Weg gelaufen. Mehr nicht. Mein Vater war bekennender Agnostiker. Das war für mich ziemlich schlimm als Kind. Ich habe sehr viel für ihn gebetet.«

Mehr könne sie nicht für ihn tun, habe ihr Pastor Lambert damals gesagt.

»Sie kannten also Jean-Marie Lambert?«

»Wir wohnten in Heuem, das gehörte zur Pfarre Mackenbach. Ich war da mal Messdienerin.«

Sprachlos starre ich sie an. Noch eine ehemalige Ministrantin des erschossenen Priesters! Diejenigen, die ich bislang für solche halte, morden oder werden ermordet – wobei mir Marcel natürlich immer noch nicht verraten hat, ob die beiden toten Frauen in Hergersberg früher tatsächlich als Ministrantinnen bei Lambert gedient haben.

Ich frage mich, ob das Leben der jungen Frau vor mir ebenfalls in Gefahr gewesen sein könnte. Hat Lambert die Tochter gemeint und den Vater getroffen? Musste Volker Maraite anstelle seiner Tochter sterben?

»Haben Sie das Polizeiinspektor Langer auch erzählt?«

»Nicht so ausführlich, war ja nicht so viel Zeit. Es ging ihm vor allem um die Frau, von der Lambert erschossen wurde, aber ich kann mir nicht vorstellen, dass mein Vater mit so jemandem Umgang gepflegt haben soll. Frauen haben ihn nach dem Tod meiner Mutter überhaupt nicht interessiert, und diese habe ich jedenfalls noch nie gesehen.«

»Wie war Lambert als Pastor?«

»Geliebt«, antwortet sie sofort. »Von allen.«

»Vor allem von den Messdienerinnen?«

»So meinte ich das nicht«, entgegnet sie und wird tatsächlich rot. »Er war gütig, einfühlsam und immer für jeden da. Wir Messdienerinnen waren natürlich alle ein bisschen verliebt in ihn. Er war ja ein sehr attraktiver und liebenswerter Mann.«

Es fällt mir schwer, diese Beschreibung auf den abgerissenen alten Mann zu übertragen, der vor meinen Augen erschossen wurde – und doch fällt mir jetzt ein, dass ich die zerfurchten Gesichtszüge nicht uninteressant gefunden habe. Außerdem dürften Claire Maraites Zeiten als Ministrantin auch etwa fünfzehn Jahre zurückliegen.

»Dazu war er noch unerreichbar«, setze ich hinzu.

»Klar, das machte einen Teil seiner Anziehungskraft aus. Junge Mädchen schwärmen ja auch für Filmstars und Rocksänger.«

Meinen nächsten Satz lasse ich so nonchalant wie möglich über die Lippen gleiten: »Und da ist der Pastor nie schwach geworden?«

Sie lacht leise.

»Schwer vorstellbar, aber natürlich nicht unmöglich. Ich weiß es nicht.«

»Es gab keine Gerüchte?«

Sie schüttelt den Kopf. »Nicht mal über eine Haushälterin wie in manchen anderen Pfarren.«

»Weil ihm erst seine Mutter und dann seine Schwester den Haushalt führten. War bestimmt sehr schlimm für die arme Christine Lambert, als er plötzlich spurlos verschwand.«

Claire senkt die Lider und beißt sich auf die Lippen. Als sie wieder aufblickt, lese ich so etwas wie Verzweiflung in ihren Augen. Sie will mir etwas sagen und weiß nicht, wie.

»Mein Vater …«, beginnt sie, bricht aber sofort wieder ab.

Lichter tanzen vor den Fenstern der *Einkehr*. Es wird gerufen, gelacht und Schnee von den Stiefeln gestampft. Die ersten Fackelwanderer sind schon da. Wortfetzen entnehme ich, dass der Schneematsch nicht einmal zugelassen habe, in die Nähe des südlichsten Punktes von NRW zu gelangen. Noch vor dem verlassenen Hof auf der rechten Seite des Losheimer Landgrabens – übrigens nicht zu verwechseln mit dem Losheimer Graben, der sich einige Kilometer weiter nördlich befindet – habe Bürgermeister Westerburg die Wanderung abgebrochen.

Wo bleiben Gudrun, Bianca, Robert und Hein? Die sollen sich doch um die Leute kümmern, mit denen sie durch den Schnee gestapft sind. Ich habe Wichtigeres zu tun.

In die Küche können wir nicht. Da sitzt Jupp am Telefon.

Ich bitte Claire, mir zu folgen, und stoße die Tür zu Gudruns privatem Reich auf. Am Schrank hängt ein frisch gewaschenes orangerotes Sweatshirt. Wie ist das so schnell zu Gudrun zurückgekehrt?

»Texas«, liest Claire die Aufschrift. »Da hätte mein Vater auch sein können. Oder auf dem Mond.«

»Wie bitte?«

»Mein Vater war auch jahrelang verschwunden. Wie Pastor Lambert.«

»Aber Ihr Vater ist zurückgekehrt.«

»Erst vor einem halben Jahr.«

»Und wo war er in der ganzen Zeit?«

»Weder in Texas noch auf dem Mond.« Sie klingt sehr bitter. »Innerlich war er Lichtjahre von mir entfernt, geografisch gesehen aber gar nicht weit weg. Und hat sich nie bei mir gemeldet.«

Ich ignoriere den Lärm aus dem Gastraum. Irgendein Geschirr ist da soeben zu Bruch gegangen.

»Warum nicht?«

»Er konnte es damals nicht, hat er gesagt. Weil er geglaubt hatte, das würde alles kaputt machen.«

Jetzt beiße ich mir auf die Lippen. Keine Fragen stellen. Das Mädchen weiterreden lassen. Da will etwas raus.

»Er hatte sich für die Zeit nach seiner Pensionierung so viel vorgenommen. Aber dann starb meine Mutter, und alle Pläne waren Makulatur. Mein Vater fiel in ein tiefes Loch. Er konnte nicht mit Gott hadern, weil er nicht an ihn glaubte. Also haderte er mit dem Tod an sich.«

»Wie geht das denn?«, entfährt es mir.

Ein trauriges Lächeln stiehlt sich in ihre Mundwinkel.

»Er bekämpfte ihn. Indem er sich mit den beiden Grundübeln auseinandersetzte, die unserer Unsterblichkeit im Wege stehen, wie er behauptete.«

»Das ist mir zu hoch«, gebe ich zu. »Zwei Grundübel? Es gibt doch tausend Wege, um zu sterben.«

»Aber zwei Ursachen raffen auch die Widerstandsfähigsten und Zähesten dahin: der Stoffwechsel und die Schwerkraft. Die wollte er besiegen. Das waren seine Feinde, und mit beiden kannte er sich schon von Berufs wegen bestens aus.«

Ich versuche gar nicht erst zu verstehen, was ich da höre. Wir essen uns ins Grab, und wenn wir Glück gehabt haben, hat uns davor die Schwerkraft Falten ins Gesicht gezeichnet und den Rücken gebeugt, so ist es eben, das Leben. Das bei jedem Menschen mit dem Sterben endet.

»Er wollte Stoffwechsel und Schwerkraft überwinden?«, frage ich ungläubig. »Wie stellt man denn so was an?«

Claire Maraite zuckt mit den Achseln. Das Gleiche hatte sie ihn gefragt, als Antwort aber nur erhalten, dass dies die falsche Frage an denjenigen sei, der anstrebe, das Unmögliche durchzusetzen.

»Das klingt doch ziemlich gestört«, werfe ich ein. »Wäre sicher hilfreicher gewesen, Ihr Vater hätte anständige psychologische Hilfe in Anspruch genommen!«

»Als ob er an die Psychologie geglaubt hätte! Alles, was damit zu tun hatte, betrachtete er doch auch nur als Götzendienst. Psychologen und Priester standen für ihn auf derselben Stufe. Alles Aberglauben, behauptete er. Er war durch und durch Naturwissenschaftler.«

»Aber einer, der mit dem Tod haderte«, erinnere ich sie, »anstatt ihn als Naturgesetz hinzunehmen.«

Mir fällt die Geschichte des Mannes ein, der auf seinem Pferd nach Samarra flüchtet, um dem Tod zu entgehen, den er morgens auf dem Bagdader Basar gesehen hatte. Der Tod soll ziemlich überrascht gewesen sein, diesen Mann überhaupt in Bagdad zu erblicken, da ihm gesagt worden war, er werde ihn erst später am Abend im fernen Samarra treffen.

»Naturgesetze gelten nur in einem geschlossenen System«, bemerkt Claire. »Aus diesem wollte mein Vater aussteigen; er arbeite daran, die Ketten zu sprengen, sagte er. Um das zu tun, sei er damals verschwunden.«

Volker Maraite setzt sich als Ziel, den Tod zu überwinden, und bringt sich dann später selber um? Als Eingeständnis, ultimativ am eigenen Größenwahn gescheitert zu sein? Oder war es doch Mord? Das ist hier die einzige Frage, die mich interessiert.

»Es war ein Fehler gewesen, hat er später gesagt«, fährt seine Tochter fort, »der größte Fehler seines Lebens. Er wollte alles wiedergutmachen. Und die anderen retten, die noch zu retten sind.«

»Welche anderen?«

»Die anderen – eben alle die, die noch in dieser Gruppe sind.«

Die Tür fliegt auf.

»Katja, was machst du hier?«, ruft Gudrun außer sich und wirft einen wütenden Blick auf Claire Maraite.

»Entschuldigung, ich wollte nicht in dein Zimmer ...«

»Das ist mir doch egal! Du musst sofort kommen und uns helfen!«

»Bin schon da!« Ich wende mich an Claire und frage schnell: »Was für eine Gruppe ist das? Meinen Sie etwa so was wie eine Sekte?«

»Nein«, antwortet sie und verlässt noch vor mir das Zimmer. Hastig folge ich ihr zum Ausgang der *Einkehr*.

»Bitte bleiben Sie«, flehe ich sie an und lege meine Hand, die mir irgendjemand gerade schütteln will, auf ihren Arm. Ich ignoriere Gudrun, die mir zuruft, ich solle doch endlich den Bürgermeister von Hellenthal begrüßen.

Claire Maraite dreht sich um und flüstert mir ins Ohr: »Keine Sekte, Frau Klein. Was Schlimmeres.«

Ohne ein weiteres Wort huscht sie davon.

Im Schnee vor den Stufen der *Einkehr* stecken unzählige Fackeln. Ich sehe eine nach der anderen verlöschen.

Als **FÜNFTES** gibt es die illustrierte Häppchen-Parade

Wurstscheiben, Käsestücke, Gurke, Chicoréeblätter, Radieschen, Kumquats, Tomaten, gekochte Eier, Konfitüre, Mayonnaise, Senf, Apfel, Mango, Petersilie – eben all das, was Kühl- und Vorratsschrank hergeben oder was wegmuss; geschmacklich gewagt und optisch vorteilhaft kombiniert auf Cracker verteilt

Die junge Frau ist zwischen den vielen parkenden Autos verschwunden. An der Straße heult ein Motor auf. Und gleich danach ein zweiter vor der *Einkehr*. Verwundert blicke ich auf den schwarzen Kastenwagen, dessen Scheinwerfer jetzt mein Bruchsteinhaus gegenüber beleuchten. Ich hätte doch gesehen, wenn jemand in dieses große Auto eingestiegen wäre. Doch der Platz vor meinem Restaurant war soeben noch menschenleer, und keiner der Fackelwanderer ist aus der *Einkehr* herausgekommen. Sehr seltsam. Hat da jemand auf Claire Maraite gewartet? Etwa, um ihr hinterherzufahren? Sie zu verfolgen?

Keine Sekte. Was Schlimmeres.

Ich denke gar nicht groß nach, sondern stürze auf meinen Wagen zu. Natürlich ist er unverschlossen, und natürlich steckt der Schlüssel. Wie gut, dass ich Marcels diesbezügliche Warnung wieder mal in den Wind geschlagen habe! Ich recke den Hals und sehe, dass der Kastenwagen Richtung Malmedy hinter Claire herfährt.

Die beiden Frauen aus Hergersberg hatten keine Angehörigen. Der tote Mann in Eupen aber hatte eine Tochter. Die vielleicht statt seiner hätte sterben sollen. Die zu viel weiß. Oder beides.

Es dauert ziemlich lange, bis ich mich mit meinem Allradmonster an den dicht geparkten Fahrzeugen vor meinem Restaurant vorbeimanövriert habe. Auf der langen Geraden runter zum Grenzmarkt gebe ich also zunächst ordentlich Gas. Ganz im Gegensatz zu dem schweren Kastenwagen, der auf dieser gut geräumten abschüssigen Strecke Claires kleineres Gefährt mühelos hätte überholen können. Aber da er Abstand hält, drossele auch ich meine Geschwindigkeit. Ich treffe eine Entscheidung, als kurz vor dem Hotel Balter die Bremslichter von Claires Wagen aufleuchten und der linke Blinker angeht. Wenn der schwarze Kastenwagen nicht auch Richtung St. Vith einbiegt, sondern weiter nach Losheim oder Hallschlag fährt, werde ich umkehren und mich endlich um meine Gäste kümmern. Dann leide ich nur unter Verfolgungswahn, und alles ist in Ordnung.

Doch ohne zu blinken, fährt der ominöse Wagen Claire Maraite hinterher nach Belgien rein. Ich schalte auf Standlicht um und folge ihm.

Die belgische Nationalstraße 634 krümmt sich hinter Hergersberg. Ich verliere den Sichtkontakt zu den roten Rücklichtern des Kastenwagens.

Hinter einer Kurve muss ich an einer abschüssigen Stelle voll auf die Bremse treten. Mein Vierradmonster schlingert auf der kurzen Geraden hin und her. Es bleibt auf der Straße, nimmt allerdings die weit offen stehende Fahrertür des schwarzen Kastenwagens am Straßenrand mit. Es scheppert gewaltig; aus den Augenwinkeln sehe ich einen kleinen Mann mit Mütze und Vollbart etwas fallen lassen und zur Seite springen; dann kommt mein Fahrzeug zum Halten. Direkt vor einem Baum. Gegen den werde ich nicht geschleudert, sondern gegen das hintere Seitenteil eines Kleinwagens. Dieser Puffer, Claire Maraites Auto, ist offensichtlich mit voller Wucht gegen den Baumstamm gerammt worden.

Ich reiße meine Wagentür auf.

Geblendet von einem plötzlich aufleuchtenden Scheinwerfer stolpere ich beim Aussteigen über einen großen Plastikgegenstand und knalle der Länge nach hin. Kann gerade noch den Kopf zur Seite drehen. Sonst wäre er von dieser Walze zermalmt worden, die so bedrohlich knirschend an meinem Ohr vorbeischrammt. Dass Autoräder so groß sein können, denke ich nur und zwinge mich, die Besinnung nicht zu verlieren. Ich stehe unter Schock. Es ist sehr verlockend, einfach auf der Straße liegen zu bleiben und auf irgendwelche vorbeikommende Hilfe zu hoffen. Vielleicht habe ich mir etwas gebrochen; ich weiß es nicht, ich spüre nichts. So, als gehöre mein Körper gar nicht zu mir. In der Stille höre ich leises Gluckern zu meinen Füßen. Benzingeruch steigt mir in die Nase.

Hilfe? Wo soll die in dieser abgelegenen Gegend denn herkommen? Was, wenn der Kastenwagen zurückkehrt und mich wirklich überrollt? Oder wenn plötzlich alles in Flammen aufgeht?

Ich rappele mich auf, stelle noch im Sitzen den fast leergelaufenen Benzinkanister aufrecht hin und stütze mich beim Aufstehen auf ihm ab. Tief durchatmend nähere ich mich Claires Wagen.

Die Fahrertür klemmt, aber ich arbeite mich mit bloßen Händen durch die Schneebarriere vor der Seitentür, bis sie sich so weit öffnen lässt, dass ich mich durchzwängen kann. Ich krieche ins Auto.

»Claire?«, frage ich bang.

Sie antwortet nicht, hängt ganz nach vorn gebeugt in ihrem Gurt. Ihr Gesicht ist gegen den erschlafften Airbag gepresst. Sichtbare Verletzungen sehe ich nicht. Mit eiskalten zitternden Fingern berühre ich ihre Halsschlagader. Sie pocht. Ich atme tief durch, lehne Claires Kopf vorsichtig gegen die Kopfstütze und greife dann zu der großen Handtasche, die in den Fußraum geschleudert worden ist. Da ist hoffentlich ein Handy drin.

Ich kippe die Tasche auf dem Beifahrersitz aus, fische das Smartphone heraus und tippe 100 ein, die Nummer des belgischen Notrufs.

»Unfall«, stammele ich, als mir irgendwas Französisches ins Ohr dringt, und setze hilflos hinzu: »Bitte deutsch, allemand!« Meine derzeitige geistige Lage macht es mir unmöglich, die geografische in irgendeiner Fremdsprache zu beschreiben. Ein Problem, vor dem bis vor wenigen Jahren auch manch deutschsprachiger Belgier gestanden hat, der kein Französisch beherrschte oder dem es in seiner Aufregung entfallen war: In der Notrufzentrale von Lüttich saß damals ausschließlich französischsprachiges Personal. Das soll sich geändert haben. Hoffentlich stimmt Marcels Behauptung, die DG habe inzwischen durchgesetzt, dass der Telefondienst auch Deutsch verstehe.

»Wo sind Sie, Madame?«, höre ich jetzt zu meiner unendlichen Erleichterung.

»Unfall mit Verletzten, auf der N634 zwischen Hergersberg und Berterath«, sage ich knapp und wähle danach sofort Marcels Handynummer. Er nimmt nicht ab.

Natürlich nicht. Er steht ja gerade als Don Camillo in seiner Nylon-Soutane auf der Bühne. Und hatte uns zur anschließenden Premierenfeier eingeladen, falls die Fackelwanderer nach ihrem Imbiss nicht allzu lange auf der Kehr hängen bleiben sollten.

»Was ... ist ... passiert?«

Claire öffnet die Augen einen Spalt.

»Rühren Sie sich bitte nicht«, sage ich, als sie fahrig zu ihrem Gurt greift. Ich knipse ihn ihr auf. »Hilfe ist schon unterwegs. Sie hatten einen Unfall.«

»Hilfe«, murmelt sie und schließt die Augen wieder.

Wir liegen zu zweit in einem Zimmer des St.-Joseph-Krankenhauses in St. Vith. Mir geht es gut, von einem leicht aufgeschürften Knie mal abgesehen. Und Claire hat ungeheures Glück gehabt, wie uns der Arzt versichert. Durch den Aufprall und die Auslösung des Airbags hat sie sich nur ein Schleudertrauma zugezogen und ein paar Rippen gequetscht. Die Befürchtung des Notarztes vor Ort, dass Körperhöhlen geschädigt sein könnten, hat sich zum Glück nicht bestätigt. Sie muss auf jeden Fall noch ein paar Tage im Krankenhaus verbringen. Ich widerspreche nicht, als mich der Arzt bittet, ebenfalls noch eine Nacht zur Beobachtung dazubleiben. Eine bessere Gelegenheit, Antworten auf meine Fragen zu kriegen, kann es gar nicht geben.

Leider hat ein mir fremder belgischer Polizist meine Aussage aufgenommen. Ich hätte mir Erwin Hannen gewünscht, aber der muss an diesem Abend auf der Bühne seiner Rolle als Don Camillos Gegenspieler Peppone gerecht werden.

Natürlich habe ich inzwischen längst auf der Kehr angerufen. Die Party ist noch in vollem Gange, aber meine Leute kommen auch ohne mich zurecht. Unser fleischloses Durcheinander hat allen geschmeckt. Gudruns Angebot, mich später zu besuchen, lehne ich ab. Sie solle mich lieber am nächsten Morgen abholen. Mein Auto ist zwar nur leicht beschädigt, aber als Beweismittel von der belgischen Polizei vorübergehend eingezogen worden. Von dem Attentat sage ich nichts, ich spreche nur von einem Unfall.

Erleichtert, dass ich offenbar so glimpflich davongekommen bin, gibt mir Gudrun eine Denksportaufgabe für die Nacht mit: »Wie kommt auf der Kehr ein totes Reh auf einen Hochsitz?«

»Wird wohl ein Jäger da abgelegt haben.«

»Nein. Kein Jäger und auch kein anderer Mensch.«

»Dann war es eben ein Tier«, sage ich ungeduldig. Mir ist nicht nach einem müßigen Rätsel. Ich habe jetzt ein lebenswichtiges zu lösen.

»Aber welches und warum? Denk mal drüber nach«, empfiehlt sie. »Zeit hast du ja, und schummeln kannst du nicht. Dein Smartphone hast du ja hier bei uns vergessen.«

Wir verabschieden uns und trennen die Verbindung. Ich drücke auf den Knopf am Bett. Um wieder klar denken zu können, brauche ich jetzt unbedingt was zu essen. Dann werde ich in aller Ruhe meine Fragen stellen. Doch Claire Maraite kommt mir zuvor.

»Warum sind Sie mir nachgefahren?«, fragt sie mit unverhohlenem Misstrauen in der Stimme. Ich überlege, wie ich die unterschwellige Verdächtigung ausräumen kann. Zugegeben, an Claires Stelle wäre ich mir auch nicht ganz geheuer. Ebenso wie sie treibt mich die Frage um, weshalb sich die fremde Frau ausgerechnet mein Restaurant ausgesucht hat, um den Priester hinzurichten. Heins Begründung, die Kehr sei historisch gesehen eben ein mörderisches Pflaster, halte ich für unzureichend. Schon weil wir überhaupt kein Pflaster haben.

Ich will gerade zu einer vorsichtigen Antwort ansetzen, als die Tür aufgeht und Marcel eintritt.

Da er direkt von der Premierenfeier kommt, hätte ich erwartet, ihn in seiner Soutane wiederzusehen. Aber wahrscheinlich hat er überlegt, außerhalb der Besuchszeiten in Uniform eher Zutritt zu erhalten. Er muss sich rasend schnell umgekleidet haben, da kein Hemdknopf dem entsprechenden Loch zugeordnet ist. Das Wäschezeichen des verkehrt herum und auf links angezogenen T-Shirts muss seine Kehle kitzeln. Doch weder die schlampige Aufmachung noch die Theaterschminke scheinen seiner Autorität bei der Dame am Empfangsschalter der Klinik geschadet zu haben. Dank eines ziemlich unsachkundig angebrachten Lidstriches sehen seine Augen sehr wild aus, vor allem das rechte. Den Lippenstift hat er inzwischen zwar fast ganz abgegessen, aber das Rouge in seinem braun gefärbten Gesicht lässt ihn fiebrig aussehen; ein Eindruck, der durch das wirr abstehende Haar noch verstärkt wird.

»Einen Priester stelle ich mir blasser vor«, sage ich und schrecke dann zusammen. Der letzte Priester, den ich gesehen habe, war sehr blass gewesen.

»Don Camillo ist nun mal Italiener«, bemerkt Marcel. »Gut, dass dir nichts Schlimmeres passiert ist.« Er zieht ein Taschentuch hervor und wischt zerstreut damit in seinem Gesicht herum, was der Optik nicht zuträglich ist. Bevor er sich einen Stuhl greifen kann, rutsche ich aus dem Bett.

»Wir gehen erst mal ins Badezimmer und waschen uns die Schmiere aus dem Gesicht.«

»Wir können das auch ohne fremde Hilfe«, entgegnet er, hebt abwehrend die Hand, die ich gerade ergreifen will, und verschwindet hinter der Tür.

»Sie kennen ihn?«, fragt Claire. Ihre Stimme klingt erleichtert.

»So ganz fremd sind wir uns nicht.«

Wie wenig fremd, erfährt Claire etwas später, als eine Krankenschwester mit einem Tablett ins Zimmer kommt. Die Frau nickt zu den verlorenen Wurst- und Käsestückchen neben ein paar labbrigen Toastscheiben hin und merkt bedauernd an, die Küche, die sonst vorzügliche Kost anbiete, sei leider schon geschlossen und werde gerade geputzt; dies sei alles, was sie für uns noch habe abstauben können. Marcel flüstert ihr etwas ins Ohr, nimmt ihr das Tablett ab und folgt ihr dann aus dem Zimmer.

»He!«, rufe ich ihm hinterher. »Ich habe Hunger! Das habe ich bestellt.«

Er steckt den Kopf noch mal durch die Tür.

»Nee, nee, das da bestimmt nicht«, sagt er grinsend. »Komm gleich wieder zurück.«

Die Versuchung, in seiner Abwesenheit mein Herrschaftswissen weiter auszubauen, ist zwar übermächtig, aber ich erspare der verletzten Frau die Zumutung, alles zweimal erzählen zu müssen. Ich weiß, wie das ist. Nach so einem Schock muss man sich erst mal selbst sortieren.

Also beantworte ich nur ihre Frage von vorhin. »Ich bin Ihnen hinterhergefahren, weil Ihnen jemand anders direkt hinterhergefahren ist. Das erschien mir verdächtig. «

Sichtlich beruhigt nickt sie.

»Das war gut. Vielen Dank. Ohne Sie läge ich jetzt als verkohlte Leiche in der Gerichtsmedizin. Das war nämlich nicht mein Benzinkanister.«

»Woher wissen Sie ...«

»Hat mich die Polizei nach gefragt. Da bin ich beinah wieder ohnmächtig geworden. Aber eins wundert mich schon: Warum der Mann abgehauen ist, als Sie kamen. Warum hat er Sie nicht einfach auch umgebracht?«

Genau. Zwei Leichen und zwei Autos hätten die These vom Verkehrsunfall schön untermauert. Ich hätte dem Attentäter wie gerufen gekommen sein müssen. Vielleicht ist er schlicht in Panik geraten. Oder meine Statur hat ihn verschreckt. Weil ich die Antwort auch nicht kenne, sage ich leise: »Aber, Claire, Sie haben doch überlebt.«

Wenig später starrt sie fassungslos auf den kleinen Tisch, den Marcel zwischen unsere Betten geschoben hat.

»Was ist das denn alles?«

»Das ist noch gar nichts«, antwortet Marcel. »Warten Sie mal ab, was für ein Festessen Frau Klein gleich draus machen wird.« Er setzt sich neben mich auf meine Bettkante und wendet sich mir zu. »Die Eier sind natürlich hart gekocht.

Eine mobile Kochplatte wollte man mir nicht mitgeben. Und jetzt, Frau Maraite, erzählen Sie am besten von vorn, was passiert ist.«

Er zückt seinen Block.

Gerührt nehme ich das kleine scharfe Messer in die Hand, das mir helfen wird, zwei Eier, eine Möhre, Wurstscheiben, Käsestückchen, drei Kumquats, eine Selleriestange, drei Radieschen, zwei Tomaten, eine winzige Gurke, eine Zwiebel, ein paar lose Chicoréeblätter, einen Apfel, eine Mandarine und eine Mango so zurechtzuschnippeln, dass sie appetitlich miteinander kombiniert auf den Cracker-Keksen angerichtet werden können. Sogar an Tütchen mit Salz, Pfeffer, Mayonnaise und Senf sowie an kleine Vierecke mit Konfitüre hat Marcel gedacht. Die drei Petersilienstängel hat er vermutlich aus dem Kräuterkasten der erstaunlich gut sortierten Krankenhausküche gerupft. Wer immer die Küche gerade geputzt hat, muss den armen dünnen Polizisten mit dem rot geschrubbten Gesicht für halb verhungert gehalten haben. Dabei wollte er mich nur mit den notwendigen Ingredienzien für *illustriertes Brot* versorgen, wie meine Mutter unsere Häppchen-Parade immer genannt hat.

»Da gibt es nicht viel zu erzählen«, beginnt Claire Maraite. »Ich war von der Kehr auf dem Weg nach Atzerath. Plötzlich tauchte dieser Wagen hinter mir auf und schob mich mit voller Absicht gegen diesen Baum. Mehr weiß ich nicht.«

Ich hebe das Messer und melde mich zu Wort.

»Aber ich!«

Während ich die Gurke in dünne Scheiben schneide und diese zum Trocknen auf Papiertaschentücher lege, erkläre ich, was ich am Ort des Unheils zu suchen hatte und wie mein Allradmonster dem Kastenwagen in Form der Fahrertür ein Indiz entrissen hat.

»Frau Maraites Leben ist in Gefahr, Marcel«, schließe ich und fordere Claire auf, dem Polizeiinspektor von dieser Gruppe zu erzählen, die schlimmer als eine Sekte sei. Die möglicherweise hinter dem Tod ihres Vaters stecke und auch Grund dafür sein könne, dass Pastor Lambert in meinem Restaurant erschossen wurde.

»Eine Sekte?«, fragt Marcel ungehalten. »Davon haben Sie mir gestern überhaupt nichts erzählt.«

»Da war ich doch noch viel zu durcheinander«, flüstert sie, »und habe einfach Ihre Fragen beantwortet. Dass ich die Frau nicht kenne, dass ich nicht weiß, wo mein Vater all die Schlafmittel herhatte oder warum ihn Pastor Lambert besucht haben könnte. Am nächsten Morgen habe ich klarer gesehen und mir dann später auf der Kehr beim Gespräch mit Frau Klein einiges zusammengereimt.«

Man muss eben die richtigen Fragen stellen, denke ich, will mir aber den kleinen Triumph nicht anmerken lassen und deponiere gesenkten Hauptes fein geschnittene Cherrytomaten neben die Gurkenscheiben auf die Papiertaschentücher.

Offensichtlich hat es Schichtwechsel gegeben, denn eine andere Schwester betritt das Zimmer, begrüßt uns und lächelt Marcel sehr freundlich an.

»Die Besuchszeit ist um«, sagt sie zu ihm. Entgeistert schweift ihr Blick von seiner Aufmachung zum Häppchentisch. »Frau Maraite darf sich nicht aufregen. Du kannst dein Verhör morgen fortsetzen, Marcel.«

Du?

Er steht auf und legt der Frau, die bestimmt zehn Jahre jünger ist als ich, vertraulich einen Arm um die Schultern. »Das ist kein Verhör, Kati. Nur eine Unterhaltung bei einem kleinen Abendessen. Wir sind alle sehr hungrig.«

An ihn geschmiegt versucht sie seine Knöpfe zu ordnen, gibt aber schnell auf. »Klar, nach deinem Auftritt heute Abend. Wie ist es denn gelaufen?«

Marcel brummt.

»Er spielt nämlich den Don Camillo«, sagt sie zu uns. Es klingt so stolz, als hätte sie das Stück selbst auf die Dorfbühne gebracht. »Schade, dass ich meinen Dienst nicht tauschen konnte. Aber ich habe ja auf der Generalprobe gesehen, wie toll du bist, Marcel. Trotzdem musst du jetzt gehen. Hat der Arzt befohlen. Frau Maraite braucht dringend Ruhe.«

Marcel brummt wieder.

»Sie braucht vor allem Schutz. Das war nämlich kein Unfall, sondern ein Anschlag. Deshalb werde ich heute Nacht diese Tür bewachen.«

»Wie im Kino«, flüstert sie und strahlt ihn so verzückt an, als hätte er bereits einen Eindringling mit der bloßen Faust niedergestreckt.

Sie deutet zum Ausgang und setzt streng hinzu: »Im Film sitzen die Polizisten aber nicht auf dem Bett von Patientinnen, sondern draußen auf einem Stuhl. Komm jetzt, Marcel, ich bring dir direkt ein paar Plätzchen und einen schön starken schwarzen Kaffee.«

Ist doch nett, wie hier auf die spezifischen Bedürfnisse des belgischen Polizeiinspektors eingegangen wird. Er springt auf das Lockmittel natürlich sofort an, kneift aber ein Auge zu, bevor er die Tür hinter sich zuzieht. *Komm gleich wieder zurück*, übersetze ich mir das Zeichen.

Diese Interpretation ist mir lieber als die, die sich mir eine Viertelstunde später aufdrängt. Marcels T-Shirt ist gewendet, und alle Hemdknöpfe sitzen da, wo sie hingehören. Die wiederhergestellte Ordnung missfällt mir. Es geht mich zwar überhaupt nichts mehr an, wenn Marcel im leeren Nebenzimmer auch noch seine Hosen auf die leere Schwesterntracht gelegt hätte, aber es wäre von beiden höchst unprofessionell gewesen. Und gefährlich. Schließlich ist ein Killer hinter Claire Maraite her. Da heißt es wachsam sein.

»Wie bist du den Zerberus losgeworden?«, frage ich, ihn misstrauisch musternd, als er sich wieder auf meiner Bettkante niederlässt. Er schiebt sich ein mit Senf und Aprikosenmarmelade gekröntes Käse-Mango-Häppchen in den Mund und fährt sich durch das frisch gekämmte Haar.

»Den was?«

»Den Höllenhund«, informiert ihn Claire. »Der bewacht den Eingang zur Unterwelt, damit kein Toter raus- und kein Lebender reinkommt.«

»Deine neue Modeberaterin«, setze ich spitz hinzu.

»Zerberus«, wiederholt er kopfschüttelnd und klopft mir auf den Oberschenkel. »Da kenne ich aber einen Spürhund, der bissiger ist. «

Die nette Kati habe ihm versprochen, wie ein Luchs aufzupassen, dass sich kein Unbefugter reinschleiche. Wenn sie aber den Eingang zur Station im Auge behalte, könne sie nicht gleichzeitig auf den Stuhl vor der Tür achten.

»Und wenn sie nachsehen kommt?«, fragt Claire.

»Dann schmeißt sie mich eben wieder raus. Und jetzt möchte ich alles über diese Sekte wissen.«

»Alles ist sehr viel«, antwortet Claire, »und ich weiß darüber nur sehr wenig. Mein Vater sagte, der Begriff Sekte treffe auf diese Gruppe nicht zu, da sie sich weder von einer Religion abgespalten habe noch irgendeine Heilslehre predige.«

»Sondern?«, fragt Marcel.

»Sondern alles infrage stellt und bekämpft. Die ganze Welt, so wie wir sie kennen.«

Sie holt tief Luft und rattert dann mit monotoner Stimme ein paar Sätze runter, die wie auswendig gelernt erscheinen und es wohl auch sind.

Was ich höre, erscheint mir wie eine Häppchen-Parade aus Allgemeinplätzchen, mit wissenschaftlichem Analogkäse auf

Mythenbrei belegt und mit grotesk zugeschnittenen bunten Fantasystreifen garniert.

Sämtliche Völker, referiert Claire, kennen Legenden von der Unsterblichkeit. Doch nach dem Gesetz der Statik werde alles, was nicht wirklich von Dauer oder unsterblich ist, früher oder später einstürzen. Es sei sinnlos zu versuchen, den Grenzen der menschlichen Existenz, der Hinfälligkeit und der Unbeständigkeit etwas entgegenzusetzen. Denn dabei beziehe man sich doch wieder nur auf Vorhandenes und müsse unweigerlich scheitern. Jeder, der anstrebe, das Universum mittels Wissenschaft zu erkennen, beschränke sich auf das Abbild der Realität und nutze Voraussetzungen, um Ergebnisse zu erreichen und deren Wiederholbarkeit zu garantieren. Die Gruppe, der sich ihr Vater angeschlossen hatte, lehne aber solche festgelegten Parameter ab. Die daraus errichteten Gedankengebäude würden nämlich ohne immer weitere Brücken, Dimensionen, Strings oder Teilchen einfach in sich zusammenfallen. Eine Chance hat nur, wer die Zeit nicht länger als unwandelbare Einbahnstraße begreife. Diejenigen, denen das gelinge, seien in der Lage, ihren Stoffwechsel anzuhalten und die Schwerkraft zu überwinden. Dies sei unabdingbare Voraussetzung für das Ultimative: den Sieg über den Tod. Zwar möge dies nach Zauberei klingen, und sei es vermutlich auch, aber nur so könne sich die Gruppe mühen, allem und jedem Dauerhaftigkeit und Beständigkeit abringen zu können.

Die Suche nach dem sogenannten Gottesteilchen, nach dem Universalgesetz, hätte ihren Vater nach dem Tod der Mutter nicht mehr gereizt. Denn wenn Gesetzmäßigkeiten nur innerhalb eines geschlossenen Systems funktionieren, dann müsste es Welten außerhalb geben, wo diese Gesetze nicht gelten, das Leben also nicht zwangsläufig mit dem Tod enden müsse.

Als die junge Frau zu erklären beginnt, wie diese Gruppe daran arbeite, in solche Welten einzusteigen, Körper und Geist für die Unsterblichkeit fit zu machen, steigt mein Hirn aus diesem Vortrag aus. Ich staune, wie lange es dauert, ehe sich auch Marcels Geduld verabschiedet.

»Ist ja alles ganz interessant«, unterbricht er, als Claire irgendwas von den Geheimnissen asiatischer Kampfkunst faselt. »Hört sich für mich trotzdem nach Sekte an, auch wenn der Teufel nicht drin vorkommt. Aber wenn diese Gruppe mit höheren Dingen so beschäftigt ist, weshalb ist sie dann hinter Ihnen her?«

»Keine Ahnung«, flüstert Claire.

»Hat die Gruppe einen Namen?«

Claire hebt hilflos die Arme.

»Bestimmt hat sie eine Kontonummer«, werfe ich ein. »Bei solchen Konstrukten geht es doch immer darum, den Leuten Geld aus der Tasche zu ziehen.«

Marcel ignoriert meinen Einwurf.

»Wissen Sie denn irgendwas, was den Leuten gefährlich werden könnte?« Weil er genau wie ich wohl weitere langwierige abstruse Ausführungen befürchtet, setzt er hinzu: »Abgesehen von dem, was Sie uns eben erzählt haben. Was Konkretes.«

Zu meinem Erstaunen fasst sich Claire diesmal kurz. »Ja.«

Sie legt den Kopf zurück ins Kissen und starrt zur Decke, ohne sich weiter zu erklären.

»Ist es das, was Sie mir gesagt haben?«, frage ich. »Dass Ihr Vater andere aus der Gruppe herausholen wollte?«

»Das auch.« Sie wendet uns das Gesicht wieder zu. »Er hat mir klargemacht, wie gefährlich diese Leute sind, weil ... weil sie glauben ...«

Sie bricht wieder ab.

»Glauben«, entfährt es mir, »also doch eine Art Sekte, ist doch klar.«

Marcel hält ihr den Teller mit dem letzten Schinken-Kumquat-Emmentaler-Cracker auf Chicorée an Mayonnaisesenf hin.

»Das schmeckt wirklich gut; Sie haben ja fast nichts gegessen, Frau Maraite.«

»Danke.«

Claire richtet sich mühsam auf, hebt die aufgetürmte Kreation vorsichtig vom Teller und führt sie zum Mund. Als sie zu Ende gekaut hat, fragt Marcel: »Was macht diese Leute so gefährlich, Frau Maraite? Was glauben die denn?«

Claire schaut verzweifelt von Marcel zu mir und wieder zurück. So als frage sie sich, ob sie unseren Verstand noch weiter strapazieren dürfe. Dann platzt es aus ihr heraus:

»Sie glauben, dass sie schon längst keine Menschen mehr sind. Dass sie ihren Stoffwechsel schon so weit unter Kontrolle haben, dass sie keines natürlichen Todes mehr sterben können. Und jetzt will ich bitte nichts mehr sagen. Ich muss schleunigst schlafen.«

Marcel hebt den Arm.

»Nur noch eine Frage. Was wollten Sie eigentlich in Atzerath machen?«

»Mit Christine Lambert reden«, antwortet sie müde und schließt die Augen.

»Ganz schön abgefahren«, sage ich zu Marcel, als er mir den Stuhl aus dem Krankenzimmer neben seinen im Flur zurechtrückt. Wir sprechen sehr leise. »Sei mal ehrlich, Marcel, was hast du davon verstanden?«

»Dass es da nichts zu verstehen gibt«, sagt er. »Und es einen auch nicht vor Hokuspokus schützt, wenn man weiß, wer der Zerberus ist.«

Seine Selbstgefälligkeit ärgert mich.

»Du glaubst doch nicht etwa, dass Claire Maraite das alles selbst glaubt, was sie uns da erzählt hat?«

Er hebt die Schultern.

»Hast du einen Zweifel in ihrer Stimme gehört, als sie geredet hat?«

»Sie hat versucht, ihren Vater zu verstehen. Nur memoriert, was er ihr vorgetragen hat. Ist schon anstrengend, sich das alles zu merken. Sie wollte begreifen, was ihn jahrelang davon abgehalten hat, mit ihr in Verbindung zu bleiben. Außerdem: Wenn sie hinter dem Quatsch stehen würde, dann hätte man doch nicht versucht, sie umzubringen.«

»Vielleicht wollte sie ja auch aus der Sekte aussteigen.«

»Die war nie drin. Aber es gibt eine andere Verbindung. Stell dir vor, sie war Ministrantin bei Pastor Lambert!«

»Ich weiß«, erwidert er zu meiner Enttäuschung. »Im Gegensatz zu den beiden toten Frauen in Hergersberg.«

»Dann hat der Priester die beiden eben auf andere Weise von sich abhängig gemacht«, sage ich ungeduldig. »Und jetzt erzähle ich dir mal, was ich glaube.«

Er hebt amüsiert die Augenbrauen.

»Wer hat dich denn bekehrt? Und überhaupt, seit wann hast du einen Glauben?«

»Ich glaube an Vernunft und Logik. Und immer noch daran, dass Lambert der Kopf dieser Bande war. Der hat seine Theologie mit all diesem pseudowissenschaftlichen Nonsens verrührt, seine Fähigkeit als Menschenfischer eingesetzt und sich leichtgläubige Adepten geangelt.«

Marcels Einwand, dies dürfe kaum auf einen Mann wie Volker Maraite zutreffen, wische ich vom Tisch. Auf dem Land sei es schließlich gang und gäbe, dass Pastor und Lehrer gemeinsame Sache machten. Warum nicht auch in Sachen Sekte?

»Vielleicht gab es einen Machtkampf um die Vorherrschaft. Der Lehrer hat verloren, musste sich zurückziehen und will daraufhin dem Priester seine Schäfchen abspenstig machen ...«

»Und bringt sich deshalb um? Wo ist da die Logik?«

»Kann ja auch Mord gewesen sein. Ihr habt Lamberts Fingerabdrücke in Maraites Wohnung gefunden.«

»Aber nicht auf dem Glas, mit dem der Lehrer die vielen Schlafmittel eingeholt hat.«

»Hat er eben Handschuhe getragen. Wie die Frau, die Lambert in der *Einkehr* erschossen hat. Dieser Mord war ein Befreiungsschlag, so etwas wie Notwehr!«

»Das ist aber ganz schön starker Tubback, was du da sagst«, bemerkt Marcel. Er steht auf, reckt sich, zieht sein Handy vom Gürtel und tippt etwas ein. Er schüttelt den Kopf zu meiner Frage, ob ich ihm neue Erkenntnisse vermittelt hätte.

»Meine Ablösung kommt gleich«, sagt er. »Ich geh nach Haus und leg mich aufs Ohr. Muss morgen fit sein.«

»Ist Sonntag«, erinnere ich ihn.

»Wir haben eine heiße Spur. Da muss ich weiter ermitteln.«

»Das sagst du erst jetzt?«

»Ich bin dir keine Rechenschaft schuldig.«

»Nein, du beutest nur meine logischen Schlussfolgerungen aus. Du benutzt mich, wie der Pfarrer seine Jünger benutzt hat. Was für eine heiße Spur?«

Er greift in seine Jackentasche und zieht einen Gegenstand hervor.

»War eben noch kurz an zu Hause vorbei. Das kannst du jetzt gut gebrauchen.«

Ich nehme die grüne Zahnbürste entgegen, auf der es wohl kaum noch eine heiße Spur von mir geben kann. Vor über einem Jahr habe ich sie zuletzt benutzt.

»Deine Socken bringe ich dir morgen.«

»Die passen mir nicht. Schenk ich dir«, entgegne ich dumpf. »Versuch mal, sie beieinanderzuhalten.«

»Werd ich tun. Danke. Vielleicht kriegst du noch was mehr aus Claire Maraite raus, wenn sie wieder aufwacht.« Er schüttelt verständnislos den Kopf. »*Die glauben, dass sie keine Menschen mehr sind.* Was denn sonst? Was meint die Frau damit?«

Zumindest das habe ich sofort begriffen. Im Gegensatz zu ihm halte ich mit meiner Erkenntnis nicht hinter dem Berg.

»Die Frage kannst du dir selber beantworten, Marcel. Wer oder was bist du denn, wenn du nicht mehr zu essen oder Kaffee zu trinken brauchst; wenn du nicht mehr aufs Klo gehen oder einen Furz loswerden musst? Wenn du die Wände rauflaufen und über die Decke spazieren kannst, ohne runterzufallen?«

Der Belgier schüttelt sich.

»Was? Kein Essen und kein Kaffee? Ein schreckliches Leben!«

»Und das dann bis in alle Ewigkeit.«

»Also, ich würde sagen, das sind ganz traurige Figuren. Wo bleibt denn da die Lebensfreude?«

»Wer braucht die schon, wenn er unsterblich ist«, erwidere ich lachend. »Meinst du, dass Gott Kaffee trinkt?«

»Ach so, du glaubst, diese komischen Leute halten sich für Götter?«

»Über Leben oder Tod scheinen sie jedenfalls schon zu entscheiden. Wobei sie zumindest in einem Fall glücklicherweise gescheitert sind. Wahrscheinlich sind es wirklich ganz traurige Figuren, die sich für monströse Zauberer halten.«

Wir hören Schritte und Stimmen.

»Lass ihn durch, Kati!«, ruft Marcel. »Ist meine Ablösung.«

Er wendet sich mir wieder zu. »Bohr mal bei Claire Maraite nach, Katja. Eine Frau spricht doch anders zu einer Frau als zu einem Polizisten. Und das Mädchen weiß mehr, da bin ich mir sicher. Du kannst mir morgen Abend alles erzählen, aber bitte ohne den ganzen Quatsch mit Schwerkraft, Stoffwechsel und so. Ich komme gegen sieben bis bei dich. Im Restaurant, natürlich.«

»Ist geschlossen.«

»Tant mieux, dann können wir in Ruhe reden.«

»Ohne die *heiße Spur* sag ich dir nix«, warne ich.

»Du bist unverbesserlich.« Marcel seufzt, nickt seinem Kollegen, der neben Kati herannaht, freundlich zu, beugt sich dann zu mir hin und flüstert mir ins Ohr: »Die Frau. Scheint, dass wir jetzt wissen, wer die Mörderin ist. Gute Nacht, Katja, und schlaf schön!«

In meinem Kopf explodiert etwas. Der Mann hat mich aufs Ohr geküsst! Aber nicht deshalb kann ich ihn nicht so einfach gehen lassen.

»He!«, rufe ich seinem Rücken hinterher. »Ich habe auch ein Rätsel für dich.«

Am Ende des Flurs dreht er sich um und grinst.

»Dann lass mal kommen.«

Erst begrüße ich in aller Form seinen Kollegen, marschiere dann gemächlich zum Ende des Flurs und überlege, wie ich von Gudruns Rätsel die Kurve zur Beantwortung einer weitaus interessanteren Frage kriegen kann.

»Also«, beginne ich geheimnisvoll. »Auf einem Hochsitz an der Kehr liegt ein totes Reh. Wie ist es da hingekommen? Achtung: Es war wieder mal kein Mensch.«

»Natürlich nicht«, sagt er. »Das hat der Luchs da deponiert. Passiert bei euch andauernd, weil ihr auf der Kehr die Höckerlinie habt. Die ist sein Nahrungsreservoir, wo er sich auf die Lauer legt. Und weil er seine Beute vor anderen Tieren schützen muss, bringt er sie eben zum Podest des Hochsitzes, n'est-ce pas?«

»Wer ist die Frau?«, frage ich.

»Mit einer Sache hast du recht gehabt«, erwidert er. »Sie war tatsächlich mal Ministrantin bei Lambert.«

»Ihr Name wäre hilfreich. Vielleicht kann Claire mir was zu ihr sagen.«

Er schüttelt den Kopf.

»Da lagen Jahre zwischen, war eine total andere Zeit. Eine schlimme Zeit, wenn du mich fragst.«

»Missbrauch«, flüstere ich. »Ich wusste es.«

»Nichts weißt du, Katja, gar nichts.«

Ich verkneife mir den Zerberus und sehe ihn erwartungsvoll an.

»Schluss jetzt, Katja. Ich habe dir schon mehr gesagt, als ich darf. Zieh lieber Claire Maraite was aus der Nase. Gute Nacht.«

Als **SECHSTES** überrascht Altbekanntes

Brownies aus Bitterschokolade, Kakao, Eiern, Zucker, Mehl und Öl mit gehackten Pecannüssen und einer Glasur aus Ahornsirup, Kaffee und Frischkäse

Sonntag

Als ich wach werde, ist das Bett neben mir leer. Claire Maraite ist zu weiteren Untersuchungen abgeholt worden und soll anschließend noch einmal von der Beamtin aus Eupen vernommen werden, die mich grad interviewt. Keine Chance, dass ich da mitlauschen kann, obwohl ich der Dame wortreich versichere, wie viel mehr ich von dem Anschlag mitbekommen hätte als Frau Maraite.

»Können Sie denn irgendwas beitragen, was Sie vor Polizeiinspektor Langer noch nicht ausgesagt haben?«, will sie wissen. »Ist Ihnen zum Tathergang noch Relevantes eingefallen? Auf die Plaquennummer haben Sie ja nicht geachtet.«

Wie hätte das denn gehen sollen? Erst bin ich dem Wagen in großem Abstand und mit Standlicht gefolgt, und dann gab es auf anderes zu achten als auf ein Kennzeichen! Weshalb ich den Mann natürlich auch nicht näher beschreiben kann. Parka, Mütze, Vollbart, etwas in der Hand – mehr habe ich in dem kurzen Moment nicht aufnehmen können. Dass der Typ einen Benzinkanister fallen gelassen hat, ist mir erst später aufgegangen.

Während ich überlege, mit welcher Bemerkung ich mich wichtig und unentbehrlich genug machen könnte, um bei dem Gespräch mit Claire anwesend zu sein, verweist sie mich freundlich auf Polizeiinspektor Langer. Der sei schließlich für mich zuständig.

Zuständig! Das Wort lässt mich zusammenzucken. Ich hatte gänzlich vergessen, dass jedem Bürger der Deutschsprachigen Gemeinschaft Belgiens ein Polizist zugeordnet ist. Der nicht nur sofort auf den Plan tritt, wenn man was ausgefressen hat, sondern an den man sich auch vertrauensvoll wenden kann, wenn man Hilfe braucht. Marcel schwärmt gern von dieser Bürgernähe, von der sich Neuzugezogene in Belgien selbst sehr schnell ein Bild machen können.

Vor allem Greenhorns aus dem Osten, also aus der Bundesrepublik Deutschland, zeigen sich leicht befremdet, wenn kurz nach dem Wohnsitzwechsel ins Königreich mal eben unangemeldet ein freundlicher Polizist bei ihnen vorbeischaut, höfliche Fragen stellt, zum Beispiel über ihre Familien-, Berufs- und Vermögensverhältnisse, sich ein bisschen umsieht, seine Visitenkarte hinterlässt und danach bei den Nachbarn anklopft, um seine gewonnenen Erkenntnisse zu vertiefen. Mir ist ein solcher Besuch erspart geblieben, da ich vor vielen Jahren schon am Tag meiner Ankunft in eine Mordsache hineingezogen worden bin und somit geradewegs mit der Staatsgewalt zu tun bekam. Nämlich mit Polizeiinspektor Marcel Langer, der mir einen Haufen unangenehmer und sehr persönlicher Fragen stellte. Dadurch qualifizierte sich der Mann aus St. Vith als mein zuständiger Polizist, obwohl sich alle anderen belgischen Bewohner der Kehr von der Polizei in Büllingen betreut wissen.

»Weil ja schon ein persönlicher Kontakt hergestellt worden ist«, wie mir Marcel damals sagte, als wir noch nicht ahnen konnten, wie persönlich dieser Kontakt noch werden würde. Derart persönlich, dass ich mich vor über einem Jahr gezwungen gesehen habe, die Notbremse zu ziehen. Es hatte keinen Streit gegeben, keine Auseinandersetzung, keine Irritation, nicht einmal ein bisschen Unfrieden, ganz im Gegenteil. Selten sind wir so harmonisch miteinander umgegangen wie in den Tagen vor meinem überstürzten Abgang.

Zu meiner Flucht hatte mich damals die Überzeugung getrieben, die Nemesis der Kehr zu sein. Ich fühlte mich schuldig an dem mörderischen Unheil, das seit meinem ersten Tag in der Eifel in regelmäßigen Abständen über das vormals so friedliche Grenzörtchen eingebrochen ist. Wie anders hätte ich mir erklären können, dass es vor meinem Auftauchen hier jahrzehntelang kein Gewaltverbrechen gegeben hat?

Glauben und Aberglauben sind mir mein ganzes Leben lang fremd gewesen; also schob ich diese Koinzidenz auf eine mir verborgene logikfreundliche Wechselwirkung, meinetwegen auf kosmische Faktoren, denen zufolge mein Verbleib in der Eifel den Menschen hier weiter schaden würde.

Entfernte ich den störenden Faktor, also mich, von der Kehr, könnte sich das von mir unbewusst induzierte Böse auflösen und die Menschen hier würden wieder in Frieden leben.

Ich sah mich genötigt, meinen Freunden diesen Liebesdienst zu erweisen und meine spezielle Verbindung zu Marcel dem Gemeinwohl der Kehrer zu opfern.

Natürlich muss ich ertragen, von den Menschen, die mir lieb geworden sind, für eine Verräterin gehalten zu werden, und natürlich glauben alle, ich hätte mich vor einem Jahr auf Französisch verabschiedet, um mich endgültig von dem Belgier zu trennen. Ich lasse jedem seinen Glauben, auch und gerade in dieser Sache. Es vereinfacht alles, wenn ich unversöhnlich bleibe. Nur dann kann ich abermals den Absprung schaffen. Und ich werde wieder gehen müssen. Meine Befürchtung hat sich nämlich auf noch schlimmere Weise denn jemals zuvor bestätigt: Vor meinen Augen ist ein Mensch erschossen und auf einen zweiten ein Anschlag verübt worden. Das ist kein Zufall mehr, sondern eine wissenschaftlich nachweisbare Folgeerscheinung meiner Rückkehr.

Ich rufe mir einen Absatz aus Claires merkwürdigem Referat von gestern Abend ins Gedächtnis: »Die moderne Welt versucht, das Universum mittels der Wissenschaft zu erkennen. Wissenschaft ist aber immer nur ein Abbild der Realität. Sie nutzt Voraussetzungen, um Ergebnisse zu erreichen. Sie benötigt festgelegte Parameter, um die Wiederholbarkeit der Ergebnisse zu garantieren. Nur die Wiederholbarkeit der Ereignisse macht einen Versuch zum empirischen Beweis. Werden die Bedingungen geändert, ändert sich auch das Ereignis. Alles spielt sich in einem engen, in einem geschlossenen System ab.«

Den Flecken Kehr kann man trotz der beiden Grenzen, die ihn durchschneiden, als ein sehr geschlossenes System betrachten. Ich muss die Bedingung meiner Gegenwart unbedingt bald wieder ändern, um eine weitere Wiederholbarkeit der Ereignisse auf der Kehr auszuschließen.

Mir brummt der Schädel. Du lieber Himmel, jetzt denke ich schon genauso verschwurbelt, wie Claire gesprochen hat! Muss ansteckend sein.

Gudrun, der reale Grund meiner Rückkehr aus Berlin, trägt ihre neuen roten Wanderschuhe und ist merklich aufgeräumt, als sie mich wenig später vom Krankenhaus abholt. Robert hält mir die Tür seines Wagens auf. Meinen Vorschlag, mich auf die Rückbank des sportlichen Gefährts zu quetschen, lehnen beide ab. Wahrscheinlich würden sie gern nebeneinandersitzen, aber sie befürchten wohl, mein Übergewicht auf der Kehr nicht aus dem Wagen hieven zu können.

»Vorn hast du mehr Beinfreiheit«, sagt Gudrun großzügig. Ihr Gesicht verrät nicht, ob die gestrige gastronomische Gemeinschaftsarbeit im privaten Bereich der *Einkehr* eine glückliche Fortsetzung gefunden hat. Das erscheint mir aber eher unwahrscheinlich. Früher hatte sich Gudrun zwar nie so lange geziert, wenn ihr ein Mann gefiel, aber da hatte es auch noch keinen David in ihrem Leben gegeben. Es wird Zeit, dass sie jetzt ebenfalls ihr geschlossenes System sprengt und das Texas-Sweatshirt in die Altkleidersammlung tut.

Natürlich brennt Gudrun darauf, endlich zu erfahren, weshalb ich gestern Abend mitten im Trubel ohne Jacke und Erklärung hinter der jungen Frau hergefahren bin. Sie fragt besorgt, ob ich den Unfall etwa verursacht hätte. Ich verneine ihre letzte Frage und verspreche ihr, die erste später zu beantworten. Vorher müsse ich mir erst noch über einiges klar werden.

»Du bist einer Eingebung gefolgt, stimmt's?«, hakt sie nach. So kann man den schwarzen Kastenwagen durchaus auch nennen. Ich nicke.

»Man muss immer das tun, was einem das Herz eingibt«, sagt sie versonnen.

»Nicht immer«, bemerkt Robert, »wenn es dir eingibt, bei solchen Temperaturen ohne Wintermantel loszufahren und außerdem deine Freunde mit der ganzen Arbeit sitzen zu lassen, sollte man doch wohl lieber auf seinen Verstand hören.«

»Der hat mir auch was eingegeben«, sage ich versöhnlich. »Ich weiß jetzt, wie das tote Reh auf unseren Hochsitz gekommen ist.«

Gudrun ist sehr beeindruckt von meinem Wissen über das Beuteverhalten von Luchsen an der Höckerlinie.

»Komisch, da lebe ich mein ganzes Leben auf der Kehr und höre das gestern zum ersten Mal. Und du bist erst so kurz hier und weißt das schon.«

»Touristen kriegen in der Regel auch mehr von einer Gegend mit als die Leute, die da wohnen«, wirft Robert ein. »Wer von außen kommt, ist meistens neugieriger und sperrt Augen und Ohren weiter auf.«

»Neugierig bin ich auch«, protestiert Gudrun.

Innerhalb deines Systems, denke ich und bekomme prompt den Beweis geliefert. Stolz verkündet Gudrun eine Neuigkeit von der Kehr. Nachbar Martin habe kürzlich vom Land Rheinland-Pfalz das einstige Verbotsgelände am Wolfgangsee erstanden.

Entgeistert frage ich nach, was der junge Bauer denn mit einem riesigen Grundstück anfangen wolle, auf dem vor dem Ersten Weltkrieg eine Munitionsfabrik stand, die 1920 in die Luft geflogen ist und unter der seitdem eine Zeitbombe tickt, wie die Zeitungen schreiben. Weil es zu teuer war, das dreizehn Hektar große Gelände ordentlich zu entmunitionieren, hat man vor einigen Jahren Sprengstoff und Giftgasgranaten aus dem Ersten Weltkrieg mit Maschendrahtgeflecht, Lava und Erde abgedeckelt, aber dennoch darf man darauf weder etwas anbauen noch Kühe weiden lassen.

Gudruns Verkündigung, Martin werde dort Sonnenkollektoren aufstellen, regt Robert zu einem Vortrag über die umweltbewusste Geschäftstüchtigkeit der hiesigen Bauern an. Aus der Not des extrem rauen Klimas und der historischen Altlasten verstünden sie, mit Windparks und Solarfeldern eine energiepolitische Tugend zu machen. Ich werfe ein, dass dies meine Kollegen aus der Gaststätten- und Hotelbranche ein paar Kilometer weiter östlich deutlich anders sähen. Da hat sich bereits ein riesiger Protest gegen die zunehmende Verspargelung durch Windräder in der schönen Eifellandschaft formiert.

»Die in der *richtigen* Vulkaneifel haben ja auch richtigen Tourismus. Zu uns kommen doch keine Fremden ...« Gudrun bricht erschrocken ab. Mit welch fürchterlichen Folgen

Fremde zu uns kommen können, haben wir ja gerade erst erlebt. Sie holt hörbar tief Luft, um rasch das Thema zu wechseln. »Ist es dir recht, wenn wir erst zum Flohmarkt in die Mehrzweckhalle nach Prüm fahren? Wo wir heute doch noch frei haben? Robert braucht noch ein paar hübsche alte Sachen fürs Haus.«

Die könnte er auch von mir haben. Mein Speicher steckt noch voller ererbtem Krempel, den Robert trotz mehrfachen Angebots nicht gesichtet hat. Aber den Reiz des Flohmarkts macht in unserer Gegend weniger das Stöbern nach alten Sachen aus als vielmehr das Sehen und Gesehenwerden, das Ausschauhalten nach Bekannten für ein Schwätzchen – nach dem Kirchgang ist die Flohmarktkultur hier in der Westeifel so ziemlich das einzige Freizeitangebot am Sonntag.

Das ich heute bestimmt nicht annehmen werde. Nachdem ich gestern erfolgreich die Bewirtung der Fackelwanderer ausgesourct habe, verspüre ich jetzt nicht die geringste Lust, mich durch eine weitere Massenveranstaltung zu wühlen. Ich bitte die beiden, den kleinen Umweg zu machen und mich auf der Kehr abzusetzen.

Aber dazu kommt es nicht.

»Halt an!«, rufe ich Robert in Atzerath zu. »Fahrt weiter zum Flohmarkt. Marcel wird mich später nach Hause bringen.«

Ich deute auf den Polizeijeep vor dem Pfarrhaus. »Wir haben noch einiges zu bereden.«

»Wurde aber auch höchste Zeit.« Gudrun faltet die Hände.

»Herr Langer ist auch grad gekommen, Frau Klein«, begrüßt mich Christine Lambert, öffnet die Tür weit und geht mir ins englische Wohnzimmer voran. Schön, dann habe ich also noch nicht allzu viel verpasst. Marcel springt aus seinem Klubsessel und funkelt mich an.

»Es wäre schön, wenn du mich nachher nach Hause fahren würdest«, sage ich zur Begrüßung. »Gudrun hat heute leider was anderes vor.«

»Kaffee?«, fragt Christine Lambert.

»Das wäre wunderbar.«

»Den kannst du draußen vor der Tür trinken«, faucht mich Marcel an, als die Pastorenschwester außer Hörweite ist. »Du glaubst doch nicht etwa, dass du bei einer Zeugenbefragung dabei sein kannst? Das ist total regelwidrig.«

»Was gestern richtig war, kann heute nicht falsch sein.« Ich lasse mich aufs Sofa plumpsen. »Du wirst mich schon raustragen müssen. Außerdem willst du ja hören, was ich Claire noch aus der Nase gezogen habe.«

»Schon wieder ein Deal?«

»Wir könnten ja einen entsprechenden Grundsatzvertrag abfassen.« Ich beuge mich zum Couchtisch vor und greife zu den beiden Fotos auf der Mahagoniplatte. »Zeugenbefragung? Weiß Christine Lambert denn plötzlich mehr über die Frau? Ist sie etwa deine heiße Spur?«

Ich mustere eines der Fotos, auf dem ein molliges, etwa fünfzehnjähriges bebrilltes Mädchen in Ministrantenkleidung so unvorteilhaft aufgenommen worden ist, dass man einen Eiterpickel auf der großen Nase sehen kann. Auf dem anderen blickt das gleiche Mädchen freudestrahlend zu einer jüngeren und erheblich attraktiveren Ausgabe des Mannes auf, der in meinem Restaurant erschossen wurde.

»Wer ist das denn?«

»Babette Schröder«, meldet sich Christine Lambert und stellt mir eine Tasse Kaffee hin.

»Die einzige ehemalige Messdienerin, über die wir nichts in Erfahrung bringen konnten«, setzt Marcel hinzu. »Alle anderen leben noch hier in der Gegend und haben Alibis für die Tatzeit. Nur Babette Schröder haben wir bisher noch nicht ausfindig machen können. Mit deiner eleganten Mörderin hat sie aber überhaupt keine Ähnlichkeit.«

Ich drehe eines der Fotos um. Es ist 1985 entstanden.

»Fast dreißig Jahre«, sage ich, »eine lange Zeit. Wer in der Pubertät ein hässliches Entlein war, kann sich später durchaus zum Schwan wandeln.«

»Soll ja Frauen geben, die den Babyspeck loswerden«, sagt Marcel beziehungsreich, »aber die Nase?«

»Kann man machen lassen. Wie alles andere auch.«

»Siehst du denn irgendeine Ähnlichkeit mit der Frau in deinem Restaurant?«

»Natürlich nicht. Aber wenn du dieses Bild durch den Photoshop jagst, kannst du aus dem Mädel mühelos ein Covergirl zaubern.«

»Babette war ganz sicher nicht die Frau, die meinen Bruder vor seinem Verschwinden besucht hat«, erklärt Christine Lambert entschieden. »Die kannte mich früher doch gut und hätte mich bestimmt herzlich begrüßt.«

»Kannten Sie denn alle Ministrantinnen Ihres Bruders gut?«, frage ich.

Christine Lambert schüttelt den Kopf. »Ich habe meinem Bruder erst nach dem Tod unserer Mutter den Haushalt geführt. Davor hatte ich meinen eigenen.«

»Frau Lambert ist Wittfrau«, murmelt Marcel und beantwortet genauso leise meinen fragenden Blick: »In Belgien behalten Frauen auch nach der Eheschließung offiziell ihren Mädchennamen.«

»Babette hat eine Zeit lang bei uns im Haus gewohnt«, sagt Christine Lambert. »Es ist schon komisch, dass sie sich nie wieder bei uns gemeldet hat. Aber vielleicht wollte sie die Vergangenheit einfach vergessen. Das damals, das war schon eine ganz furchtbare Geschichte.«

Babette Schröder ist als Fünfzehnjährige nur knapp dem Tod entronnen. Als Einzige in ihrer Familie hat sie die Feuersbrunst überlebt, die ihr Elternhaus in Schutt und Asche legte. Vater, Mutter, Großmutter und die beiden jüngeren Schwestern starben in den Flammen. Babette war verschont geblieben, weil sie in jener Augustnacht bei ihrem kranken Pferd geschlafen hatte, aufgewacht und rausgerannt war, bevor die Flammen auf das angrenzende Stallgebäude überschlugen.

»Sie hat mit ansehen müssen, wie ihre ganze Familie ausgelöscht wurde«, sagt Christine Lambert. Für eine derart erschütternde Bemerkung klingt ihre Stimme erstaunlich kalt. Was mich eigentlich nicht verwundern sollte: Der Eifeler ist kein Rheinländer; er kehrt seine Gefühle nicht gern nach außen.

Marcel nickt.

»Stimmt. Ich kann mich an diese schlimme Geschichte noch so halbwegs erinnern. Das war das größte Feuer, das wir hier je in der Gegend hatten. Soweit ich weiß, ist so viel vernichtet worden, dass die Brandursache nie wirklich aufgeklärt werden konnte.«

»Der Vater hatte Kraftstoff im Keller gelagert«, erklärt Christine Lambert. »Das ist alles explodiert.«

Da man zunächst von keinen weiteren Angehörigen wusste, nahm Pastor Lambert das verwaiste Mädchen bei sich im Pfarrhaus auf. Erst ein halbes Jahr später gelang es ihm, entfernte Verwandte in Deutschland ausfindig zu machen. Die erklärten sich bereit, dem Mädchen ein neues Zuhause zu geben.

»Babette weigerte sich mit Händen und Füßen, zu ihnen zu ziehen«, erinnert sich Christine Lambert. »Aber wir konnten sie ja nicht ewig bei uns behalten. Auch wenn sie sehr an ihrer Heimat und an uns hing, vor allem an meinem Bruder.«

»Wahrscheinlich war sie ein bisschen in ihn verliebt«, sage ich. »Claire Maraite hat mir gesagt, dass alle Ministrantinnen eine kleine Schwäche für Ihren Bruder hatten.«

Christine Lambert zeigt ihre Mausezähnchen.
»Claire Maraite? – Kenne ich nicht. Aber es gab da schon einige jugendliche Schwärmereien.« Sie schüttelt nachsichtig den Kopf. »Hier in diesem Zimmer habe ich so manches Mädchen mit *Dornenvögel*-Syndrom getröstet. Sehr en vogue damals. Und mein Bruder war ein anziehender Mann. Aber eben mit Leib und Seele Priester. Ehrlich gesagt habe ich mich auch manchmal gewundert, dass er …« Unbehagen breitet sich in dem behaglichen Zimmer aus. Christine Lambert sieht uns verzweifelt an und fährt dann resolut fort: »… dass er so gänzlich unangreifbar war. Er hat eine Entscheidung getroffen, hat er mir mal gesagt, aus freiem Willen und fester Überzeugung …«
Die unvollendete Proklamation bleibt im Raum hängen. Zeit für Fakten.
»Und was hat er den Mädchen gesagt, wenn die ihm ihre Liebe gestanden haben?«, frage ich.
Christine Lambert schenkt mir ein dankbares Lächeln.
»Das hat sich doch keine getraut. Ich habe ihnen klargemacht, dass sie mit ihren Gefühlen selber fertigwerden müssten. Mein Bruder hat so getan, als merke er das alles nicht. ›Das geht vorüber‹, hat er immer gesagt, wenn ich ihn darauf angesprochen habe.«
»Gehörte Babette auch zu diesen Mädchen?«
Sie schweigt einen Augenblick.
»*Glaube und Gehorsam* war das Motto meines Bruders«, weicht sie aus. »Soweit ich das beurteilen kann, hat sich Babette daran gehalten. Sie war ziemlich verschlossen. Eine Einzelgängerin. Klar, nach allem, was sie durchgemacht hat, da konnte sie nicht mehr so einfach Kind sein. Und sie war hochintelligent. Jean-Marie hat ihr bei den Hausaufgaben geholfen. Er war sehr beeindruckt von ihrem Verstand. ›Die denkt weiter als alles, was ich bisher gelesen habe‹, hat er mal gesagt. Ich weiß noch, da bin ich total erschrocken. Mein

Bruder hat so viel gelesen. Woher soll ein Bauernkind aus Atzerath so viel wissen? War schon etwas unheimlich. Irgendwann hab ich dann was über hochbegabte Kinder gelesen. Und sofort an die Babette gedacht. Und dass wir von der später bestimmt noch mal was hören würden. Haben wir aber nicht.«

Ich zähle eins und eins zusammen.

»Sie war vor allem in Physik besonders gut, stimmt's?«

»Genau«, sagt Christine Lambert verblüfft. »In Religion auch, übrigens.«

Für mich wird das Bild immer deutlicher. Ein pubertierendes Mädchen, das auf fürchterliche Weise seine Familie verliert, findet Halt beim Dorfpfarrer. Er gibt ihr ein Heim und schenkt ihr möglicherweise mehr Aufmerksamkeit, als sie bis dahin gewöhnt gewesen ist. Ich gehe jede Wette ein, dass ihre Schwestern hübscher gewesen sind und Babette in ihrer Familie zu hören bekommen hat, dass es später für sie wohl schwieriger werden würde, irgendeinen Ehemann zu finden. Das hochbegabte Mädchen hat irgendeinen Ehemann möglicherweise nie erstrebenswert gefunden. Sie ist auf der Suche nach einem Stimulans für ihren Intellekt. Den findet sie bei Jean-Marie Lambert. Hungernd nach Geborgenheit und Anerkennung himmelt sie ihn als Wunschvater und Mentor an. Die Physik, das Fach, das ihn selbst am meisten interessiert, wird ihr zur Lebensaufgabe. Der Gottesmann, der den körperlichen Reizen anderer Ministrantinnen mühelos widerstehen kann, ist fasziniert von den Kopfgeburten des traumatisierten Mädchens. Erstmals wird er mit der Erotik des Geistes konfrontiert, und der kann er nicht widerstehen. Er begehrt nicht den Körper, er begehrt das Wesen. Das nun mal leider an einen weiblichen Leib gebunden ist, der nicht nur auch nach Aufmerksamkeit schreit, sondern im Pfarrhaus verfügbar ist. Das Verhängnis nimmt seinen Lauf.

Irgendwann kommt Lambert zur Besinnung, findet die Verwandten Babettes und entledigt sich damit elegant der im Pfarrhaus lebenden Versuchung. Die ihm aber als Dorn im Fleische sitzen bleibt. Er veröffentlicht wissenschaftliche Schriften, sehnt sich einen Sparringspartner herbei, erinnert sich an das junge Mädchen, *das weiter denkt, als er je gelesen hat*. Was ist wohl aus der geworden?

Als er Jahrzehnte später seine pseudowissenschaftliche Sekte gründet, spürt er Babette auf. Angesichts der pastoralen Autorität des ersten Mannes, der sie ernst genommen hat, sicher viel zu ernst, als es für das einstige Kind gut gewesen ist, verfällt sie wieder in das Abhängigkeitsmuster ihrer frühen Jahre. Die jung Verwaiste lässt sich von Jean-Marie Lamberts angeblich physikalisch und metabolisch gestützter Unsterblichkeitsvorstellung in den Bann ziehen und schließt sich der Sekte an.

Aber weshalb sollte eine intelligente Frau diesen Unsinn mitmachen? Weil der einstige Pastor als Einziger ihr Urvertrauen besitzt. Sie ist erfüllt von archaischer Dankbarkeit zu dem Mann, der sie als Erste erkannt hat, durchaus auch im biblischen Sinne. Da kann ich mir schon vorstellen, dass sie ihm ihre Lebensgrundlage, ihr ganzes Vermögen, ja, ihre Seele opfert.

Irgendwann sieht die intelligente Frau wieder klar. Es gelingt ihr, sich aus dieser gefährlichen Abhängigkeit zu lösen. Sie hat nichts mehr zu verlieren, will aber verhindern, dass der Mann sein böses Spiel weitertreibt und noch mehr Menschen ins Verderben reißt. Da hat sie sich noch einmal mit ihm verabredet, um grimmig lächelnd hinter seine Manipulationen einen Schlusspunkt zu setzen. Ich erschrecke vor mir selbst: Ich fühle mich mit einem Mal sehr solidarisch mit der Mörderin.

»Natürlich war sie auch gut in Religion«, sage ich jetzt zu Christine Lambert. »Sie wollte Eindruck auf Ihren Bruder machen. Seltsam, dass er nie Kontakt zu Babettes Pflegeeltern aufgenommen hat. Wo ihm doch an dem hochbegabten Mädchen so gelegen gewesen war.«

»Entschuldigung«, meldet sich Marcel ungehalten. »*Ich* führe hier das Gespräch. Warum war Claire Maraite zu Ihnen unterwegs, wenn Sie sich überhaupt nicht kennen?«

Christine Lambert hebt die Hände zum Himmel.

»Keine Ahnung. Sie hat sich bei mir nicht angemeldet.«

»Frau Maraite wollte herausfinden, ob Sie etwas über die ... die Organisation wissen, die Ihr Bruder geleitet hat«, presche ich vor.

»Hat sie dir das gesagt?«, fragt mich Marcel scharf.

»Nicht nötig. Das ist eine logische Schlussfolgerung.«

»Welche Organisation?«, fragt Christine Lambert.

Marcel würde mich am liebsten vierteilen.

»Frau Lambert kann von diesem Unsinn gar nichts wissen, weil sie von ihrem Bruder fünf Jahre lang nichts gehört hat«, fährt er mich an.

»Und woher sollte Claire das wissen? Ihr Vater hatte nachweislich noch Kontakt zu Lambert, obwohl er aus der Organisation ausgestiegen war. Sie hätte durchaus davon ausgehen können, dass auch seine Schwester informiert ist.«

»Was für eine Organisation?« Christine Lambert blickt Marcel eindringlich an.

Er weicht mit den üblichen Formulierungen aus. Dass sich die Polizei noch ganz am Anfang der Ermittlungen befinde und allen Hinweisen nachgehe, auch befremdlichen, er darüber aber leider nichts sagen könne. Doch sie lässt sich nicht so leicht abwimmeln und wendet sich an mich.

»Frau Klein, was für eine Organisation soll mein Bruder denn geleitet haben? Wohl kaum was Kirchliches, so in aller Heimlichkeit?«

»Nicht direkt«, sage ich, ohne Marcel anzusehen. »Geht in eine etwas andere Richtung.«

Sie springt auf. »Wollen Sie etwa andeuten, dass Jean-Marie Terrorist gewesen ist oder so was? Das ist Unsinn. Er hat sich nie für Politik interessiert! Ganz gleich, was diese Claire Maraite behauptet.«

»Hat sie ja nicht«, versuche ich zu beschwichtigen. »Es geht da eher um was Esoterisches.«

»Katja!«

»Esoterisches!«, schnaubt Christine, fletscht die Mausezähnchen und verzieht ihr schmales attraktives Gesicht. »Die Philosophie für Dumme und Denkfaule – so hat mein Bruder diesen Waberglauben immer genannt. Und dann sollte er selbst ein Guru gewesen sein? Was fällt Ihnen ein?!«

»Ganz wunderbar«, sagt Marcel, als wir wenig später in seinem Jeep sitzen. »Ich sollte dich für Behinderung von Polizeiarbeit einlochen.«

»Ganz im Gegenteil. Du solltest mich auf die Gehaltsliste für Informanten setzen.«

»Dann rück jetzt endlich damit raus, was dir die kleine Maraite noch so erzählt hat!«

»Frag da lieber deine Kollegin. Als ich wach wurde, war Claire nicht mehr im Zimmer. Ich kann dir also nicht weiterhelfen.«

»Feiner Deal!« Er haut aufs Steuerrad. »Und ein Rauswurf aus einem Pfarrhaus!«

»Weil Frau Lambert vielleicht doch mehr weiß?«

»Du mit deinen Verschwörungstheorien. Du bist nicht mehr in Berlin, Katja.«

»Da bin ich bald wieder.«

»Wann?«

»Sobald ihr mich gehen lasst.«

»Geh doch. Ich halte dich nicht auf.«

»Und mein Auto?«

»Brauchst du etwa Vierradantrieb in der Großstadt?«

»Was weißt du von Blitzeis in Berlin!«

Telefonklingeln enthebt ihn der Antwort. Statt die Freisprechanlage zu nutzen, fährt Marcel an den Rand und hält sich das Handy ans Ohr. Aus seinen sparsamen Antworten setze ich mir die Information zusammen, die er mir vorenthalten will.

»Blöd«, sage ich, als er aufgelegt hat. »Der schwarze Kastenwagen ist also immer noch nicht aufgetaucht. Wahrscheinlich hat ihn der Mann im Hohen Venn versenkt. Wann kann ich mein Auto zurückhaben?«

»Morgen.«

»Was ist eigentlich aus dem ausgebrannten Hof von den Schröders geworden?«

»Nichts.«

»Wie, nichts?«

»Hat niemand wieder aufgebaut. Gab ja keine Familie mehr.«

»Und wo ist das?«

»Die Ruine?« Er wedelt mit der Hand nach links zu einer winzigen Verkehrsinsel, auf der unter einem Baum ein graues Kreuz und ein roter Briefkasten stehen. »Die Straße da drüben rauf, bis zum Wald, kann man von hier aus nicht erkennen.«

»Können wir da nicht mal hinfahren?«

»Wozu?«

»Wenn die Frau tatsächlich Babette Schröder ist, hält sie sich da vielleicht versteckt.«

Marcel lacht.

»Die hat jetzt ganz bestimmt ein Dach überm Kopf. Und da oben gibt's keins mehr.«

Marcel hält sein belgisches Polizeiauto vor dem Stamm der kleinen Birke auf meinem Privatgrundstück an.

»Was habt ihr in Gottes Namen diesem Baum angetan?«, fragt er, als wir aussteigen.

»Jupps Strickwerk«, sage ich entschuldigend, »sah vor dem großen Schnee noch ganz passabel aus. Nicht mein Geschmack, aber künstlerisch und gorillamäßig irgendwie vertretbar.«

»Jupp sollte Besseres zu tun haben.«

»Ja, mit Polyacrylwolle. Aber die liefern Biancas Schafe nicht.«

»Da ist sie ja.«

Bianca steht auf den Stufen der *Einkehr* und winkt uns von da aus so fröhlich zu, dass die weißblonden Zöpfchen nur so hüpfen. Ich unterdrücke einen Seufzer und denke an all die Fragen, die ich nicht beantworten möchte. Aber Bianca hat gar keine. Wie immer denkt sie nur an das, was sie selbst gerade bewegt. In meiner jetzigen Lage empfinde ich das als äußerst erfrischend.

Mit strahlendem Gesicht springt sie vor uns in die *Einkehr*.

»Endlich habe ich das Supergeschenk für Papas Geburtstag! Unglaublich! Ich dachte, ich müsste nach Köln fahren oder nach Trier. Und dann finde ich so ein geiles Teil in Prüm! Das ist echt nicht wahr!«

»Wann hat er denn Geburtstag?«, frage ich besorgt. Hoffentlich hat Gudrun noch genug Zeit, um sich für die Wanderschuhe zu revanchieren.

»Das ist es!« Ohne meine Frage zu beantworten, wirft Bianca ein Lederstück auf unseren runden Tisch. »Eine Smartphone-Tasche für Hosenträger! So was braucht er, seitdem er keine Gürtel mehr trägt. Dann rutscht ihm das Handy nicht dauernd ins Sofa.«

Ich hebe das Ding hoch und mustere es genauer.

»Interessantes Leder, weißt du, was das ist?«

»Haifischleder mit Serafil-Faden handgenäht«, erklärt sie stolz. »Nur fünfzig Euro. Ein echtes Schnäppchen.«

»Fünfzig Euro für ein bisschen Leder!«, tönt Marcel empört und reißt mir das Geburtstagsgeschenk aus der Hand. Er wird aber sofort ganz still, befingert das Stück und schaut es von allen Seiten genau an.

»Was ist? Willst du auch so ein Teil? Du trägst doch gar keine Hosenträger. Obwohl ...« Ich mustere seine Jeans. »Wenn du noch dünner wirst, musst du dir welche kaufen. Oder neue Hosen.«

»Claire Maraites Vater«, sagt er nachdenklich. »Der hatte genau so ein komisches Ding.«

»Das ist nicht komisch«, protestiert Bianca. »Es ist sehr, sehr nützlich.«

»Wir haben versucht, den Hersteller herauszufinden, aber den gibt es gar nicht. Ist handgenäht.«

»Sag ich ja!«, tönt Bianca.

»Warum sollte das interessant sein?«, frage ich irritiert.

»Wir fanden es komisch, dass der Mann so was hatte. Wo wir bei ihm ansonsten nichts Wertvolles fanden. Nicht einmal ein Handy, das er in das teure Etui hätte stecken können. Die Einzimmerwohnung war leer wie eine Mönchszelle, Bett, Stuhl, Schrank, Kochplatte, nicht mal ein Computer.«

»Auf dem Flohmarkt in Prüm!«, ruft Bianca. »Da verkaufen die das. An einem Stand. Neben lauter Schrott vom Bauernhof. Irre, was?«

Marcel sieht zu mir hin.

»Klar doch«, sage ich resignierend. »Nichts wäre mir jetzt lieber als ein Ausflug zum Flohmarkt. In einem belgischen Polizeiauto.«

Der winzige Stand bietet nicht nur Handytaschen aus edlem Leder an, sondern auch ein ganz besonderes und mir sehr vertrautes Gebäck. Ich kenne keine Konditorei der Welt, die derartige Schokoladenkuchen im Angebot führt.

»Marcel!« Ich deute auf die Brownies mit der verräterischen Glasur.

»David«, murmelt er sofort.

»Gratuliere.«

Man muss es ihm lassen; er hat wirklich einen Blick fürs entscheidende Detail, in diesem Fall für die in die Schoko-Kaffeeglasur eingebetteten Pecannüsse mit den Cranberry-Köpfchen.

Doch Marcel sieht noch mehr. Sein ausgestreckter Zeigefinger weist zu einem Stand zwei Reihen weiter. Von da aus winkt uns Gudrun begeistert zu.

»Ich lenk sie ab.« Ohne Umschweife schiebe ich mich zwischen zwei Tischen in die nächste Reihe durch. Der Anblick dieser Brownies würde Gudrun ins Jammertal zurückstürzen. Ich werde mit ihr und Robert Kaffee trinken gehen, während Marcel die gesamte Brownie-Charge aufkaufen und verschwinden lassen wird.

Ich versuche, die Panik zu unterdrücken, die in mir aufsteigt. Die hat nichts mit Gudrun zu tun. Sondern mit der Tatsache, dass einzigartige Brownies auf dem gleichen Tisch aufgetaucht sind, wo ebenso einzigartige Hosenträger-Handytaschen verkauft werden.

Dass er hier ist.

Ist unser amerikanischer Freund etwa auch in die Fänge der Lambert-Sekte geraten? Hat mich der Mann aus dem schwarzen Kastenwagen nur deswegen mit dem Leben davonkommen lassen, weil es David war? Der sich einen Vollbart hat wachsen lassen?

Mir ist ganz schlecht.

Als **SIEBTES** kommt nicht nur das Lamm endlich ins Heu

Lammkeule mit Thymian, Rosmarin, Knoblauch, Zitrone und Olivenöl einreiben, kurz anbraten, dann in einem mit befeuchtetem Heu gefüllten Bräter bei achtzig Grad Ober- und Unterhitze fünf Stunden lang im Ofen garen lassen

»Vergönnt ihr euch gut?«, fragt Gudrun besorgt, als ich mich zu ihr und Robert durchgeschoben habe. »Du siehst ja furchtbar aus, Katja. Ganz bleich.«

Sie nickt zu Marcel hinüber, der zwei Reihen weiter gestenreich mit dem Verkäufer am Brownie-Handytaschen-Stand diskutiert, und schenkt mir einen wissenden Blick.

»Ah ja. Verstehe. Das da drüben hat dich also auch aufgeregt. Marcel wird den Mann wegen der Fälschungen belangen, stimmt's?«

»Fälschungen?«, frage ich verwirrt. Mein Denkvermögen ist schwer beeinträchtigt. Durch die Verästelungen meines Hirns wabert in einer Endlosschleife das unscharfe Bild des bärtigen männlichen Schemens, der gestern Abend den Benzinkanister fallen gelassen hat und zur Seite gesprungen ist. Hat sich der Mann wirklich wie David bewegt? Und sollte er es tatsächlich gewesen sein, hat er dann die Brownies vor oder nach dem Anschlag auf Claire Maraite gebacken? Woher hätte er die Zeit dafür nehmen sollen? Schließlich musste auch noch ein schwarzer Kastenwagen verschwinden. Der David, den ich kenne, ist wahrlich nicht der Schnellste. Was faselt Gudrun jetzt von Fälschungen?

»Die Plagiante!«, tönt sie.

Ohne sie zu verbessern, lächelt Robert sie liebevoll an.

»Marcel kann doch in Deutschland niemanden belangen, Gudrun; es sei denn, Gefahr ist im Verzug, und das dürfte hier wohl kaum der Fall sein.«

Habt ihr eine Ahnung!, denke ich und schüttele den Kopf, als könnte ich dadurch auch noch die Spinnweben loswerden, die mir gerade das Hirn zu verkleben drohen. War der Mann, den ich gesehen habe, nicht ein ganzes Stück kleiner als David? Von Schrumpfprozessen in der Sekte hat Claire uns allerdings nichts erzählt. Ich reiße mich zusammen.

»Die Handytaschen sind Plagiate?«, frage ich. Woher will Gudrun das denn wissen? Weshalb interessiert sie das überhaupt?

»Quatsch, die Brownies! Jemand hat ganz frech Davids Erfindung geklaut und macht damit jetzt Kohle. Da muss man was gegen tun.«

»Ich fürchte, es gibt kein Urheberrecht auf Gebäck«, wirft Robert ein.

»Das ist kein normales Gebäck!«, fährt ihn Gudrun mit Tränen in den Augen an. »Das sind Davids Brownies! Das Rezept ist top Sigrid, hat er immer gesagt. Nicht mal Katja kennt es genau, nur mich hat er eingeweiht!«

»Weshalb die Plagiante da drüben bestimmt auch ganz anders schmecken«, versetze ich und atme tief aus. »Komm also endlich runter!«

Den letzten Satz bete ich eher mir vor als ihr. Nein, es kann nicht David gewesen sein. Der hat irgendwo in der Nähe von Wemperhardt Brownies in einen Ofen geschoben. Aber wenn er von dort zu Fuß ins Einkaufszentrum gehen kann, müssten wir ihn an der belgisch-luxemburgischen Grenze doch auftreiben können. Seitdem die US Air Station Prüm vor einigen Jahren geschlossen wurde, fällt in unserem Landstrich jeder einsame Amerikaner auf. Vor allem einer, der niemandem Fragen zur Ardennenoffensive stellt.

Nicht auffallen könnte David nur, wenn er, frei nach Einstein, als tadelloses Mitglied in einer Schafherde aufgegangen wäre, einer sektiererischen Gruppierung, abgeschottet von der Außenwelt und nur mal kurz zum Einkaufen entlassen. Von derartigen fragwürdigen Wohngemeinschaften soll es in unserer dünn besiedelten Gegend mehr geben, als sogar die belgische Polizei aufzählen kann. Marcel klagt oft darüber, mit welch perfiden Tricks diese Leute auf ihren abgelegenen Höfen das gestrenge Meldegesetz des Königreichs umgehen. Was mich allerdings nicht daran hindern sollte, eine geheimnisvolle Wohnanlage ausfindig zu machen, zu der man vom Shoppingzentrum Wemperhardt mit einer vollen Einkaufstasche zu Fuß gehen kann. Je länger ich darüber nachdenke, desto sicherer werde ich, dass David aus dem gleichen Grund verschwunden sein muss, wie Jahre zuvor Jean-Pierre Lambert und Volker Maraite. Wenn sich der Priester bei uns in der Nachbarschaft aufgehalten hat – was sehr wahrscheinlich ist, da er an seinem Todestag im Schneesturm die *Einkehr* per pedes aufgesucht hat – könnte ihm David zufällig begegnet sein. Der Menschenfischer Lambert hat dem Ami sofort die Verzweiflung angesehen, seine Netze ausgeworfen und unserem gutgläubigen Freund einen vermeintlichen Ausweg aus seiner Notlage angeboten. Dermaßen von Tod umgeben, muss für David damals die Verheißung von Unsterblichkeit mehr als nur verlockend gewesen sein.

Jetzt mache ich mich erst mal noch breiter, als ich ohnehin bin, damit Gudrun nicht sieht, wie Marcel das ganze Tablett mit den Brownies des Anstoßes vom Tisch hebt und in einen Karton stellt. Eine völlig unnötige Ausgabe, wie sich gerade erwiesen hat, aber die Kollegen der Polizeizone Eifel in St. Vith werden sich über die Süßigkeit freuen.

»Diese genialen Handytaschen sind jedenfalls keine Plagiate«, erklärt Robert, öffnet die Jacke und zeigt mir stolz die neue Errungenschaft an seinem Hosenträger. »Haifischleder …«

»… mit Serafil-Faden handgenäht«, vollende ich und setze mit betont sorgenvollem Blick hinzu: »So was solltest du dir eigentlich lieber zum Geburtstag schenken lassen.«

Der Mann aus Radevormwald ist nicht schwer von Begriff.

»Oje«, sagt er betroffen. »Bianca war heute Morgen auch auf dem Flohmarkt.«

»Genau.«

»Ich wünsche mir aber etwas ganz anderes von ihr.«

»Das will ich dir dann schenken!« Gudrun lächelt zu ihren roten Wanderschuhen runter. »Wenn ich es bis nächsten Freitag kriegen kann.«

Robert muss sie enttäuschen. Seinen größten Wunsch, sagt er, als wir zum Kaffeestand hinüberschlendern, an dem Marcel bestimmt auch gleich aufschlagen wird, könne ihm nur seine Tochter erfüllen: Bianca solle ihre dämlichen Schafe endlich loswerden. Das Mädchen sei mit den Tieren total überfordert; die Viecher machten nichts als Arbeit, Ärger und Lärm. Übrigens sei das unangepasste Herdentier am Morgen auch schon wieder ausgebrochen und auf die Landstraße geflüchtet. Wahrscheinlich habe es dem endlosen Geblöke seiner Artgenossen entkommen wollen, das auch ihn, Robert, um die Wochenenderholung bringe und an den Rand des Wahnsinns treibe.

»Aber die Wolle!«, gebe ich zu bedenken.

»Keine mehr da«, versetzt Gudrun. »Die nächste Schur ist erst Mitte Mai nach den Eisheiligen. Ich hab nichts mehr zu spinnen, und Jupp hat ohnehin das Stricken aufgegeben.«

»Warum das denn?«

»Hein hat es ihm verboten. Weil er zu tief in die Haushaltskasse gegriffen hat, für Bianca die Wolle zu bezahlen.«

»Hast du fürs Zubereiten der Wolle, das Spinnen und Färben etwa auch Geld genommen?«

Gudrun windet sich. »Nur ein bisschen. Jupp hat darauf bestanden. Was nix kostet, ist nichts wert, sagt er doch immer. Jetzt klöppelt er wieder.«

Sehr hübsch, unsere Eifeler Streichholz-Fichten könnten durch eine Auflage aus Spitzendeckchen nur gewinnen.

»Aber womit soll sich Bianca dann hier beschäftigen?«, frage ich.

Robert wirft mir einen flehenden Blick zu. Ich überlege kurz und nicke dann zustimmend. Meine David-Suchaktion wird mich viel Zeit kosten. Somit kommt mir jede Hilfe in der *Einkehr* sehr gelegen.

»Sie kann ja bei uns arbeiten«, fasst Gudrun unsere unausgesprochene Vereinbarung in Worte. »Gestern hat sie das richtig gut gemacht, ist trotz dem Stress immer fröhlich geblieben. Die Gäste mögen sie. Sag mal, Katja, wo bleibt eigentlich Marcel?«

Das habe ich mich auch schon gefragt.

»Er hat was zum Auto gebracht und dann wahrscheinlich jemanden getroffen und sich festgequatscht.«

»Das ist das Schöne an unserem Flohmarkt«, sagt Gudrun beglückt. »Da trifft man Leute wieder, die man ewig nicht gesehen hat.«

Marcel hat niemanden getroffen. Er hat beim Hallenmeister Erkundigungen eingezogen und sich telefonisch weitere Informationen beschafft. Das erzählt er mir auf der Rückfahrt zur Kehr. Jetzt weiß er alles über den Mann am verdächtigen Stand.

»Lass mich raten«, sage ich, als wir die Prümer Tiergartenstraße hinaufzuckeln. Sehr erstaunlich, dass sich der ansonsten so flotte belgische Polizeiinspektor auf dem Berg an die Geschwindigkeitsbegrenzung hält. »Er kommt aus Belgien.«

Marcel nickt. »Ja, aus St. Vith. Ist auf Flohmärkten in Prüm, Daun, Gerolstein und Hillesheim schon öfter auffällig geworden, weil er da in Deutschland verbotene Militaria vertickt hat. Und *Mein Kampf* sowie andere Nazibücher. Ist ein guter Markt für hier. Aber das hilft uns jetzt auch nicht weiter.«

Noch vor dem Ortsausgangsschild von Prüm gibt er ordentlich Gas.

»Ich könnte den Mann höchstens wegen Schmuggeln oder Hehlerei belangen, aber das interessiert mich jetzt nicht. Er hat die Leute nie gesehen, von denen er die Ledersachen und die Brownies hat.«

»Und das glaubst du ihm? Wie ist die Transaktion denn über die Bühne gegangen?«

»Übers Internet.«

»IP-Adresse ...«

»Pas de chance! Vergiss es. Läuft ins Leere. Und die Ware wurde ihm gestern Abend einfach vor die Tür gestellt. Die Brownies waren eine Zugabe; für die hat er nicht mal zahlen müssen.«

»Wenn die Verkäufer den Postweg meiden, müssten sie ja hier aus der Gegend sein. Oder der Mann hat dir ein Märchen aufgetischt. Ich würde ihn jedenfalls beobachten lassen.«

Marcel lächelt fein.

»Das tun die Kollegen von der Drogenabteilung in St. Vith doch schon längst. Von denen weiß ich, dass er gestern eine Spritztour nach Holland gemacht hat.«

»Und ist offenbar ohne Drogen zurückgekommen. Sonst würde er heute wohl kaum in Prüm auf dem Flohmarkt stehen.«

»Stimmt. Er war sauber. Das Blöde ist nur, dass deswegen niemand mitbekommen hat, wer ihm das Zeug vor die Tür gestellt hat.«

»Vielleicht irren wir uns ja auch.«

»Nee, glaub ich nicht. So viele Zufälle gibt es nicht. Das hängt irgendwie alles miteinander zusammen. Volker Maraite, diese Hosenträger-Handytaschen, die Brownies und dann auch noch David. Dass der hier ist ... Wer weiß, vielleicht hat er Lamberts Mörderin irgendwie zufällig kennengelernt, und sie ist durch ihn überhaupt erst auf die Idee für das Rendezvous in deinem Restaurant gekommen ...«

»Klar, er hat der Frau gesagt, dass es bei uns auf einen Mord mehr oder weniger nicht ankommt. Babette Schröder ...«

»Ob sie tatsächlich die Täterin ist, werden wir wohl erst morgen wissen. Die deutschen Kollegen verfolgen da eine Spur. Eine sehr komische ...« Er wirft mir einen zweifelnden Blick zu. »Irgendwie kann ich nicht glauben, dass David auf den Quatsch mit der Unsterblichkeit reingefallen ist ... Was hat uns die Maraite da noch gesagt? Dass in hundert Jahren niemand mehr an Krankheit oder Alter sterben wird und diese Leute jetzt schon den Schlüssel zum ewigen Leben in der Hand haben?«

»Dass sie daran arbeiten«, verbessere ich, »und dass der Mensch kein Mensch mehr ist, wenn er die Herausforderung gemeistert hat, den Donnerkeil endlich gen Walhall zu schleudern.«

»Genau. Was für ein hochtrabendes Zeug! David ist doch sonst so nüchtern. Hat doch nie was mit Esoterik am Hut gehabt. Passt das denn überhaupt zu ihm, dass er bei so was mitmacht?«

»Schon möglich«, sage ich. »Für lebensbejahende Gedanken könnte er durchaus empfänglich gewesen sein. Nach allem, was letztes Jahr passiert ist, und dann auch noch Gudrun mit ihrer Scheinschwangerschaft. David war in einer sehr extremen Situation.«

»Das waren wir doch alle.«

»Und sind es heute schon wieder.«

»Aber die Welt hat sich verändert.« Er drosselt vor der Kreuzung im Wald die Geschwindigkeit und setzt sehr leise hinzu: »Früher sind die Menschen in Zeiten der Bedrohung zusammengerückt. Das war schön, damals.«

Die Sehnsucht in seiner Stimme schneidet mir ins Herz. Wie sanftes Streicheln spüre ich seinen Blick auf meinem Gesicht. Jetzt bloß nicht zu ihm rübersehen, lieber den Kopf zu den Bäumen auf der Rechten drehen.

Eine sehr glückliche Entscheidung. Denn von da kommt was angeschossen.

»Vorsicht!«, brülle ich.

Marcel tritt so heftig auf die Bremse, dass mir der Sitzgurt die Luft abschneidet.

Während wir ein kurzes Stück über die Straße schliddern, flüchten die beiden Rehe unbeschadet Richtung Schwarzer Mann.

»Alles o.k. mit dir?« Marcel bringt den Wagen an der geräumten Bushaltestelle vor der Wetterstation Ormont zum Stillstand.

Schwer atmend fasse ich mir an die Brust.

»Ja.«

»Blöder Reflex.« Er knipst mir den Gurt auf. »Ich hätte draufhalten sollen. Wo ich das den Leuten doch immer rate.«

»Ist ja noch mal gut gegangen. Menschen und Tiere dürfen weiterleben. Außerdem habe ich heute keine Lust auf Rehbraten.«

»Vielleicht auf was anderes?«

Seine Stimme klingt schelmisch. Er löst seinen eigenen Sitzgurt und steigt aus.

Ja, ich habe auf was ganz anderes Lust. Wozu noch dagegen ankämpfen? Warum das Verlangen nach Nähe unterdrücken? Schließlich reicht eine fatale Vollbremsung, um

Pläne und Vorsätze in Schrott zu verwandeln. Wäre uns gerade ein anderer Wagen entgegengekommen, hätten wir jetzt beide tot sein können. Ein weiteres Holzkreuz würde am Straßenrand aufgestellt werden – wie für die vielen anderen Menschen, die auf dieser kurvenreichen Strecke verunglückt sind.

Gestern habe ich großes Glück gehabt und heute schon wieder. Ich sollte es festhalten, das Glück, und zwar am liebsten in der Gestalt des Mannes neben mir.

Nie hat mich jemand besser festhalten können als einstmals Marcel, nie mich jemand liebevoller in die Arme genommen. Das möchte er bitte endlich wieder tun. In meinem Bruchsteinhaus, keine fünf Minuten von hier. Da will ich sofort hin und mit ihm unser neu geschenktes Leben feiern.

Hochstimmung breitet sich in mir aus. Die warnenden Stimmen in meinem Kopf sind verstummt. Ich habe endlich wieder eine Entscheidung aus dem Bauch heraus getroffen. Der bietet mir schließlich reichlich Platz dafür. Wie entlastend, nicht mehr denken zu müssen, sondern sich ganz dem Gefühl überlassen zu dürfen!

Und welch eine verlockende Vorstellung, das Chaos in mir und um mich herum durch näheres Zusammenrücken weiter bannen zu können! Bei wildem hemmungslosem Sex alles zu vergessen, was unser Leben derzeit so entsetzlich kompliziert macht. Ach, wäre das schön, ein paar köstliche Stunden lang nicht darüber nachgrübeln zu müssen, warum diese Frau Jean-Marie Lambert in meinem Restaurant erschossen hat, weshalb ein Anschlag auf Claire Maraite verübt wurde, was das mit David zu tun und welche Schuld der Priester auf sich geladen haben könnte. Stattdessen einfach diesem urplötzlich wiedererwachten animalischen Trieb nachgeben und mich mit Marcel in meinem Anderthalbpersonenbett wälzen.

Ich sollte dem Mann zu verstehen geben, wie gewogen ich ihm wieder bin, wie sehr ich ihn begehre und wie eilig ich es habe, den Beweis dafür mit vollem Körpereinsatz zu erbringen. Die durcheinandergewirbelten Gegenstände auf der Ladefläche hinter uns kann er doch später in Ordnung bringen.

Leichten Herzens wuchte ich mich aus dem Wagen. Allerdings zittern meine Knie entsetzlich. Noch vor Schreck oder schon aus Vorfreude? Egal, ich halte mich am eiskalten Autodach fest und schiebe mich nach hinten durch, wo es etwas Wärmeres zum Anfassen gibt: Marcels verlängerter Rücken. Sein Oberkörper ist, für meine Arme unerreichbar, im Kofferraum verschwunden.

Nicht zögern! Sonst fangen wieder die Abwägungen an, und du machst doch noch einen Rückzieher. Freu dich lieber, dass du heute noch zupacken kannst. Während ich innerlich auf mich einrede, strecke ich entschlossen eine Hand aus und kraule dem belgischen Polizeiinspektor den Po.

»Au!«

Er richtet sich auf, tritt einen Schritt zurück und hält sich den Kopf, den er sich gerade gestoßen hat.

»Was soll das, Katja?«

Eine schmerzliche Frage.

Die mein Mund ohne Worte beantworten soll. Ich schließe die Augen, stelle mich so hin, dass ich mich rückwärts in den Jeep fallen lassen könnte, und breite die Arme aus. Deutlicher kann ich meine Einladung nicht ausdrücken. Er soll jetzt endlich über mich herfallen!

Warum warten, bis wir unter meiner Daunendecke auf der Kehr liegen? Ich bin gut gepolstert, und die Wolldecken, die Marcel für kalte Observierungsnächte im Auto liegen hat, könnten auch mal ausgeschüttelt und einer sinnlichen Verwendung zugeführt werden. Bevor uns das nächste Wild vor den Kühler rennt und unser Leben auslöscht, ohne dass wir noch einmal näher zusammengerückt sind.

Ich verliere das Gleichgewicht und falle tatsächlich in den Jeep. Nicht etwa, weil sich Marcel zärtlich an mich gedrückt hätte, sondern weil mir plötzlich ein Gewicht am rechten Arm hängt.

»Ich weiß ganz genau, worauf du jetzt Lust hast!«

Marcels Stimme klingt triumphierend.

Ich öffne die Augen und betrachte verständnislos die große weiße Plastiktüte.

»Schau rein!«

Benommen folge ich seiner Aufforderung.

»Hab ich recht? Darauf hast du doch bestimmt Lust?«

Ja, auf Schenkel schon, aber nicht unbedingt auf tote.

Lammkeulen. Wortlos lege ich die Tüte wieder in den Kofferraum. Neben einem Karton, der die Brownies beherbergen dürfte. Die wohl genauso durcheinandergewirbelt und ineinander verklebt sein werden, wie es meine Gefühlsstränge jetzt schon wieder sind. Vielleicht ist es doch besser, auf den Kopf als auf den Bauch zu hören. Dann wäre mir vielleicht aufgefallen, dass ich mit meiner erotischen Anwandlung völlig allein dastehe. Ich schäme mich. Nie wieder werde ich mich über Gudrun mokieren, wenn sie David als Projektionsfläche missbraucht. Ich habe genau das Gleiche mit Marcel gemacht, keine Sekunde auf den Gedanken verschwendet, dass er mich vielleicht gar nicht mehr begehren könnte. Dass seine Liebe endgültig erloschen ist. Wie erniedrigend, jetzt auch noch Dankbarkeit heucheln zu müssen, dass er mir die Peinlichkeit einer offenen Zurückweisung erspart.

»Ganz frisches Lamm!«, erklärt er begeistert. »Vorhin auf dem Flohmarkt ergattert, stell dir vor!«

»Verbotenes Fleisch«, flüstere ich. Leider denke ich dabei nicht nur an Lamm.

»Mais bien sûr. War von unterm Ladentisch. Selbstschlachtung. Burg-Reuland. Der Bauer kennt mich.«

»Belgisches Gemauschel.«

Amtsmissbrauch wäre ein passenderer Ausdruck. Aber ich fühle mich derzeit nicht in der Lage, ihm Vorhaltungen zu machen.

»Belgischer Deal. Wäre nicht das erste Mal, dass du davon profitierst.«

»Und was sage ich der Gewerbeaufsicht, wenn sie die Quittung sehen will?«

»Wenn die ausgerechnet morgen kommt, vertröste sie und gib mir Bescheid.« Er seufzt. »Papiere sind immer zu beschaffen. Mein Gott, was seid ihr Deutschen doch umständlich!«

»Wir halten uns an Gesetze.«

»Die bei extremen Situationen außer Kraft gesetzt werden können. Was das angeht, Katja, da hattest du eben völlig recht.«

»Womit?«

»Mit der extremen Situation«, sagt er. »Da kann man ganz schön durcheinanderkommen und Dinge tun, die man eigentlich gar nicht will.«

Ich ignoriere die Hand, die er ausstreckt, um mir von der Ladefläche runterzuhelfen. Ich brauche keine Hilfe beim Aussteigen. Ich weiß genau, was ich will! Ihn jedenfalls nicht mehr.

Er spricht unbekümmert weiter: »In extremen Situationen hilft nur, sich auf das zu konzentrieren, was man am liebsten tut. Und das ist bei dir nun mal das Kochen, n'est-ce pas?«

Mir bleibt nichts anderes übrig, als zu nicken. Marcel schließt den Kofferraum.

»Steig wieder ein, Katja. Wir fahren zuerst mal bis bei Bianca.«

»Wieso das? Willst du den Schafen vorführen, was aus ihnen wird, wenn sie sich nicht benehmen?«

»Frisches Heu holen«, sagt er, als wir wieder im Wagen sitzen. »Für das Rezept nachzukochen, von dem ich dir erzählt habe. Lamm auf Heu im Ofen.«

»Heute bleibt die Küche kalt. Das Restaurant ist noch geschlossen.«

»Ich dachte, dass wir was für uns kochen könnten. Einmal das Rezept ausprobieren, damit du die beiden anderen Keulen morgen deinen Gästen vorsetzen kannst. Aber wenn du keine Lust hast ...«

»Musst du denn nicht arbeiten? Ohne störende Begleitung noch mal beim alten Pfarrhaus anklopfen?«

»Die störende Begleitung hat schon ein paar richtige Fragen gestellt.« Er lässt den Motor wieder an. »Und Christine Lamberts heftige Reaktion war auch eine Antwort. Sie hat uns rausgeworfen, weil sie Zeit gewinnen wollte. Die gebe ich ihr jetzt erst mal.«

»Du meinst, sie weiß mehr, als sie sagt? Wie Claire Maraite?«

»Sind jedenfalls beides komische Zeuginnen.«

»Wieso? Sie haben uns eine Menge Hintergrundinformationen geliefert.«

»Das ist es ja eben. Als ob sie uns in eine bestimmte Richtung schubsen möchten. Und als ob sie sich die Arbeit aufgeteilt hätten.«

»Christine erzählt uns die traurige Geschichte von Babette Schröder, und Claire doziert über das Wesen der Sekte. Jede spricht über das, was sie weiß. Was ist denn daran so komisch? Sie wollen, dass der Mord an Lambert aufgeklärt wird. Wie wir ja auch.«

Marcel brummt vor sich hin: »Und jedes Mal, wenn wir nachbohren, hören beide auf weiterzureden? Die kleine Maraite ist plötzlich total müde, und die Lambert wirft uns zweimal raus?«

Wir. Uns.

Früher wäre ich glücklich über ein solches Bekenntnis zur Zusammenarbeit gewesen; früher hat er mich nie an seinem Herrschaftswissen so teilhaben lassen wie in diesem Fall, sondern streng darauf geachtet, mir nur das Allernötigste zu erzählen. Früher gab es ein von Mordfällen – zumindest zeitweise – unbelastetes Wir und Uns, das uns glücklich machte.

Jetzt lädt er mich zur Zusammenarbeit ein. Statt mit Liebesbezeugungen füttert er mich mit Informationen. Wenn die Gefühle füreinander schon erloschen sind, dann tritt man wenigstens als gutes Team auf; die klassisch wattige Umschreibung für eine erkaltete Beziehung. Das Zusammenrücken wandelt sich in Zusammenarbeit. Nun gut, der werde ich mich nicht verschließen.

»Christine behauptet aber, sie kennt Claire nicht, doch Claire war auf dem Weg zu ihr, als sie angegriffen wurde«, fasse ich zusammen.

»Für sie kennenzulernen und mit ihr über Pastor Lambert zu sprechen, hat sie meiner Kollegin gesagt. Aber das glaube ich nicht.«

»Warum nicht?«

Er brummt wieder.

»Ist nur ein Gefühl.«

Mir rutscht ein veritabler Seufzer raus. Und dann der Satz, den mir mein Stolz hätte verbieten sollen: »Gefühle können leider sehr trügerisch sein.«

Ich halte die Luft an, aber Marcel sagt nichts mehr.

Erstaunlicherweise drückt er auf unserer Rennstrecke hinter Mooshaus auch nicht auf die Tube, sondern lenkt den Wagen ganz zivilisiert über die wellige Gerade. Er blickt sehr konzentriert auf die Straße, wendet den Kopf nicht einmal zur Seite, als wir an der *Einkehr* vorbeifahren, vor der Bianca gerade splitversetzten Schneematsch zur Seite räumt. Linus steht angeleint auf der obersten Stufe und bellt, was das Zeug hält, aber auch das scheint an Marcel vorbeizugehen. Vielleicht sitzt ihm der Schreck über den Beinah-Unfall auch noch in den Knochen. Oder der über meine Gefühle.

Robert hat recht. Das Geblöke nervt.

»Nichts wie weg hier«, sage ich, als wir im Stall zwei Plastiktüten mit sauberem Heu gefüllt haben. »Ob Bianca ihre Schafe auch ausreichend füttert? Ich habe das Gefühl, die sind mordshungrig.«

Marcel stellt die Tüten zur Seite und versperrt mir mit seinem schmalen Körper den Ausgang.

»So viele Gefühle heute«, sagt er leise, streckt beide Arme aus und legt seine Hände an meine Mitte. »Einen Schritt rückwärts«, fällt er singend in das Geblöke der Schafe ein, »noch einen Schritt rückwärts, und noch einen. So ist es gut. Und jetzt gehen wir in die Hocke ...«

»Was ist das für ein Tanz?«, frage ich, enttäuscht, dass er beim gleichzeitigen Herniedersinken seine Hände von mir genommen hat.

»... und lassen uns voller Vertrauen einfach nach hinten fall...«

Noch bevor er ausgesprochen hat, liege ich schon im Heu. Menschen meiner Statur brauchen viel Übung, um sich in der Hocke halten zu können. Marcel ist da erheblich gelenkiger. Er lässt sich nicht auf mich fallen, sondern neigt mir seinen Körper sehr langsam zu. Eine ausgesprochen feierliche Bewegung. Wie sollte ich jetzt noch das Heu im Nacken spüren, wenn mich ein Schnurrbart so köstlich kitzelt?

»Määhh«, passe ich mich nach einem verheißungsvollen Kuss meiner Umgebung an. »Das können wir bequemer haben, Marcel; ruhiger und erheblich wohlriechender.«

»Vor allem wärmer«, sagt er. »Lass uns schnell bis bei dich

rüberfahren, bevor wieder ein Schneesturm kommt. Oder du es dir anders überlegst.«

»Da gibt es nichts mehr zu überlegen.«

Flüchtig klopfe ich mir und ihm das Heu von den Klamotten und renne voraus zum Auto. Nur zwei Minuten entfernt wartet ein gemütliches Anderthalbpersonenbett.

Dort, wo wir vor einem Jahr aufgehört haben, knüpfen wir nicht wieder an. Wir finden ganz aufs Neue zueinander. Umschiffen die Klippen von Ritualen, die der Vertrautheit zwar förderlich, der Leidenschaft jedoch abträglich waren, und rücken dabei näher zusammen als je zuvor.

Marcel stellt mir keine Fragen.

Auch nicht hinterher, als wir den Luxus genießen, dicht aneinandergekuschelt am helllichten Tag im Bett Kaffee zu trinken.

Doch so voller Geigen unser Himmel hängen mag, so voller Fragen hängt er auch. Marcel hat ein Recht auf Antworten. Also setze ich zu einer Erklärung an.

»Du fragst dich bestimmt, warum ich letztes Jahr abgehauen bin. Und warum ich dir nach meiner Rückkehr die kalte Schulter gezeigt habe.«

»Ja. Ich frage das mich, aber nicht dich. Du brauchst also nichts zu sagen.«

»Möchte ich aber.«

Nur, wo anfangen? Kaum zu glauben, dass ich dereinst mit dem Verfassen von Sätzen meinen Lebensunterhalt verdient habe. Ich stottere hilflos herum: »... und dann hab ich geglaubt, dass es an mir liegt ... dass ich das Böse auf die Kehr gebracht habe und ... und ich alle vor mir schützen muss ... und wenn ich weg bin ... dafür musste ich mich und dich opfern ... Marcel ... und deshalb dachte ich, dass ich auch wieder gehen muss ... aber wenn ich wieder mit dir anfange, dann hört es nie auf ... Klinge ich jetzt genauso verrückt wie Claire Maraite?«

Er lacht.

»Verrückter. Die hat wenigstens versucht, den Unsinn wissenschaftlich zu begründen.«

»Und ich komme nur mit Eso-Kacke.«

»So würde ich das nicht bezeichnen. Ich glaube, du hattest Angst. Vor der Kehr und vor der Liebe. Darum bist du einfach weggelaufen.«

Liebe. Ich kann mich nicht entsinnen, dass er das Wort jemals zuvor in den Mund genommen hat.

»Und dann hast du mich zurückgerufen.«

»Eine Auszeit ist schön und gut, aber sie sollte nicht ewig dauern.«

»Aber wie erklärst du dir, dass es mit dem Morden wieder losgegangen ist? Als ich weg war, ist nichts passiert.«

»Purer Zufall. Vielleicht solltest du die ganze Angelegenheit mal wissenschaftlich betrachten.«

»So wie die Leute von der Lambert-Sekte.«

»Ich hab diese Bezeichnung nicht gern.«

»Leute? Weil sie keine Menschen mehr sind?«

»Wir wissen nicht, ob Pastor Lambert diese Organisation gegründet oder ihr auch nur angehört hat. Oder jemals ihr Kopf war.«

»Das ist ja wohl eindeutig.«

»Sehe ich anders.«

»Du bist ja auch katholisch.«

»Was hat das damit zu tun?« Marcel richtet sich neben mir auf.

»Dass ihr glaubt und nicht wisst. Glaube und Gehorsam, wie Frau Lambert so schön sagte.«

»Wer wollte die Sache denn gerade wissenschaftlich angehen?«

»Welche Sache?«

»Die mit dir und deinem Aberglauben, Katja.«

»Das ist kein Aberglauben, sondern ein Fakt. Wenn ich

hier bin, werden Leute umgebracht. Ich bringe das Böse auf die Kehr.«

Er schüttelt den Kopf. »Du überschätzt dich, Katja, und schreibst dir eine Macht zu, die du gar nicht besitzt. Und wenn du schon unbedingt willst, dass diese schlimme Sache mit dir zu tun hat, dann betrachte dich lieber als Katalysator für das Böse, als Kondensationskern.«

»Verstehe ich nicht.«

»Ohne diesen gibt es keine Wolken und keinen Regen. Und ohne das Böse auch nicht das Gute.«

»Aber ich scheine das Unglück doch anzuziehen!«

»Vielleicht wird andersrum ein Schuh daraus, Katja. Du wehrst das Böse ab und verhinderst noch Schlimmeres. Könntest du dich mit diesem Gedanken anfreunden?«

Nicht unbedingt mit diesem, aber mit einem anderen schon. Ich nehme ihm seine Tasse ab, stelle sie neben meine auf den Nachttisch und ziehe ihn wieder in die Waagerechte.

Ich bin endlich zu Hause angekommen.

Als ACHTES wird zum Nachtisch gestürzter Macbeth gegeben

Trockenpflaumen in Einweichwasser mit Zucker kochen, schottischen Whisky hinzufügen, mit Zimt, Muskatnuss, Kardamom und Ingwer würzen, Gelatine einrühren, die Mischung dann über je drei Pflaumen in Puddingformen gießen, erkalten lassen, stürzen und mit Sahne und Minzblättern garniert servieren

Montagmorgen in St. Vith

Natürlich bin ich viel zu gespannt auf neue polizeiliche Erkenntnisse, als dass ich sofort in mein wieder freigegebenes Auto steigen und zur Kehr zurückfahren würde. Als Marcel den Jeep vor dem unauffälligen Bruchsteinhaus der Polizeizone Eifel abgestellt hat, steige ich also flugs aus, öffne den Kofferraum und ergreife den Karton mit den Brownies.

»Was soll das werden?«, fragt er.

»Für deine Kollegen. Eine Opfergabe.«

»Die ich bezahlt habe.«

»Was dir keiner glauben wird, weil die genauso aussehen wie alle Brownies von David, die ich hier früher schon abgeliefert habe.«

Marcel grinst.

»Klar, damit sie dir mehr erzählen als ich. Aber diesmal leitet die deutsche Polizei die Mordermittlung.«

»Die mit dem Anschlag auf Claire zusammenhängt. Und den bearbeitet ihr. Außerdem willst du mich jetzt gar nicht gehen lassen.«

»Nicht, wenn du Richtung Luxemburg fahren und auf den

Höfen in Burg-Reuland rumschnüffeln willst. Das könnte viel zu gefährlich sein.«

»Werde ich aber tun. Und wahrscheinlich mehr herausfinden, als dir der belgische Bauer gestern erzählt hat. Ich lasse mich nicht mit drei Hammelbeinen abspeisen. Es sei denn, du nimmst mich in deinem Büro in Gewahrsam.«

Die deutsche Polizei ist am Wochenende offenbar fleißig gewesen, denn Marcel blickt sehr lange schweigend auf den Bildschirm.

Irgendwann halte ich es nicht mehr aus, stehe von dem mir zugewiesenen Stuhl auf und will mich auf Zehenspitzen der Informationsquelle nähern. Ohne aufzublicken, hebt der belgische Polizeiinspektor die Hand.

»Sitzen bleiben, Katja, das darfst du nicht sehen, ist streng vertraulich.«

»Babette Schröder? Nun sag schon, ist sie wirklich die Frau, die wir suchen? Habt ihr sie?«

»Tag, Katja!« Erwin steckt den Kopf ins Zimmer und beißt in einen Brownie. »Schmeckt köstlich, so wie immer. Irgendwann werde ich dich so lange einsperren, bis du mir das Rezept verrätst. Kommst du, Marcel?«

Der Angesprochene steht auf, ohne Maus oder Tastatur zu berühren.

»Lagebesprechung«, sagt er und wirft mir das *Grenz-Echo* zu. »Da hast du was zum Lesen, bis ich wieder zurück bin. Vielleicht lernst du ja noch was.«

In der Tat. Die Lektüre ist sehr erhellend. Nicht nur der nüchterne deutsche Polizeibericht auf dem Monitor. Sondern auch die zusätzlichen Auskünfte, die mir die Suchmaschinen erteilen. Von Marcels bequemem Schreibtischsessel aus reise ich per Mausklick in ein fremdes Land, in eine Gegend so rau wie unsere Schnee-Eifel: nach Inverness, ins nördliche Schottland, dort wo uns Shakespeares Macbeth das Grauen gelehrt hat.

Kein Wunder, dass wir zuvor nichts über Babette Schröder haben finden können. Sie hat zwar in Aachen Physik und Psychologie studiert, aber keine Laufbahn als hochbegabtes Wunderkind eingeschlagen. Sondern offensichtlich alle Karrierepläne auf Eis gelegt, als sie mit fünfundzwanzig in London den dreißig Jahre älteren schottischen Arzt für ästhetische Chirurgie, Hamish Gordon, geheiratet und ihren Namen seinem angepasst hat. Barbara Gordon wurde von Jahr zu Jahr schlanker, makelloser und der Täterin in meinem Restaurant immer ähnlicher. Das kann ich Archivaufnahmen der britischen Klatschpresse entnehmen, in der die atemberaubend schöne Frau tatsächlich als das Meisterwerk ihres Gatten gepriesen wird.

Sieben Jahre später verschwindet Mrs Gordon aus den Medien. Dazu finde ich eine kleine Zeitungsmeldung: Sir Hamish Gordon, der nach einem Unfall gelähmt ist, zieht sich aus der Gesellschaft auf sein Landgut bei Inverness zurück und schreibt Bücher. 2006 wird sein Tod angezeigt. Kinder sind aus Babettes Verbindung mit Sir Hamish offenbar nicht hervorgegangen.

Die Recherche der deutschen Polizei bei den schottischen Kollegen hat ergeben, dass Mrs Gordon zwei Jahre später die Schönheitsklinik in London und den Landsitz in Schottland samt Inhalt verkauft hat. Ihre englischen Bankkonten hat sie aufgelöst. Eine Polizeiakte über sie gibt es nicht, da sie sich nie strafbar gemacht hat. Seit 2008 ist ihr Aufenthaltsort unbekannt.

Ich setze mich aufrecht hin und rechne kurz nach: Ja, genau in jenem Jahr hat Christine Lambert ihren Bruder als vermisst gemeldet. Das wird nicht einmal Marcel als Zufall werten können.

Langsam setzen sich die Mosaiksteinchen für mich zu einem Bild zusammen: Nach dem Tod ihres Mannes hat Barbara/ Babette wieder Kontakt zu dem Pastor im belgischen Atzerath aufgenommen, dem einzigen Menschen, der ihr in einem früheren Leben nahegestanden und der an sie und ihre Fähigkeiten geglaubt hat. Sie hat das müßige Dasein einer reichen schottischen Landedelfrau satt und sehnt sich nach einer neuen Herausforderung. Gut möglich, dass das Eifeler Mädchen in den Highlands nie wirklich heimisch geworden ist und Sehnsucht nach dem deutschen Sprachraum bekommen hat. Es reist in die alte Heimat und besucht Jean-Marie Lambert.

Der Priester, der davon träumt, sein eigenes Sekten-Süppchen zu kochen, riecht Geld. Er umgarnt die verzweifelte Witwe mit einem Appell an ihren brachliegenden Intellekt, bezirzt sie mit seiner Unsterblichkeitstheorie und vielleicht auch mit dem nostalgischen Charme des ersten Mannes im Leben einer Frau.

Er bemächtigt sich ihrer Seele, ihres Verstandes und ihres Vermögens. Mit Letzterem kauft er nicht nur Haifischleder, um die von ihm Verblendeten irgendwo in einer versteckten Werkstatt zu versklaven, sondern gönnt sich ein Leben in Saus und Braus. Kauft vielleicht Luxuskarossen wie einst Bhagwan und melkt die arme Frau bis auf den letzten Penny aus.

»Klar«, sagt Marcel, als ich ihm nach seiner Lagebesprechung meine Theorie unterbreite. »Deshalb ist er zu Fuß bis bei dich in die *Einkehr* gewandert und trug alte verschlissene Klamotten.«

»Das war Tarnung«, werfe ich ein. »Außerdem ging es ihm natürlich nicht nur ums Geld, sondern, wie immer in solchen Sekten, um uneingeschränkte Macht über andere Menschen. Warum noch einem Gott dienen, wenn man selber einer sein kann. Ich bleibe dabei: Dieser Mord war Notwehr. Babette sah keinen anderen Ausweg, als den Mann zu vernichten, der sie einst geschändet und Jahrzehnte später ihren Untergang herbeigeführt hat.«

»Ach, mein Mädchen«, seufzt Marcel. »Was bist du doch für ein hoffnungslos romantisches Geschöpf!«

»Das betrachte ich als Beleidigung.«

»Gestern war es noch ein Kompliment.«

»Gestern ging es auch um meine Gefühle.«

»Die ich nie wieder missen möchte«, sagt er ernst. »Aber einen solchen Fall löst man nicht mit Gefühlen. Wer kaltblütig all Lachens einen Menschen über den Haufen schießt, Katja, der ist kein schüchternes, verängstigtes Sektenwesen, das versucht, wieder Fuß in der Gesellschaft zu fassen. So jemand hat Durchsetzungskraft, ein übersteigert grausames Selbstwertgefühl und muss für seine Tat bestraft werden.«

»Dafür müsst ihr Mrs Gordon aber erst finden.«

»Du sagst es, Katja: wir. Und damit meine ich diesmal nicht uns beide, sondern die amtlichen Stellen. Versprich mir bitte, dass du jetzt nichts Unüberlegtes machen wirst.«

»Sicher, ich habe mir ganz genau überlegt, was ich machen werde.«

»Schwörst du mir, dass du nicht nach Burg-Reuland fährst und David suchst?«

»Vielleicht finde ich ihn ja. Händchen haltend mit der schönen Mrs Gordon. Arme Gudrun.«

»Katja!«

Ich bringe es einfach nicht fertig, die Hand zum Schwur zu erheben.

»Wenn du auf eigene Faust losziehst, schließe ich dich von allen weiteren Informationen aus«, warnt er.

»Und wenn ich brav bleibe, erzählst du mir auch weiterhin das, was du nicht erzählen darfst?«

»Wir hatten gestern doch abgemacht, dass die Zeit der

Deals vorbei ist. Außerdem habe ich dir gar nicht so furchtbar viel erzählt.«

Nein, das hat er seinem Computer überlassen. Durch den ich mehr entdeckt habe als er selbst. Schön, wenn man eine Freundin hat, die auf die Idee kommt und in der Lage dazu ist, die englische Klatschpresse der vergangenen Jahre auszuwerten!

In der ich ganz nebenbei übrigens auf ein schottisches Nachtisch-Rezept gestoßen bin, für das ich keine zusätzlichen Ingredienzien kaufen muss, um es, natürlich mit leichten Gewürz-Variationen, heute Abend meinen Gästen nach dem Genuss des in Heu gegarten Lammes anbieten zu können. Ein passender Name kommt mir schnell in den Sinn: Gestürzter Macbeth.

»Something wicked this way comes.«

»Was soll das heißen, Katja? Du hast was Böses vor?«

»Shakespeare. *Macbeth.* Der hat auch in Inverness gewohnt. Wie die Gordons.«

»Ist das die Geschichte, wo die Hexen vorkommen?«

»Richtig, drei Stück. Die fachen mit missverständlichen Prophezeiungen den Aberglauben erst so richtig an. Daraufhin wird aus reiner Lust an der Macht gemordet, was das Zeug hält.«

»Drei Hexen.« Gedankenversunken streichelt mir Marcel die Schulter. »Vielleicht sollten wir die Babette, Christine und Claire nennen.«

Gleich wird er mir erzählen, dass die Frau die Erbsünde in die Welt gebracht hat. Sitzt doch sehr tief, dieser katholische Aberglaube. Und das Misstrauen gegenüber allem Weiblichen. Doch er sagt etwas anderes.

»Kati aus der Klinik behauptet, Claire Maraite will sich selbst aus dem Krankenhaus entlassen. Es wäre schön, wenn du gleich zu ihr hinfährst und sie umstimmst. Außerhalb des Krankenhauses können wir für ihren Schutz nicht garantieren. Außerdem hält der Arzt eine Entlassung aus medizinischen Gründen für zu früh.«

»Warum hat sie es denn so eilig?«

»Sie will nach Hause, hat sie gesagt.«

»Nach Eupen?«

»Nein, nach Aachen. Ihr Vater wohnte in Eupen.«

Ich verstehe. Wenn die junge Frau belgisches Hoheitsgebiet verlässt, sind die deutschen Behörden für sie zuständig und sie wäre Marcels Zugriff entzogen.

»Du glaubst also immer noch, dass sie mehr in die ganze Sache verwickelt ist?«

»Zumindest finde ich es sehr komisch, dass sie so viel über die schrägen Gedanken dieser Sekte erzählen kann und trotzdem keine Ahnung haben will, wo die Leute stecken. Sie muss da irgendwie Teil von sein, sonst hätte man nicht versucht, sie umzubringen.«

»Wovon lebt sie eigentlich?«

»Sie studiert, kriegt Studienbeihilfe und macht Jobs.«

»Als was?«

»Als Betreuerin für Alte und Behinderte, Nachtdienste und so was. Frag sie.«

»Sehen wir uns später?«

Die Frage rutscht mir einfach so raus.

»Ja. Ich muss doch sehen, ob deinen Gästen das belgische Lamm so gut schmeckt wie uns gestern. Dein Auto steht vor der Tür; ist wirklich erstaunlich wenig beschädigt, aber du solltest es trotzdem bei Karl-Heinz nachschauen lassen. So ein Aufprall kann einiges durcheinanderbringen.«

Wie wahr.

Im Krankenhaus muss ich erst am Zerberus vorbei. Schwester Kati tut, als erinnere sie sich nicht an mich, und will mich nicht zu Claire Maraite lassen.

»Dann rufen Sie doch Polizeiinspektor Langer an!«, fauche ich schließlich. »Er hat mich schließlich hergeschickt.«

»Warum sollte Marcel das tun?«, fragt sie mich unerträglich freundlich. »Sie arbeiten doch nicht bei der Polizei?«

»Nein, ich bin seine Freundin!«

»Kann jeder sagen.«

Das klingt nicht nur trotzig, sondern auf den Schlips getreten. Als wildere ich in ihrem Terrain.

»Dann rufen Sie ihn an!«

»Außerdem hat Frau Maraite gerade Besuch. Zwei Menschen auf einmal ist zu viel für sie in ihrem Zustand.«

»Besuch?«, frage ich alarmiert. »Und den haben Sie so einfach durchgelassen?«

»Ich kenne doch die Schwester vom Pastor.«

Klar, Leute, die man kennt, sind ungefährlich. Dazu könnte ich Schwester Kati eine Menge sagen. Aber ich habe keine Lust mehr, mich mit ihr zu streiten, lasse meine Masse für mich sprechen, schiebe mich an ihr vorbei, grüße knapp den mir bekannten Ordnungshüter vor der Tür und reiße sie auf, ohne anzuklopfen.

Zwei Köpfe fahren herum.

Claire Maraite ruht nicht im Bett, sondern sitzt mit der Pastorenschwester an einem Tischchen. Auf dem liegt eine große Landkarte, die Christine Lambert jetzt hastig zusammenfaltet.

»Frau Klein«, ruft Claire Maraite. »Wie schön, Sie zu sehen! Das ist Frau Lambert.«

»Wir kennen uns«, sage ich. »Guten Tag, Frau Lambert, dann kann ich mich bei Ihnen jetzt in aller Form für unseren Auftritt gestern entschuldigen. Natürlich auch im Namen von Polizeiinspektor Langer. Ich komme gerade von ihm.«

Christine Lambert verstaut schnell die Landkarte in ihrer Handtasche.

»Nein, nein, ich muss mich bei Ihnen beiden entschuldigen.« Lächelnd steht sie auf und reicht mir die Hand. »Ich war ziemlich durcheinander. All diese merkwürdigen Fragen ... und dann die Unterstellung, mein Bruder sei ein Terrorist gewesen oder ein Sektenguru ...« Sie schüttelt den Kopf. »Schwamm drüber, Frau Klein!«

»Ich habe Frau Lambert gerade von dem tollen Häppchen-Essen erzählt, das Sie für uns hier gemacht haben«, flötet Claire Maraite.

»So bunt wie die vielen Farben auf einer Landkarte«, entgegne ich ungehalten über den Versuch, meine Intelligenz durch ein so ungeschicktes Ablenkungsmanöver beleidigen zu wollen. In einer Sache dürfte Marcel recht haben: Claire weiß mehr, als sie uns gesagt hat. Nach dem traulichen Bild von soeben zweifele ich auch daran, dass sich die beiden Frauen wirklich erst heute im Krankenhaus kennengelernt haben, wie mir Christine Lambert gerade weismachen will: »Ich habe Frau Maraite eben auf der Karte gezeigt, wo ich wohne.«

»Das weiß sie doch – sie war am Samstag schließlich auf dem Weg zu Ihnen.«

»Mit dem Navi«, meldet sich die jüngere Frau. »Und das ist jetzt genauso kaputt wie mein Auto. Deswegen bin ich sehr froh, dass Frau Lambert mich heute besucht hat. Wir haben so viel zu bereden. Wo wir beide doch gerade unseren nächsten Angehörigen verloren haben.«

Nach einer solchen Bemerkung verbietet sich jeglicher Zynismus.

»Ja, das ist furchtbar«, sage ich genau das, was von mir erwartet wird. »Und Sie, Claire, haben obendrein noch alle beide gekannt.«

»Ich auch«, meldet sich Christine Lambert. »Claires Vater

war mein Physiklehrer. Aber wir zwei beiden haben uns heute zum ersten Mal gesehen.«

Interessant, wie deutlich sie das schon wieder betont. Sie greift über den Tisch und streichelt die Hände der jungen Frau. »Und weil du sonst keinen einzigen Menschen auf der Welt mehr hast, liebe Claire, werde ich mich ab jetzt um dich kümmern!«

Zunächst einmal sogar in ihrem eigenen Haus, wie ich sogleich erfahre. Der Arzt sei zwar nicht gerade glücklich über ihre geplante Selbstentlassung, erzählt Claire, aber von Atzerath aus könne sie ja ambulant weiterbehandelt werden. Christine Lambert werde sie jeden Tag nach St. Vith in die Tagesklinik fahren.

»Ich habe ja nicht viel zu tun«, sagt die Pastorenschwester, »und außerdem ist es schön für mich, im großen Haus nicht so ganz allein zu sein.«

Den besorgten Blick, den ihr Claire unvermittelt zuwirft, kann ich nicht recht deuten. Vielleicht fürchtet die jüngere Frau, von der älteren vereinnahmt zu werden.

»Dann werde ich das Polizeiinspektor Langer doch mal mitteilen.« Ich greife zu meinem Handy und füge an, dass sich Claires Polizeischutz dann eben nach Atzerath verlagern würde.

»Bitte nicht«, sagt Christine. »Das wäre wegen der Nachbarn nicht gut. Wenn da immer die Polizei rumsteht, was sollen die denn denken.«

»Wenn niemand weiß, wo ich wohne«, sagt Claire, »bin ich bei Frau Lambert bestimmt viel sicherer als in meiner Wohnung in Aachen.«

»Ich weiß es aber«, merke ich an.

Beide Frauen lachen. »Sie und der Polizeiinspektor«, sagt Christine Lambert, »vor Ihnen haben wir keine Angst.«

»Vor wem dann?«

»Vielleicht vor der Frau, die meinen Bruder erschossen hat? Wissen Sie inzwischen mehr über sie?«

»Ja«, sage ich und wäge ab.

Gefährde ich die Ermittlungen, wenn ich die Reaktion der Frauen auf meine Informationen peile? Oder sollte ich lieber die Klappe halten?

»Dann wissen Sie jetzt bestimmt auch, dass sie der Kopf dieser Sekte ist«, platzt Christine Lambert in meine Überlegungen rein, »und dass mein Bruder getötet wurde, weil er versucht hat, die Leute ihrem Zugriff zu entziehen und alles öffentlich zu machen.« Sie nickt zu einer knallrot gewordenen Claire hin. »Sie hat mir alles gesagt.«

»Dann sollte sie das endlich auch der Polizei gegenüber tun«, gebe ich zurück. »Bin gleich wieder da.«

An der Tür drehe ich mich kurz um. Christine Lambert schüttelt den Kopf, und von Claires Lippen lese ich ein *Wie konntest du nur* ab.

»Enfin, ein Durchbruch!«, ruft Marcel ins Telefon. »Geh wieder rein und sag ihnen, was du weißt. Und beobachte sie genau. Ich simse dir, wenn ich im Krankenhaus bin; dann kommst du raus und sagst mir alles.«

»Ich finde, jetzt ist aber langsam wirklich ein Informantinnengehalt fällig.«

»Noch mehr Hammelbeine? Kein Problem.«

Im Krankenzimmer setze ich mich mit dem Rücken zum Fenster.

»Es scheint sich tatsächlich um Babette Schröder zu handeln«, fange ich an. »Heute heißt sie allerdings Barbara Gordon.«

»Ich weiß«, flüstert Claire mit gesenktem Haupt. »Und alles ist meine Schuld.«

»Unsinn!«, fährt Christine Lambert auf. »Du bist genauso ihr Opfer wie die anderen auch.«

»Aber wenn ich nicht gewesen wäre ...«

»Fangen Sie doch bitte von vorne an«, fordere ich die junge Frau auf.

Alles begann mit einem Inserat im belgischen *Grenz-Echo*. Claire hatte gerade ihr Abitur gemacht und war unschlüssig, wie es mit ihr weitergehen sollte. Wie so vielen jungen Menschen in ihrer Lage schwebte ihr vor, *irgendwas mit Menschen* zu machen, vielleicht mit Alten oder Behinderten. Der Mann, für dessen Haushalt nahe dem schottischen Inverness eine deutschsprachige Au-pair gesucht wurde, war beides, alt und behindert.

»Was für ein Zufall, dass seine Frau genau wie Sie aus der Deutschsprachigen Gemeinschaft Belgiens stammte«, werfe ich an diesem Punkt ein. »Vielleicht hat es da ein kleines Empfehlungsschreiben gegeben? Von Pastor Lambert?«

Claire schüttelt traurig den Kopf.

»Das wusste ich doch damals gar nicht. Dass sie aus der DG war, meine ich. Und zu Pastor Lambert hatte ich schon seit Jahren keinen Kontakt mehr.«

»Stimmt«, sagt Christine Lambert, »sonst wären wir uns ja früher begegnet. Ich habe Sie und den Polizeiinspektor nicht angelogen, Frau Klein; ich wusste wirklich nicht, was aus Babette geworden war.«

»Warum hat sie im *Grenz-Echo* inseriert?«

»Sie hat gesagt, dass sie die Musik ihrer Kindersprache wieder hören wollte«, erwidert Claire, »aber dann hat sie dauernd an meinem Dialekt herumgemäkelt.« Sie schraubt ihre Stimme künstlich hoch: »›Hamish holt seine Medikamente nicht ein, Claire, er nimmt sie ein! Und zwar nicht *für* sich, sondern *um* sich besser zu fühlen, merk dir das endlich.‹ Dauernd hat sie mich korrigiert.«

»Sie war schon als Kind ein Klugscheißerchen«, sagt Christine. »Und hielt sich auch für was Besseres, obwohl sie nur ein Dorfkind war und damals nach nichts aussah. Da ist leider mein Bruder mit dran schuld. Der hat ihr Flausen in den Kopf gesetzt. Von wegen Klugheit und so. Das hat ihn wahrscheinlich das Leben gekostet.«

»Damals brauchte sie sicher Zuspruch, nach allem, was sie durchgemacht hatte«, werfe ich ein und wende mich wieder an Claire. »Wie lange waren Sie in Inverness?«

»Ein Jahr.« Sie starrt mich aus leeren Augen an, schlägt dann die Hände vors Gesicht und beginnt zu weinen.

»Alles meine Schuld«, höre ich zwischen Schluchzern. Christine hockt neben Claire und hält sie fest.

»Gar nicht wahr«, murmelt sie, »gar nicht wahr.«

Leise informiert sie mich über das, was sie angeblich erst heute erfahren haben will.

Sir Hamishs Krankenschwester war einkaufen gegangen und hatte Claire allein im Haus mit dem kranken alten Mann gelassen. Der bekam einen seiner epileptischen Anfälle. In ihrer Panik verabreichte ihm Claire das falsche Medikament und führte seinen qualvollen Tod herbei. Barbara Gordon gab Claire zwar die Schuld, sagte aber vor der Polizei aus, ihr Mann sei freiwillig aus dem Leben geschieden, als niemand im Haus war. Er habe das Leid seiner Behinderung nicht mehr ertragen können.

»Dabei wussten alle, die ihn kannten, wie sehr er am Leben hing«, flüstert Claire. »Stand ja auch alles in seinen Büchern.«

Ich hebe fragend die Augenbrauen.

»Wissenschaftliche Fantasyromane«, informiert mich Christine Lambert und sieht Claire unsicher an. »Oder so ähnlich?«

Claire nickt und schnäuzt sich die Nase. »Wissenschaftlich gestützte Fantasy. Wie Jules Verne, Isaac Asimov und Stanislaw Lem. So was hat er geschrieben. Und Barbara hat die Bücher ins Deutsche übersetzt.«

»Da stehen die Theorien drin, von denen Sie uns vorgestern erzählt haben?«

»Ja und noch viel mehr.« Mit der gleichen monotonen Stimme wie bei ihrem vorgestrigen Vortrag fährt sie fort: »Die eigentliche Kunst besteht darin, das Leben nicht als ein Karussell möglicherweise verpasster oder noch zu verpassender Gelegenheiten zu begreifen, sondern die eigene Reichweite gründlich auszuschöpfen und sich von der Fremdbestimmtheit zu verabschieden. Es geht nicht darum, das Unmögliche möglich zu machen, sondern es durchzusetzen.«

Christine Lambert wirft mir ein verschwörerisches Lächeln zu und streichelt der jüngeren Frau begütigend die Hand.

»Um diesen ganzen Kokolores geht es jetzt nicht, Claire. Frau Klein will wissen, was für Folgen diese Bücher hatten.«

»Große!«, versichert Claire. »Hamish hatte eine richtige Fangemeinde. Leute kamen von überallher, um mit ihm darüber zu diskutieren, vor allem aus Deutschland.«

Claire schildert, wie Barbara Gordon bei solchen Besuchen und den Diskussionen bis in die Nacht aufgeblüht war.

»Sie können sich nicht vorstellen, wie einsam es da sonst war.«

»Inverness ist sicher eine größere Stadt als St. Vith«, werfe ich ein.

»Aber das Haus lag ganz weit abseits, da verirrte sich sonst niemand hin.«

Nach dem Tod ihres Mannes war Barbara Gordon ganz von dem Plan beseelt, seine Theorien in die Praxis umzusetzen und in aller Unversöhnlichkeit der menschlichen Sterblichkeit den Kampf anzusagen. Damit stieß sie bei Hamishs Fangemeinde auf offene Ohren.

»Bei Ihnen auch?«, frage ich Claire.

Sie schüttelt den Kopf. »Ich wollte nicht dauernd über den Tod nachdenken, und wie man ihn überlisten kann. Aber meinen Vater hat das schon sehr interessiert. Der kam, um mich abzuholen ...«

»... und verfiel dieser Frau«, setzt Christine grimmig hinzu.

»Nein, nicht der Frau«, protestiert Claire. »Hamishs Ideen. Damals lebte meine Mutter ja noch.«

Christine wirft mir den vielsagenden Blick der erfahrenen Frau zu.

»Wann und woran ist Ihre Mutter denn gestorben?«, frage ich leise.

»Drei Jahre später. An Krebs. Kurz darauf verschwand mein Vater. Erst dachte ich, er ist in Schottland, aber dann erfuhr ich, dass Barbara das Anwesen verkauft hat. Ich wusste nicht, dass sie wieder hierher zurückgekehrt war. Wir hatten ja keinen Kontakt mehr.«

»Und dann hat Ihnen Polizeiinspektor Langer das Bild gezeigt.«

Claire schüttelt den Kopf. »Da habe ich sie nicht sofort drauf wiedererkannt. Die Haare waren ganz anders, und überhaupt ...«

Christine Lambert fällt ihr ins Wort: »Ich habe Claire von Babette erzählt. Es gibt nicht viele Frauen in der DG, die alle ihre Angehörigen bei einem so schrecklichen Feuer verlieren.«

»Und Barbara Gordon stammt aus Atzerath«, setzt Claire hinzu.

»Da wussten wir sehr schnell, dass wir von der gleichen Frau sprachen.«

»Wo und wie kam Jean-Marie Lambert ins Spiel?«, frage ich. Claire hebt die Schultern.

»Keine Ahnung«, antwortet Christine Lambert. »Er hat mir von alledem nie etwas erzählt, nicht einmal eine Andeutung gemacht. Vielleicht fiel das unter das Beichtgeheimnis. Ich wusste nicht, dass er wieder mit Babette in Verbindung stand, war total ahnungslos.«

»Bis heute.«

»Bis heute.«

»Wie kommen Sie dann auf die Idee, dass Ihr Bruder diese Sektenleute dem Zugriff der Frau entziehen wollte und darum umgebracht wurde?«

»Ist doch logisch.«

»Finde ich nicht.«

»Denken Sie doch mal nach, Frau Klein! Vor seinem Verschwinden taucht Babette zweimal bei meinem Bruder im Pfarrhaus auf ...«

»Gestern haben Sie uns noch gesagt, dass sie das gar nicht gewesen sein kann.«

»Weil ich mir da noch nicht vorstellen konnte, dass sich ein Mensch so verändern kann. Aber wenn ihr Mann doch Schönheitschirurg war und nach allem, was mir Claire so erzählt hat ...«

Mein Handy piept.

Schwester Kati bearbeitet Marcels Uniform mit einer Kleiderbürste.

»Hundehaare«, tönt sie empört. »Seit wann hast du einen Hund?«

»Seit gestern wieder«, sagt er und zwinkert mir zu. Linus war am Abend außer sich vor Freude gewesen, in ein Haus zurückzukehren, in dem nicht geblökt wurde. Und hatte sich später vor Enttäuschung über die geschlossene Schlafzimmertür Marcels Uniformjacke vorgenommen. Das gute belgische Tuch ist zwar unbeschädigt geblieben, uns beim Säuberungsversuch am Morgen aber wohl manches schwarze Tierhaar entgangen.

»Muss in die Reinigung«, bestimmt Schwester Kati.

»Können wir hier irgendwo ungestört reden?«, fragt Marcel sie.

Ihre Augen strahlen.

»Komm mal«, sagt sie und greift nach seiner Hand, »das Zimmer da drüben ist immer noch leer.« Dann erst entschließt sie sich, mich wahrzunehmen: »Was wollen Sie denn noch?«

»Mit ihm reden«, sage ich, öffne die Tür zu dem angewiesenen Zimmer und trete ein, ohne mich noch einmal umzudrehen.

»Die Hand ist ja noch dran«, bemerke ich wenig später und setze auf seinen fragenden Blick hinzu: »Ich dachte, du müsstest sie dir abhacken, um sie von der Frau zurückzukriegen.«

Marcel tritt auf mich zu, aber ich halte ihn auf Abstand. Er setzt sich auf das leere Bett, klopft auffordernd neben sich auf die Matratze und lacht.

»Etwa eifersüchtig?«

»Hätte ich denn Grund dazu?«

Wo das Zimmer *immer noch leer* ist, setze ich still für mich hinzu; also vermutlich jener Raum, in dem er vorgestern ziemlich lange gebraucht hat, mithilfe einer fürsorglichen Krankenschwester sein T-Shirt auf rechts zu drehen und sein Hemd erst auf- und dann wieder zuzuknöpfen. Marcel denkt nicht daran, mich zu beschwichtigen, ganz im Gegenteil: »Ach, Katja, hast du etwa ein ganzes Jahr lang wie eine Nonne gelebt?«

»Ich kenne keine Nonnen«, sage ich und stelle mich ans Fenster.

Marcel streckt sich auf dem Bett der Länge nach aus und blickt zur Zimmerdecke.

»Ich schon. Ich kenne auch Claire Maraite. Und die kennt Barbara Gordon.«

»Weiß ich. Sie hat Barbaras Mann umgebracht.«

»Was?!«

Es gelingt mir selten genug, diesen Mann aus der Fassung zu bringen, und ich hätte den Augenblick gern ausgekostet. Vor allem nach der Nonnen-Frage, die alles oder nichts bedeuten kann. Und auf die ich später zurückkommen werde. Der Polizeiinspektor mag sich auf einem Krankenhausbett herumfläzen, aber er will und muss jetzt dienstlich werden. Also bringe ich ihn auf den neusten Stand der Dinge. Das meiste weiß er leider schon.

»Diese Claire hat es wirklich faustdick hinter den Ohren«, brummt er.

»Nein, sie war ein dummes, naives Ding. Woher sollte sie gewusst haben, dass wir ausgerechnet nach Barbara Gordon suchen? Ich glaube ihr.«

»Jetzt bist du aber naiv. Sie hat dir nur Sachen erzählt, die wir ohnehin rauskriegen würden.«

»Christine Lambert hat mir das meiste davon erzählt. Claire fällt es schwer, darüber zu reden. Sie wollte es nicht zweimal sagen. Ich weiß, wie das ist. Außerdem hat sie sich selbst belastet. Sie musste mir nicht erzählen, dass sie Hamish Gordon die falschen Medikamente verabreicht hat ...«

»... auch das weißt du von Frau Lambert.«

»Claire hat nicht widersprochen, sie wollte reinen Tisch machen.«

»Das hätte sie schon am Freitag tun können, als ich ihr das Bild von Barbara Gordon gezeigt habe. Nee, Katja, die beiden stecken unter einer Decke und sind ganz tief in die Sache verwickelt, da bin ich mir sicher. Christine ist erfahrener und dosiert für uns die Informationen. Was wir wann gewahr werden sollen. Aber damit ist jetzt Schluss.«

»Was hast du vor?«

Er setzt sich auf und zieht sein Aufnahmegerät hervor.

»Jetzt sollen die beiden Damen endlich auspacken. Nein, Katja, du kannst nicht dabei sein.«

»Wieso nicht?«

»Das wird ein ordentliches Verhör. Wie sollte ich deine Anwesenheit meinen Vorgesetzten erklären?«

Die Tür fliegt auf.

»Marcel …«

Schwester Katis Blick überbrückt befriedigt den räumlichen Abstand zwischen uns. »Frau Maraite besteht darauf, jetzt zu gehen.«

»Bestehen kann sie, gehen nicht«, sagt er und rutscht vom Bett. »Bis später, Katja.«

Schwester Kati ist so damit beschäftigt, den Polizeiinspektor aus dem Zimmer zu geleiten, dass ihr das einsame Handy auf dem Bett entgeht. Es muss Marcel aus der Hosentasche gerutscht sein.

»Da darfst du jetzt nicht rein«, informiert mich der Polizist vor der Tür.

»Ist mit Marcel abgesprochen«, versichere ich und zeige ihm das Handy. »Hat er mir gegeben, damit ich es ihm zu einem bestimmten Zeitpunkt reinbringe. Alles Taktik.«

Der Kollege schüttelt resigniert den Kopf. »Nichts macht dieser Kerl nach Dienstvorschrift. Wird ihn irgendwann noch mal Kopf und Kragen kosten.«

Ich mache leise die Tür auf und bekomme gerade noch die Frage mit, die der Polizeiinspektor an Christine richtet. Marcel springt auf, reißt mir das Handy aus der Hand und scheucht mich augenblicklich wieder aus dem Zimmer.

Was gar nicht schlimm ist, denn Frau Lamberts Antwort

brauche ich mir nicht zusammenzureimen, die steht mir glasklar vor Augen. Marcels Frage hat mich auf eine neue Spur gebracht: »Hätte es Ihr Bruder gut gefunden, dass Sie sich neue Möbel anschaffen, wo er doch gerade erst verschwunden war?«

Keine neuen Möbel. Alte Möbel. Alte englische Möbel. Die aus einem schottischen Haushalt stammen, der zu genau der Zeit aufgelöst worden ist, als Jean-Marie Lambert verschwand. Mir ist völlig klar, dass er sich zum Zeitpunkt der Auflösung des Gordon-Haushalts nach Schottland begeben und für den Transport der englischen Einrichtung ins Pfarrhaus nach Atzerath gesorgt hat.

Claires Schlussfolgerung mag ich nicht teilen. Es ist zwar gut möglich und vielleicht auch wahrscheinlich, dass Barbara Gordon nach dem Tod ihres Mannes versuchen wollte, seine verqueren Visionen in die Tat umzusetzen. Wer so viele nahestehende Menschen sterben gesehen hat, ist sicherlich empfänglich für alle möglichen Überlebensstrategien und greift nach jedem Strohhalm. Doch dass diese Frau Hamishs Fangemeinde versklavt haben soll, halte ich für ausgeschlossen. Dazu braucht es einen ausgefuchsten Menschenfischer, einen, der gelernt hat, Leute zu manipulieren, einen Priester zum Beispiel.

So wie ich es sehe, hat Jean-Marie Lambert der Frau alles genommen, ihr weder Würde noch einen Wedgewood-Teller gelassen, ihr auf ganz andere Weise als früher Glaube und Gehorsam eingetrichtert. Was für ein eiskalter Bursche dieser Herr Pfarrer doch war! Ohne ihn ist die Welt ein besserer Ort. Sollte ich Mrs Gordon finden, werde ich sie ganz bestimmt nicht der Polizei ausliefern.

Als NEUNTES geht mit dem Entree Bitteres, Süßes und Saures einher

Karamellisierte Jakobsmuscheln auf Avocado-Limetten-Schaum, umgeben von in Portwein geschmorten Chicoréeblättern, mit Süßkartoffelchips serviert

Montag, zur Mittagszeit

Auf das Häufchen Elend in meinem Restaurant bin ich überhaupt nicht vorbereitet. Nachdem ich mich in meinem Allradmonster durch plötzlich wieder aufgekommenes Schneetreiben von St. Vith bis zur Kehr durchgekämpft habe und unter der kaputten Türleuchte ausgerutscht bin, als ich zum Umziehen kurz mein Haus aufsuchte, möchte ich bitte von weiteren Katastrophen verschont bleiben. Aber Bianca sitzt laut heulend an unserem runden Tisch und blickt nicht einmal auf, als ich zur Tür reinstapfe.

»Schafe tot?« Ich ignoriere die besorgten Zeichen, die mir Gudrun macht.

»Hat nicht viel gefehlt«, antwortet eine fremde Stimme. Jetzt erst sehe ich den Mann am Tisch in der Ecke. Genau da, wo vor vier Tagen das Rendezvous mit dem Tod saß. Wieder schneit es, und wieder hockt da eine unbekannte grimmig lächelnde Gestalt. Und noch etwas anderes beunruhigt mich: Linus hat seinen Kopf in den Schoß dieses Fremden gelegt, blickt vertrauensselig zu ihm auf und denkt nicht daran, mich freudig zu begrüßen.

Ich rufe meinen Hund.

Er fiept gelangweilt, zeigt mir gähnend seine mächtigen Fänge und lässt sich dann wieder von diesem Mann kraulen, der einen Teller voller Bratkartoffeln mit Speck und Würstchen vor sich stehen hat. In meiner Abwesenheit wird also nicht nur kulinarisch bedenkliche Kost serviert, sondern mir zudem noch mein Hund mit unlauterer Methode entfremdet.

»Das Tier darf nicht am Tisch gefüttert werden«, sage ich scharf.

»Warum sollte es auch, wenn es sich im Schafstall selbst bedienen kann«, erwidert der Fremde.

»Oh Gott!«

Ich sinke auf einem Stuhl neben Bianca nieder, rüttele sie an der Schulter und versuche die Bilder von durchgebissenen Tierkehlen, hervorquellenden Eingeweiden und blutrot gefärbter Wolle auf verklebtem Heu vor meinem inneren Auge zu vertreiben.

»Sag, dass das nicht wahr ist! Linus hat kein Schaf gerissen!«

Bianca heult weiter.

Ich wende mich um und blaffe den Mann an: »Was haben Sie gemeint mit *hat nicht viel gefehlt*?«

»So wie ich es sage. Unausgebildete und unerzogene Hunde sind für Schafe lebensgefährlich. Es ist wirklich unverantwortlich, diesen ungehorsamen Rüden ...«, liebevoll klopft er Linus die Flanke, »... auf die armen Schafe loszulassen. Wissen Sie eigentlich, dass er obendrein noch ein ordentliches Stück Kampfhundanteile in sich trägt? In diesem vermeintlichen Labrador schlummert ein Staffordshire Terrier!«

»Dann wecken Sie den bloß nicht auf«, gebe ich zurück und wende mich wieder Bianca zu, die jetzt lauthals klagt.

»Alles mache ich falsch, nichts kriege ich auf die Reihe, mein ganzes Leben ist soo sinnlos! Und dann noch dieses blöde Schaf!«

»Ach ja, dat arme Dier«, sagt der Mann mit unerträglicher Gelassenheit.

»Tot?«, flüstere ich.

Er schüttelt den Kopf.

»Deprimiert.«

Ich atme erleichtert aus. Um ein deprimiertes Schaf kann ich mich jetzt wirklich nicht kümmern. Ich klopfe Bianca aufmunternd auf den Rücken.

»Depressionen gehen vorbei. Bestimmt auch bei Schafen.«

Räuspernd macht mich Gudrun auf meine gestörte Wahrnehmung aufmerksam.

»Bianca *hat* das arme Dier. Das sagt man so im Bergischen, wenn jemand sehr, sehr traurig ist.«

Wie Gudrun über Davids Abgang. Ihre umflorten Augen verraten mir mehr, als ich wissen will. Offensichtlich glückt es Robert ebenso wenig, ihr *armes Dier* im Zaum zu halten, wie seiner Tochter das eigenwillige Schaf. Wenn jetzt neben der Eifeler auch noch die Bergische Sprache in unserem Restaurant Einzug hält, sollten wir es in *Babylon* umtaufen.

Gudrun berichtet, was geschehen ist. Als Bianca zum Füttern der Schafe das Stalltor geöffnet hat, ist das widerspenstige Vieh wieder einmal ausgebüxt; einfach an ihr vorbeigetrampelt und in selbstmörderischer Absicht auf die Straße gerannt. Wie schon zuvor hat es sich allen Einfangversuchen bockig widersetzt.

Da entsann sich Bianca der erfolgreichen Methode Gudruns und holte eilig Linus aus der *Einkehr*, wo ich ihn vor der Fahrt nach St. Vith am Morgen abgegeben hatte.

Diesmal aber reagierten sowohl Linus als auch das Schaf kontraproduktiv. Angesichts des bellenden Hundes geriet das Wollbündel in Panik und stieb davon. Linus jagte hinterher, holte das Schaf vor unserem kleinen Friedhof ein, warf sich über das arme Tier …

»Und dann?«, frage ich atemlos.

»Dann war plötzlich Herr Tillmanns da«, fährt Gudrun fort. »Er riss Linus runter, sagte ihm ordentlich die Meinung und brachte ihn zu uns rüber. Deswegen haben wir ihn auch zum Essen eingeladen.« Sie wirft mir einen schiefen Blick zu. »Das kalte Lamm von gestern wollte er nicht; er hat seit Tagen von Bratkartoffeln geträumt.«

»Und das Schaf?«

»Ist nicht kaputt, keine Sorge. War aber so geschockt, dass ich es mühelos zum Stall zurückbringen konnte. Wenn Herr Tillmanns nicht gewesen wäre, hätten wir jetzt die Kühltruhe frei räumen müssen. Und einen Haufen anstrengender Extraarbeit gehabt.«

»Dann ist doch alles gut. Warum heulst du so?«, frage ich Bianca.

Sie wendet mir ihr tränenüberströmtes Gesicht zu.

»Weil ich das alles nicht kann. Weil das alles hier zu viel für mich ist. Weil das mit den Schafen genauso ist wie früher mit meinem Pferd. Mit meinen Hühnern. Den Gänsen. Und mit meinem Mann. Der wollte keine Kinder, weil die bei mir glatt verkommen würden, hat er gesagt. Er hat ja so recht. Alles mache ich mit allen immer falsch. Ich bin dumm, nutzlos und kann rein gar nichts.«

»Quatsch«, sagt Gudrun, hebt ein Glas vom Tisch und beginnt es ordentlich zu wienern. »Du bist eine ganz tolle Bedienung. Du tust dein Bestes, Bianca, du hast ein gutes Herz und sonst immer gute Laune. Alle mögen dich. Das ist eine ganze Menge. Alles andere wirst du schon noch lernen, du bist ja nicht doof.«

Die verbale Eifeler Umarmung tut Bianca sichtlich wohl. Sie schnäuzt sich kräftig und bedankt sich bei dem Fremden für sein beherztes Einschreiten.

»Wo kommt Herr Tillmanns denn so plötzlich her?«, frage ich misstrauisch.

»Aus Remscheid«, antwortet der rotgesichtige, etwa vierzigjährige Mann, der es in Größe und Umfang durchaus mit Jupp aufnehmen könnte.

»Er pilgert«, erläutert Gudrun mit leuchtenden Augen und deutet auf einen knorrigen Stab an der Garderobe. »Jakobsweg, du weißt schon.«

»Mitten im Winter?«

»Pilgern bedeutet nicht, es sich so leicht wie möglich zu machen«, entgegnet er. »Beschwernisse gehören dazu. Vor allem auf dem Weg nach Santiago de Compostela. Aber ehrlich gesagt, mit so viel Schnee habe ich hier nicht gerechnet.«

»Muss man aber in der Schnee-Eifel«, informiere ich ihn, »und außerdem befinden Sie sich etwas abseits Ihrer Route.«

Wie so manch anderer Pilger, der im Sommer den Baum mit der wegweisenden Jakobsmuschel verpasst und daraufhin knapp einen Kilometer weiter westlich muschelsuchend bei uns einkehrt. Nach einem stärkenden Mahl führen wir die Leute dann normalerweise auf den rechten Weg Richtung Prüm zurück.

»Ich weiß, die Route geht über Ormont«, sagt er nickend und deutet hinter sich. »Aber weil der Bunker abgeschlossen war, wollte ich mir angesichts des Wetters lieber ein Zimmer für die Nacht suchen.«

»Welcher Bunker?«, frage ich. Mit Schaudern fällt mir jene Nacht ein, die ich einst unfreiwillig in einem Bunker nahe Biancas heutigem Schafstall verbracht habe.

»Beim südlichsten Punkt Nordrhein-Westfalens«, sagt er. »Da soll es einen einigermaßen wohnlich eingerichteten Bunker geben.«

»Quatsch«, sagt Gudrun wieder. »In unseren Bunkern richten sich nur Fledermäuse wohnlich ein.«

»Dachse auch«, erinnere ich sie. »Wildkatzen, Luchse, Spitzmäuse, Eidechsen und anderes Viehzeugs.«

Als Refugium für Tiere sind in der dunkelsten Zeit unserer Geschichte weder die Drachenzähne der Höckerlinie noch die unzähligen Bunker rund um die Kehr erbaut worden, aber acht Bunker des einstigen Westwalls stehen der Natur zuliebe heute sogar unter Denkmalschutz. Alle diese finsteren Unterschlupfe kennen wir – aber darunter gibt es keinen, in dem man sorglos eine Nacht verbringen könnte. Ich frage, welche Jakobsmuschelbücher ein solches Obdach empfehlen.

»Jakobsweg!«, berichtigt mich Gudrun. »Jakobsmuschel! Du denkst wirklich nur ans Essen, Katja.«

Jakobsmuscheln wären in der Tat mal eine erfreuliche Abwechslung. Sollte es morgen nicht mehr so heftig schneien, könnte ich kurz im Luxemburger Einkaufszentrum vorbeischauen und tiefgefrorene Exemplare mitnehmen. Ihr höchst diskreter Geschmack lässt sich durch Karamellisieren fein aufpeppen. Wenn ich dann noch mit belgischem Chicorée eine bittere Note und mit Avocado-Limetten-Schaum eine saure hinzufüge, werden alle Sinneszellen der Zunge einen Aromatanz aufführen können. Da Chicorée frisch vom Bauernhof am besten schmeckt, könnte ich unterwegs in Burg-Reuland bei allen belgischen Landwirtschaftsbetrieben unter diesem Vorwand anklopfen. Um dabei gleich weiterführende Fragen zu stellen, die mich auf Davids Spur bringen könnten.

Nein, antwortet Herr Tillmanns jetzt, der wohnliche Bunker werde in keinem Buch beschrieben; das sei ein Geheimtipp, er habe davon über mehrere Ecken von einem – er zögert kurz – Kollegen gehört.

»Etwa ein Kollege von der Hundeschule?«, frage ich bissig.

Er lacht.

»Nein, mit Schafen kenne ich mich besser aus.«

»Sind Sie Hirte?«, fragt Bianca aufgeregt.

»Gewissermaßen.«

»Dann sollte ich Ihnen alle meine Schafe überlassen«, sagt sie tief betrübt. »Bei Ihnen werden sie es ganz bestimmt besser haben!«

Ein Kollege ... Die Härchen auf meinen Unterarmen stellen sich auf. Gudrun und ich wechseln einen Blick. Gudruns Problem, Doppeldeutigkeiten zu begreifen, hört meistens da auf, wo Kirche anfängt.

»Sie sind also Pastor?«, fragt sie mit leicht zitternder Stimme.

Herr Tillmanns nickt.

»Ja, dann ...«, sagt Gudrun unschlüssig. Ich sehe, wie es hinter ihrer gerunzelten Stirn arbeitet: Ist es nun angesichts des letzten katastrophalen Priesterbesuchs in der *Einkehr* ein gutes oder ein schlechtes Omen, wenn uns schon wieder ein Pastor seine Aufwartung macht?

Unverwandt starrt sie auf Herrn Tillmanns und rezitiert schließlich monoton: »Meine Schafe hören auf meine Stimme; ich kenne sie, und sie folgen mir.«

»Schön wär's«, seufzt Bianca.

»Sehr schön«, entgegnet der Mann, »Johannes 10. Wissen Sie, wie es weitergeht?«

»Nicht auswendig«, sagt Gudrun.

»Ich gebe ihnen ewiges Leben. Sie werden niemals zugrunde gehen, und niemand wird sie meiner Hand entreißen.«

Ein Schauer läuft mir über den Rücken. So ein ähnliches Glaubensbekenntnis könnte Pastor Jean-Marie Lambert nach seiner Bekehrung zu Hamish Gordons Fantasy-Philosophie vor seinen gutgläubigen Schafen abgelegt haben. Bevor Barbara Gordon sie seiner Hand entriss, als sie ihm das ewige Leben auf Erden nahm.

»Amen«, bekräftigt Gudrun, der ich immer noch nichts

über unsere bisherigen Erkenntnisse erzählt habe. Ich weiß nicht so recht, wie ich Davids Namen dabei rauslassen kann.

Sie bekreuzigt sich; Herr Tillmanns nicht.

»Ihre Gemeinde hat Ihnen also freigegeben, damit Sie auf dem Jakobsweg Erleuchtung finden?«, frage ich lauernd.

»Doch nicht die Gemeinde«, sagt Gudrun empört, »so was kann nur der Bischof tun.«

»Wir haben keinen«, sagt Herr Tillmanns.

Gudrun starrt ihn entsetzt an.

»Tot?«, flüstert sie, genauso entgeistert wie ich vorhin, als es um das eigenwillige Schaf ging. Ich kann mir vorstellen, was in Gudrun vorgeht: Nach und nach werden Gottesmänner ausgerottet, und schon wieder hat eine gefährdete Spezies unser Restaurant betreten.

Ich erlöse sie von solch üblen Gedanken und mich von der Vorstellung, dass es zwischen Lambert aus Atzerath und Tillmanns aus Remscheid eine Verbindung gegeben haben könnte: »Herr Tillmanns ist protestantischer Pfarrer.«

»Von einer Freikirche im Bergischen Land«, setzt er hinzu.

»Ach so«, sagt Gudrun erleichtert und tritt einen Schritt zurück. »Also doch kein richtiger Pastor.«

Bianca ist enttäuscht.

»Dann kennen Sie sich mit echten Schafen also überhaupt nicht aus.«

»Doch, doch. Ich bin auf einem Bauernhof aufgewachsen und habe als Kind Schafe gehütet.« Er beugt sich zu Linus runter, gibt ihm noch einen Klaps. »Mit einem ordentlich ausgebildeten gehorsamen Hütehund. Nur so geht es.«

»Das ganze Projekt ist ohnehin eine Schnapsidee«, werfe ich ein. »Kein Mensch hält hier in der Gegend Schafe.«

»Das war früher aber anders«, erwidert Herr Tillmanns. »Der Eifelbauer war arm und der Boden für den Getreideanbau zu karg ...«

»Ist heute noch genauso«, wirft Gudrun ein. »Deshalb haben wir ja die Windräder.«

»... und früher hatte man eben Schafe. Die geben sich mit wenig zufrieden. Die Eifeler sind damals durch ihre Schafe zu Wohlstand gekommen, die Wollweber und Tuchhändler. Schauen Sie sich nur die prächtigen Häuser in Monschau an. Alles den Schafen zu verdanken. Ihre Wolle erzielte einen hohen Preis und wurde sogar auf den Märkten in Paris gehandelt. Schafe aus der Eifel sind damals sehr gefragt gewesen.«

Ich nicke zur Küche hin.

»Werden es heute hoffentlich auch sein. Allerdings in gegartem Zustand. Zwei Lammkeulen aus der belgischen Eifel harren im Bräter ihrer Bestimmung.«

Abscheu spiegelt sich in Biancas Gesicht.

»Davon kriege ich keinen Bissen runter!«

»Ach was, irgendwann wirst du deine Tiere auch schlachten lassen müssen«, erklärt Gudrun. »Wozu hält man sonst Schafe? Das gehört dazu.«

»Richtig«, bestätigt der freikirchliche Pastor, »es ist gut zu wissen, dass unser Fleisch nicht aus der Massenzucht stammt, sondern von einem Tier, das ein schönes und artgerechtes Leben geführt hat.«

»Weil es nämlich viel besser schmeckt«, sagt Gudrun. »Und sich das Fleisch in der Pfanne nicht zusammenzieht.«

Bevor Bianca wieder in Tränen ausbrechen kann, fragt Herr Tillmanns mit sanfter Stimme, wie sie denn überhaupt auf die Schafsidee gekommen sei, wenn sie von den Tieren so wenig verstehe.

Sie habe es sich einfacher vorgestellt, sagt sie und erzählt die Geschichte von ihrer traurigen Ehe. Von der einstmals geplanten Flucht nach Neuseeland, die nur Sinn ergeben hätte, wenn man dort Schafe züchtet. Sie schließt mit den

Worten: »Mein Vater meinte, mit Schafen könne ich mich auch in der Eifel verwirklichen.«

Der gute Hirte schüttelt betrübt den Kopf.

»Kein Lebewesen sollte sich auf Kosten eines anderen verwirklichen wollen«, tadelt er und erkundigt sich dann bei mir, ob wir Zimmer für die Nacht vermieten. Ich teile ihm mit, dass ich mich nicht als Pensionswirtin verwirklichen wolle, und empfehle ihm das Hotel Balter in Losheim.

»Ich kann Sie gleich hinfahren«, biete ich an.

Davon will Bianca nichts wissen. Sie habe doch das große Haus, sagt sie, Pastor Tillmanns sei ihr sehr willkommen. Er könne sich dann gleich auch ihre anderen Schafe ansehen und ihr fachmännischen Rat geben.

»Das geht aber gar nicht«, sagt Gudrun entschieden. »Du mit einem fremden Mann allein im Haus!«

»Bitte keine Umstände«, wehrt Herr Tillmanns ab. »Ich schaue mir die Schafe gleich jetzt an und danach zeigen Sie mir den Weg zum Hotel, einverstanden?«

»Da komme ich aber mit«, sagt Gudrun. »Das bin ich deinem Vater schuldig.«

Als ob Bianca nicht eine fast dreißigjährige Frau, sondern ein pubertierender Teenager wäre, der sich übers Internet eine fragwürdige Gestalt ins Haus holt. Andererseits befinden wir uns immer noch in der Ausnahmesituation, hinter dem Besuch eines jeden Fremden zunächst einmal undurchsichtige Absichten wittern zu müssen.

Mit sehr entschlossener Miene wendet sich Gudrun an Herrn Tillmanns. »Ich würde nur zu gern wissen: Was will ein Protestant vom heiligen Jakob?«

»Der Weg ist das Ziel, junge Frau«, antwortet der freikirchliche Pfarrer. »Nicht der Mann.«

Für Gudrun eine sehr verwirrende Antwort. Seitdem ich sie kenne, ist ihr Ziel immer nur der Mann gewesen; seit einigen Jahren eben David. Prompt verweigert sie sich jeglichem Nachdenken über die hilfreiche Aussage und erklärt: »Das sehe ich aber ganz anders. Und ich gehe auf jeden Fall mit.«

»Auf den Jakobsweg?«, frage ich.

»Quatsch, zu Bianca. Der heilige Jakob wird sich Fürbitten von Protestanten verbeten.«

»Und wer kümmert sich um das Essen?«, frage ich.

Gudrun deutet zur Küche. »Ich schiebe gleich die Lammkeulen in den Ofen. Das mit dem Niedrigtemperaturgaren ist schon toll für ein Restaurant wie unseres. Da kommt es auf eine Stunde mehr oder weniger nicht an, und das Fleisch bleibt trotzdem butterweich.«

»Ich werde das aber trotzdem nicht anrühren!«, tönt Bianca wieder.

»Wahrscheinlich auch sonst keiner«, sage ich. »Wer soll heute Abend schon kommen? Bei dem Wetter.«

»Das haben wir am Donnerstag auch gedacht«, sagt Gudrun finster. »Komm, Bianca, Herr Tillmanns hat aufgegessen, wir gehen jetzt.«

Bianca lehnt ihre Begleitung mit ungewöhnlicher Vehemenz ab. Als fürchte sie, Gudrun würde im Stall gleich höchstpersönlich das Schlachtermesser wetzen.

»Es sind meine Schafe«, sagt sie. »Ich muss lernen, mit ihnen umzugehen.«

Um einundzwanzig Uhr nehmen wir die beiden Lammkeulen aus dem Ofen. Niemand ist gekommen. Draußen schneit es unerbittlich weiter.

»Was machen wir jetzt damit?«, fragt Gudrun, »Lammbraten kalt schmeckt scheußlich, da kannst du noch so viel Firlefanz drumrum tun.«

»Basteln wir schottischen Eintopf draus«, sage ich. »Passt doch zum Gestürzten Macbeth. Beides hält sich.«

Jetzt wäre der Augenblick gekommen, ihr endlich die

Wahrheit über den Anschlag am Samstag und die schottische Komponente in unserem Mordfall zu erzählen. Irgendwann muss sie es schließlich erfahren. Während ich überlege, wie ich jeden Hinweis auf David aus der Geschichte herauszensiere, klingelt das Telefon.

»Wird Marcel sein«, sage ich. »Der wollte heute Abend auf jeden Fall noch kommen.«

Es ist aber nur Bianca, die wissen will, ob wir ihre Hilfe doch noch benötigen. Ich empfehle ihr, sich gemütlich einzukuscheln, da wir das Restaurant gleich dichtmachen würden.

»Herr Tillmanns wird jetzt doch bei ihr übernachten«, sage ich zu Gudrun, nachdem ich aufgelegt habe. »Er gibt ihr Schafhaltungsunterricht, und außerdem fühlt sie sich sicherer mit einem Mann im Haus.«

»Mit einem Heiden. Dieses Kind kann man wirklich nicht allein lassen. Ich geh da jetzt auf der Stelle rüber!«

»Nicht in Sandalen.«

»Ich bring ihnen was zu essen. Wetten, dass sie Lamm doch anrührt, wenn sie Hunger kriegt?«

»Vergiss Nachthemd und Zahnbürste nicht«, rufe ich ihr hinterher, als sie in ihrem Zimmer verschwindet.

Gudrun wird nie und nimmer zulassen, dass Bianca mit einem hergelaufenen freikirchlichen Pastor in ihrem Haus die Nacht allein verbringt. Protestanten traut man in der Eifel nichts und alles zu.

Wo steckt Marcel? Ich habe ihn schon mehrmals angerufen, erreiche aber nur die Mailbox. Meine Simse bleiben unbeantwortet. Langsam werde ich unruhig. Ich rufe in seiner Dienststelle an.

Der Kollege hat Marcel seit dem Morgen nicht mehr gesehen, will sich aber bei den anderen umhören.

»Mach dir keine Sorgen, Katja, Marcel ist wahrscheinlich

irgendeiner Sache auf der Spur und hat die Zeit darüber vergessen. Du weißt doch, wie er tickt, wenn er ganz nah an was dran ist.«

Genau. Deswegen mache ich mir ja Sorgen.

»Aber warum geht er dann nicht ans Handy?«

»Vielleicht ist der Akku leer.«

Oder es ist ihm wieder aus der Tasche gefallen.

Der Kollege verspricht, sich bei mir zu melden, sobald er was Neues gehört hat.

So lange will ich nicht warten. Erst rufe ich die Klinik in St. Vith an, aber da ist leider niemand befugt, mir Informationen zu erteilen. Also lasse ich mir von der Auslandsauskunft Christine Lamberts Nummer in Atzerath geben. Ich muss es sehr lange klingeln lassen, ehe die Pastorenschwester an den Apparat geht.

»Der Polizeiinspektor war heute Nachmittag noch mal bei mir«, informiert sie mich. »Er wollte sich selbst davon überzeugen, ob Claire hier sicher untergebracht ist.«

»Wie lange ist er bei Ihnen geblieben?«

»Nur kurz.« Sie lacht. »Er musste dann plötzlich weg und hatte es so eilig, dass er sogar ein Stück Mauer von der Einfahrt mitgenommen hat.«

Das klingt überhaupt nicht nach Marcel. Er ist zwar sehr gern flott unterwegs, aber wenn er den Rückwärtsgang einlegt, ist er nie unachtsam.

»Wissen Sie zufällig, wo er hinwollte?«

»Keine Ahnung. Er hat uns ausgefragt, nicht wir ihn.«

»Vielleicht haben Sie ihm ja mit irgendeiner Bemerkung auf die Sprünge geholfen?«

»Ehrlich gesagt weiß ich nicht, welche Schlussfolgerungen er aus dem gezogen hat, was ihm Claire so alles gesagt hat, Frau Klein. Sie hat mit nichts mehr hinter dem Berg gehalten. Mich hat da einiges auch überrascht.«

Ich wage einen Schuss ins Blaue.

»Aber sie wussten doch, wo Ihre englischen Möbel herstammen?«

»Natürlich. Die hatte noch mein Bruder bestellt.«

»Aus dem Nachlass von Hamish Gordon?«

Ein tiefer Seufzer.

»Entschuldigen Sie bitte, Frau Klein, aber davon habe ich keine Ahnung. Machen Sie sich denn Sorgen um den Polizeiinspektor?«

»Sonst würde ich Sie jetzt nicht behelligen.«

»Ich dachte mir schon, dass Sie mehr verbindet, so, wie er Sie immer ansieht.«

Verliebte Blicke gehören eigentlich nicht zu Marcels Repertoire, schon gar nicht in Gegenwart anderer. Vielleicht hat Schwester Kati eine Bemerkung fallen lassen oder der Polizist vor der Tür.

»Wie geht es Claire?«

»Den Umständen entsprechend. Sie schläft jetzt. Herr Langer wollte eigentlich heute noch mal vorbeischauen, aber dafür dürfte es inzwischen zu spät sein. Morgen wird er ganz bestimmt wiederkommen. Es beunruhigt ihn, dass wir Polizeischutz ablehnen.«

»Das ist vielleicht auch wirklich nicht klug.«

»Wir sind wachsam, Frau Klein, und im Notfall können wir uns schon selbst verteidigen, keine Sorge. Gute Nacht.«

Ein englischer Waffenschrank ist mir im Pfarrhaus zwar nicht aufgefallen, aber zumindest eine Schrotflinte gehört zur Grundausstattung eines jeden ordentlichen Eifeler Haushalts.

»Nur für Gefahr von Haus und Hof zu verjagen«, wie mich Gudrun neulich beruhigte, als ich sie eines Morgens in der Küche ein Gewehr reinigen sah.

Ich entbeine die übrig gebliebene Lammkeule, schnippele Zwiebeln, Karotten, Lauch und Kartoffeln zurecht und überlege, wo sich Marcel nach seinem Besuch bei Christine Lambert hinbegeben haben mag.

Vielleicht hat ihm Claire doch einen Hinweis auf den Aufenthaltsort der Sekte gegeben. Naheliegend wäre ein Ausflug nach Burg-Reuland. Hat er dort etwa den geheimnisvollen Hof gefunden, die Werkstatt, in der emsige Jünger Haifischleder zu Hosenträger-Handytaschen verarbeiten? Das Handy ausgestellt, um ungestört reden zu können? Hat er in einer finsteren Backstube David aufgetrieben? Oder Barbara Gordon? Hält sie ihm gerade einen Vortrag über die Vorzüge der Unsterblichkeit?

Dieser Gedanke ist erheblich erträglicher als der, dass sie der Gewalt des belgischen Staates durch ihre eigene zu entgehen versucht. Nein, daran darf ich gar nicht denken. Sonst gerate ich doch noch in Versuchung, Gudruns Zimmer nach der Schrotflinte abzusuchen.

Vielleicht ist es aber – wie so oft im Leben – viel einfacher. Wir alle haben anstrengende Tage hinter uns, und in der vergangenen Nacht sind Marcel und ich kaum zur Ruhe gekommen. Wir haben unsere Wiederentdeckung ausgiebig gefeiert und obendrein noch bis in die frühen Morgenstunden hinein geredet. Ich habe ein Bekenntnis zur Eifel abgelegt, und er hat mir hoch und heilig geschworen, Schwester Kati nie wieder nahezukommen.

Gut möglich, dass ihn Müdigkeit überwältigt hat. Vielleicht ist er für ein kurzes Nickerchen nach Hause gefahren und dann fest eingeschlafen.

Das lässt sich herausfinden. Wie gut, dass wir gestern feierlich unsere Schlüssel getauscht haben. Also werde ich trotz des Schneesturms nach St. Vith fahren und in seiner Wohnung nachsehen.

Nur noch eben Linus rauslassen und in meinem Haus was für die Nacht mitnehmen; sicherheitshalber auch noch eine Wolldecke und eine Thermoskanne Tee ins Auto packen, falls ich trotz des Allradantriebs wieder einmal im Schnee stecken bleiben sollte.

Ich lege Linus gerade die Leine an, als mein Handy klingelt. Marcels Kollege Erwin meldet sich.

»Alles in Ordnung, Katja. Habe gerade eine SMS von Marcel bekommen. Genau, wie wir schon dachten. Der macht wieder sein eigenes Ding. Aber diesmal hängt er sich wirklich weit zum Fenster raus.«

»Was schreibt er?«

»Dass er verdeckt ermittelt, für den Fall zu lösen. Damit wird er gewaltige Probleme kriegen. Das darf er nämlich ohne Absegnung von oben gar nicht. Und dann ist er auch noch mit unserem Jeep unterwegs. Hast du eine Ahnung, was er mit *verdeckt ermitteln* meint?«

Ja, die habe ich. Finde es aber sehr seltsam, dass er mich im Dunklen lässt. Dass er sich – vor allem nach der gestrigen Nacht – heute überhaupt nicht mehr bei mir gemeldet hat. Er hatte doch versprochen, am Abend zu kommen, um zu sehen, ob unseren Gästen das Lamm schmeckt. Selbst wenn ihm was dazwischengekommen ist, hätte er sicher Zeit für eine SMS an mich finden können. Mich beschleicht ein ungutes Gefühl. Irgendwas stimmt da nicht. Die Tour nach St. Vith kann ich mir allerdings ersparen.

In einer heftigen schneeversetzten Windbö schlittern Linus und ich über die Bundesstraße.

»Gleich machen wir es uns gemütlich«, verspreche ich meinem Hund.

Aber daraus wird nichts.

Entgeistert betrachte ich meine verschlossene Haustür,

rüttele noch mal vergeblich an der Klinke und durchsuche dann die Taschen meiner Winterjacke. Natürlich finde ich da keinen Schlüssel. Den habe ich vorhin absichtlich auf dem Flurtisch liegen lassen, nachdem ich mich umgezogen hatte. Damit ich nach der Arbeit schneller rein kann, ohne vorher in eisiger Dunkelheit nach dem Türschloss tasten zu müssen. Es wäre sicher sinnvoller gewesen, die kaputte Birne der Außenleuchte zu ersetzen. Denn jetzt muss sich jemand in meinem Haus aufhalten, der die Tür von innen abgeschlossen hat. Jemand, der ohne Auto hergekommen ist. Selbst dieser Schnee kann Reifenspuren nicht so schnell unsichtbar machen.

Bevor ich in Panik gerate, überlege ich, ob sich Marcel etwa an meinem Haus hat absetzen lassen und jetzt drinnen auf mich wartet. Aber diesen Gedanken verwerfe ich sofort. Er würde mich in der jetzigen Lage nie so erschrecken – nicht einmal, um mir einen Denkzettel wegen der unverschlossenen Tür zu erteilen. Und schon gar nicht nach der wunderbaren Nähe der vergangenen Nacht.

Mein Handy piept.

Rasch ziehe ich es hervor und lese Marcels Nachricht: *Ermittele verdeckt, um Fall zu lösen. Melde mich später.*

Weiter nichts. Sehr merkwürdig. Aber gut, dass sich der Mann endlich gerührt hat. Ganz gleich, wo er sich rumtreibt; er soll sofort herkommen und die Lage in meinem Haus peilen. Ich wische Schneeflocken vom Display, drücke auf Marcels Nummer, bekomme wieder nur die Mailbox und starre dann auf die SMS. Nicht nur deren Kürze, auch irgendetwas anderes kommt mir an ihr falsch und fremdartig vor.

Darüber kann ich jetzt aber nicht nachdenken.

»Große Gefahr, komm sofort zu mir«, tippe ich rasch meine Antwort ein. Das sollte ihm Beine machen. Oder zumindest zu einem augenblicklichen Anruf bewegen.

Doch mein Handy bleibt stumm.

Sehr seltsam.

Es wäre das Vernünftigste, zur *Einkehr* zurückzugehen, von da aus die Polizeizone Eifel anzurufen und auf Hilfe zu warten. Doch der Gedanke, untätig herumzusitzen, während jemand im Dunkel meines Hauses alles durchwühlt, ist unerträglich. Ich kann ja zumindest versuchen, von außen herauszufinden, was drinnen vorgeht.

Und was soll mir dabei schon passieren – mit einem halben Kampfhund an meiner Seite? Der sich bisher ruhig verhalten hat, aber plötzlich anschlägt.

»Weiter so!«, fordere ich ihn nach dem ersten Schreck auf. »Lauter und gemeiner!«

Wie immer missversteht er mich und lässt das Bellen genauso plötzlich wieder sein.

»Komm«, flüstere ich ihm zu und zerre an seinem Halsband. Aber er widersetzt sich, will mich partout nicht bei meinem Kontrollgang ums Haus begleiten. Er bleibt einfach vor der Haustür stehen.

Auch gut, dann soll er den Einbrecher fassen, wenn ich mich durch die Hintertür hineingeschlichen und ihn mit einem beherzten »Stehen bleiben oder ich schieße!« in die Flucht gejagt habe.

Ich stapfe durch den tiefen Schnee und bleibe dann erschrocken vor meinem Schlafzimmerfenster stehen. Da ist plötzlich ein Licht angegangen. Sehen kann ich nichts, weil der Eindringling die Vorhänge zugezogen hat, die ich immer offen lasse. Dafür höre ich etwas. Linus bellt wieder. Und zwar nicht mehr vor der Tür, sondern im Haus! Laut und gemein, wie ich ihn vorhin beauftragt, aber tatsächlich noch nie zuvor gehört habe.

Ich recke mich und versuche, mich am Sims hochzuziehen, um mein Ohr an das Doppelglasfenster zu drücken, das Jupp vergangenes Jahr eingesetzt hat und durch das die Geräusche im Haus jetzt nur sehr gedämpft nach außen dringen. Eine Männerstimme im Befehlston. Dumpfes Gepolter. Linus verstummt.

Ich trete vom Haus weg, ziehe mein Handy wieder hervor und rufe Hein an.

»Ihr müsst sofort herkommen«, flüstere ich ins Telefon. Ich starre zum Fenster, versuche verzweifelt und vergeblich, etwas zu erkennen. »In meinem Haus ist ein Einbrecher, und der hat Linus überwältigt.«

»Was sagst du da?«, fragt Hein ungläubig. »Linus hat einen Einbrecher überwältigt?«

»Nein, umgekehrt! Schnell, kommt her! Ich kann Marcel nicht erreichen und brauche Verstärkung!«

»Polizei?«

»Dauert zu lang. Bis die aus Büllingen oder St. Vith hier sind ... Mensch, Hein, macht euch auf die Socken! Schnell. Bevor was Schlimmes passiert.«

Gemurmel im Hintergrund.

»Katja?« Jupp hat den Hörer an sich genommen. »Wir kommen direkt ...«

Mehr höre ich nicht. Ich lasse das Handy in den Schnee fallen.

Eine Hand hat sich auf meine Schulter gelegt.

Als **ZEHNTES** geht es rin in die Kartoffeln und raus aus den Kartoffeln

Dünne rohe Kartoffelscheiben wie Dachziegel dicht auf ausgerolltem Hefeteig schichten, mit Bärlauchsalz, Chili, klein gehacktem Rosmarin würzen und mit Olivenöl besprühen; so lange bei 180 Grad im Backofen lassen, bis die Kartoffeln braun und knusprig sind

Meine Knie geben nach. Ich sinke im Schnee zusammen.

»*Don't panic!* Ich bin's.«

David hilft mir auf und reicht mir mein Handy. »Sorry, Katja.«

»Du …«, stottere ich und taste mit der Hand nach seinem Gesicht. Es ist glatt rasiert. »David! Was tust du hier?«

»Verstecken. Komm, schnell rein ins Haus, Katja. Ist kalt.«

Aus der offenen Hintertür prescht Linus herbei.

David lässt mich los und hält beide Hände abwehrbereit vor die Brust, als der Hund auf ihn zustürmt.

»Böser Linus«, sagt David und fasst das Viech liebevoll an den Vorderbeinen. »Hat mich umgeworfen, als ich die Tür aufmachte. Bin gefallen. Gegen Kommode mit Spiegel. Spiegel ist leider kaputt, Vase auch.«

»Macht nichts«, sage ich automatisch. Ich stehe noch immer unter Schock.

»Doch«, entgegnet David und deutet auf Blutstropfen im Schnee. »Macht was. Linus ist verletzt.«

Daher also das Gebell.

Der Hund heult wieder auf, als ich in meiner Küche versuche, ihm eine schmale Spiegelscherbe aus der Pfote zu ziehen. Meine medizinischen Kenntnisse würden zwar ausreichen, um die kleine Wunde zu verarzten, aber dafür müsste Linus erst mal stillhalten. Weil kein gutes Zureden hilft, setzt sich David einfach auf den Rücken des widerstrebenden Riesenhundes und reicht mir die verletzte Pfote. Ich arbeite schnell und ziehe über den provisorischen Verband sicherheitshalber den blauen Kniestrumpf, den Marcel vor vier Tagen unter der Soutane getragen und nach seiner Karriere als Wischlappen zum Trocknen über die Stuhllehne gehängt hat. Mit Klebeband aus der Küchenschublade beginne ich, das Gebilde zu sichern. Es gibt so viel zu fragen, aber nichts erscheint im Moment wichtiger, als den Hund zu versorgen.

»Wie geht es Gudrun?«, kommt mir David zuvor.

»Sie schläft mit einem Longhornrind. Wo warst du die ganze Zeit?«

»Longhornrind?«

»Dein altes Sweatshirt. Vor wem versteckst du dich?«

Die Tür zur Melkküche knarrt.

Wir schrecken zusammen und starren auf den Spalt, durch den sich langsam ein Gewehrlauf schiebt. So etwas habe ich bisher nur in Western-Filmen gesehen. Wie ein Pferd den Cowboy wirft Linus seinen Reiter ab. David rappelt sich schnell wieder auf, und das Tier humpelt bellend zur Tür.

»Fass!«, zische ich, vergessend, dass dieser halbe Kampfhund den Befehl überhaupt nicht kennt.

»Katja? Bist du okay?«

Mir fallen Bruchsteine eines ganzen belgischen Bauernhauses vom Herzen. Noch mehr solcher Schocks und ich bin erledigt. Ich springe auf und öffne die Tür weit.

»Rein mit euch«, sage ich zu Jupp und Hein. Vorsichtig schiebe ich den Gewehrlauf zur Seite. »Tu das Ding weg, Jupp, bevor es noch losgeht.«

»Keine Munition drin.« Dann starrt Jupp den Texaner mit offenem Mund an.

»David?«, bringt Hein hervor. »Du bist der Einbrecher? Wo kommst du denn her?«

Jupp schüttelt den Kopf und legt die Flinte auf die Anrichte. Zu meiner Freude sehe ich, dass er keine Krücken mehr braucht.

»Gibt's nich, gibt's nich! Warum bist du in Wemperhardt vor mir davongelaufen?«

»Das würde ich auch gern wissen«, sage ich. »Und dazu noch eine ganze Menge mehr. Ist aber bestimmt eine sehr lange Geschichte. Wir gehen ins Wohnzimmer.«

Ich fordere Jupp auf, ein Feuer im Kamin zu entfachen, bitte David, Tassen und Gläser aus dem Schrank zu holen, und kommandiere Hein zu Kaffeemaschine und Whiskyflasche ab.

Dann greife ich wieder zu meinem Handy.

»Komm sofort her. David ist bei mir«, belle ich Marcels Mailbox an und schicke eine SMS hinterher: *Melde dich. Dringend! David ist hier.*

Der Polizeiinspektor hat wohl immer noch nicht gemerkt, dass er sein Handy verloren oder nicht aufgeladen hat. Anders kann ich mir diese Funkstille nicht mehr erklären.

Als das Feuer – wie zuletzt am Mordabend vor vier Tagen – im Kamin prasselt und jeder einen Becher Kaffee vor sich stehen hat, sehen wir David erwartungsvoll an. Er weiß nicht, wo er beginnen soll, und stottert zunächst nur auf Deutsch und Amerikanisch herum. Immerhin kriege ich aus ihm heraus, dass er sich tatsächlich vor Barbara Gordon versteckt.

»Wer ist Barbara Gordon?«, fragt Hein.

»Etwa die Frau, die in der *Einkehr* den Pfarrer erschossen hat?«, will Jupp wissen. »Warum erzählst du uns nichts, Katja?«

»Der Reihe nach. Ist nämlich sehr viel in sehr kurzer Zeit passiert.«

David ist schneeweiß geworden.

»Ein Pfarrer erschossen? In der *Einkehr*?!«

»Jean-Marie Lambert. Kennst du ihn?«

»Jean-Marie ... ja, natürlich, habe ich von gehört, der Mann war aber schon weg, als ich zu der Sippe kam; sein Name war verboten. Der ist tot?«

»Ja«, sage ich knapp. »Und Volker Maraite, kennst du den?«

»Volker, ja, Name jetzt auch verboten, aber der Mann ist ganz o.k.«

»War er vielleicht. Er *ist* tot.«

»Ich weiß«, flüstert David. »Lissi und Nina auch. Das hat sie uns vorgestern gesagt. Die Tür nach außen steht immer offen. Das ist die Tür zum Tod. Und da sind die alle durchgegangen; Volker, Nina, Lissi. Und Jean-Marie auch, sagst du? Erschossen? Von Barbara?«

Nina und Lissi. Das dürften Janina und Elisabeth gewesen sein, die beiden Frauen, die in Hergersberg ihrem Leben mit Zyankali ein Ende gesetzt haben.

Hein wedelt mit der Handfläche vor seinem Gesicht herum.

Jupp sieht mich besorgt an.

»Ist David verrückt geworden?«

»Weiß ich noch nicht«, antworte ich. »Die ganze Geschichte ist so verrückt, da fragt man sich, wie ein Mensch, der mittendrin gesteckt hat, überhaupt noch normal sein kann.«

»Ich habe nicht mittendrin gesteckt«, flüstert David und führt schnell aus, dass er selbst nicht Teil der *Sippe* sei. Er habe nur für Barbara gearbeitet. »So ähnlich wie früher für dich, Katja. Die ... Übungen habe ich nicht mitgemacht – und alle anderen Sachen auch nicht. Keine Prüfungen und so. Ich bin doch nicht verrückt.« Er sieht mich eindringlich an. »Ich weiß, dass ich sterben muss.«

»Das wollen wir doch mal sehen«, sagt Jupp grimmig und greift zu seiner Flinte, die er aus der Küche mitgenommen und neben sich gestellt hat. »Wenn dich jemand bedroht, David, dann schieße ich den sofort über den Haufen.«

»Mit ohne Munition?«, fragt Hein.

Ich nehme Jupp die Waffe aus der Hand.

»David meint, dass er irgendwann sterben muss, Jupp, nicht dass sein Leben aktuell bedroht ist. Obwohl ... vielleicht doch. Sitz!«, fordere ich meinen Hund auf, der uns ins Wohnzimmer gefolgt ist und jetzt versucht, den Verband loszuwerden, an dem immer noch die Rolle Paketband baumelt. Erstaunlicherweise gehorcht das Tier.

Ich bitte also meine Freunde, ein paar Minuten lang die Klappe zu halten, mich nicht zu unterbrechen, und fasse dann Geschehnisse und Erkenntnisse der vergangenen Tage zusammen. Damit gebe ich David nicht nur Zeit, sich zu sammeln, sondern erspare ihm und uns möglicherweise einen ähnlich ausschweifenden Vortrag wie den von Claire. Und mir hilft es, das Durcheinander in meinem Kopf zu ordnen. Ich hake eine imaginäre Strichliste ab:

Donnerstagabend erschießt eine Frau, von der wir heute wissen, dass sie Barbara Gordon heißt, den als vermisst gemeldeten Pfarrer Jean-Marie Lambert in meinem Lokal.

Am Freitag besuchen Marcel und ich Christine Lambert zum ersten Mal. Sie will im Phantombild der Täterin eine Frau erkannt haben, die ihren Bruder fünf Jahre zuvor, wenige Tage vor seinem Verschwinden, besucht hat, und schmeißt uns raus. Wir fahren zu dem Haus in Hergersberg, in dem sich zwei Frauen vor drei Monaten mit Zyankali umgebracht haben und in dem zunächst unbekannte Fingerabdrücke inzwischen dem erschossenen

Pfarrer zugeordnet werden können. Zur gleichen Zeit läuft David vor Jupp in Wemperhardt davon. Abends erfährt Marcel, dass sich Volker Maraite in seiner Eupener Wohnung das Leben genommen hat. Fingerabdrücke weisen darauf hin, dass ihn Jean-Marie Lambert kurz zuvor besucht haben muss.

Samstagabend taucht Claire bei der Fackelwanderung auf, spricht von ihrem Vater, der sich einer Gruppe »schlimmer als eine Sekte« angeschlossen hatte. Sie wird Opfer eines Anschlags, der glimpflich ausgeht, weil ich rechtzeitig zur Stelle bin.

Hein und Jupp hören mit offenen Mündern zu, aber vieles von dem, was ich sage, scheint auch für David verwirrend neu zu sein. Er kommt aus dem Kopfschütteln gar nicht mehr heraus. Als ich von dem Anschlag auf Claire berichte, unterbricht er mich.

»Das war kein Mann«, murmelt er. »Das war Barbara.«

»Entschuldige, aber der Typ hatte einen Vollbart.«

»Den klebt sie immer dran, wenn sie draußen unterwegs ist. Da ist sie ein kleiner Mann, damit die Leute sie nicht so anstarren.«

»So einen komischen kleinen Mann habe ich auch in Wemperhardt gesehen!«, meldet sich Jupp. »Beim Reisebüro.«

David nickt. »Ja, ich war mit ihr da.«

»Gehört Claire auch zu der Gruppe?«, frage ich.

David schüttelt den Kopf.

»Nein, die kenne ich gar nicht; nie von ihr gehört. Ich weiß auch nicht, warum Barbara den Unfall gemacht hat.«

»Und Christine Lambert. Ist die dabei?«

»Wer?«, fragt er zurück. »Lambert? Ist das die Frau von dem Pfarrer?«

»Natürlich nicht. Seine Schwester.«

»Die Frau von dem Pfarrer!«, wiederholt Hein lachend. »Du hast sie wirklich nicht mehr alle, David.«

»Sei still, Hein«, wird er von Jupp zurechtgewiesen. »Katja soll jetzt alles der Reihe nach erzählen, sonst verstehen wir gar nichts mehr.«

Samstagnacht doziert Claire im Krankenhaus über die Ziele der Sekte.

Sonntagmorgen erzählt uns Christine Lambert bei unserem zweiten Besuch im Atzerather Pfarrhaus vom tragischen Schicksal der Babette Schröder und schmeißt uns später wieder raus. Dann führt uns Biancas Hosenträger-Handtasche zum Flohmarkt nach Prüm, wo wir Davids Brownies entdecken und somit seine mögliche Verbindung zu der seltsamen Sekte.

Heute, am Montag, bin ich morgens nach St. Vith gefahren, um mein Auto abzuholen. An Marcels Computer komme ich hinter die Geschichte der Mrs Gordon, alias Babette Schröder, und treffe später im Krankenhaus Christine und Claire, die sich seltsam verhalten. Claire gibt endlich zu, Barbara Gordon schon lange gekannt zu haben. Ich erfahre, dass sie als Au-pair bei den Gordons gelebt hat. Als ihr Vater sie nach Hamishs Tod in Schottland abholen wollte, hat er Barbara kennengelernt und ist später in die Sekte abgetaucht. Christine behauptet immer noch, von nichts eine Ahnung gehabt zu haben, nicht einmal, dass ihre feinen englischen Möbel aus dem Gordon-Haushalt stammen.

Es fällt mir schwer, den Ablauf der Ereignisse chronologisch zu erzählen; ich muss mich zwingen, nicht immer wieder Fragen an David dazwischenzuschieben. Ich ende mit der Bemerkung, dass Marcel es nicht für nötig befinde, sich bei mir zu melden, obwohl er versprochen hatte, heute Abend zu kommen. Den Männern gebe ich keine Gelegenheit, Gründe zur Verteidigung des Polizeiinspektors anzuführen, sondern frage David übergangslos, wie er Barbara kennengelernt habe.

»Bitte erzähl ganz von vorn.«

»Es fing an, als Gudrun nicht schwanger war«, beginnt er und sieht uns alle unsicher an. Wir nicken, nur zu gut wissend, worauf er anspielt.

Als Ende Mai Gudruns Kartenhaus endgültig zusammenbrach, lastete auf der Beziehung ein Druck, dem David nicht gewachsen war. Verzweifelt mühte er sich, die unglückliche Frau zu trösten, doch nicht einmal ein – wie ich David kenne, halbherziger – Heiratsantrag konnte Gudrun aus dem Jammertal hinausführen, in das sie ihre Scheinschwangerschaft gestürzt hatte. Um der trostlosen häuslichen Atmosphäre zu entgehen, verlegte sich der Texaner auf eine für uns Kehr-Bewohner höchst fremdartige Betätigung: Er begann zu joggen.

»Dass du so bescheuert durch die Gegend rennst, fanden wir damals schon verrückt«, unterbricht ihn Hein.

»Völlig sinnlos«, stimmt Jupp zu.

David verteidigt sich; damals habe er die Bewegung gebraucht, um einen klaren Kopf zu kriegen.

»Sieht man ja, wo das hingeführt hat«, bemerkt Hein. »Jetzt bist du total gaga.«

Ich beuge mich runter, reiße mit den Zähnen die Rolle Paketband von der Hundepfote und drohe an, jedem den Mund zu verkleben, der David jetzt nicht ausreden lasse.

»Und da ist mir Barbara begegnet. Beim Joggen.«

»Bist du etwa bis nach Burg-Reuland gejoggt?«, frage ich fassungslos.

Hein reißt mir das Klebeband aus der Hand und fuchtelt damit vor meiner Nase herum.

»Wieso Burg-Reuland? Ich bin hier auf der Kehr gejoggt.« Zu unserer Verblüffung informiert er uns, dass die Sippe in einem alten Hof am Losheimer Landgraben lebt.

»Von da komme ich gerade her.«

»Aber du bist doch am Freitag nicht zu Fuß vom Einkaufszentrum in Wemperhardt hierhergelaufen?«, frage ich entsetzt.

»Natürlich nicht«, unterbricht Hein. »Diese Barbara hat gesehen, dass er weggerannt ist, und hat ihn auf der Straße aufgegabelt, stimmt's, David?«

»Right.«

»Und dich zum Sektenhaus auf die Kehr gefahren. Wahnsinn«, sagt Jupp. »Sag bloß, ihr wohnt in diesem großen Hof beim südlichsten Punkt NRWs? Der steht doch schon seit Ewigkeiten leer!«

Wie so viele Häuser und Höfe in der Umgebung der Kehr. Dass die Sekte – oder die Sippe, wie David sie nennt – von uns allen unbemerkt quasi um die Ecke haust, sollte uns nicht wundern. In unserer Gegend gibt es nämlich nicht mal ansatzweise so etwas wie eine Dorfgemeinschaft; die Neugier darüber, was der Nachbar tut, hält sich in den von der Politik willkürlich gezogenen Grenzen: Die Belgier bleiben unter sich, wie auch die Rheinlandpfälzer und die Menschen aus Nordrhein-Westfalen. Gudrun hält nur Kontakt zu den Kehrern aus Rheinland-Pfalz, dem Bundesland, in dem ihr Elternhaus steht. Fremden Gästen erzählt sie gern, sie sei erst vor Kurzem nach NRW übergesiedelt – und meint damit mein Restaurant, nicht mal fünfhundert Meter von dem rheinland-pfälzischen Haus entfernt, in dem sie aufgewachsen ist.

Mir kommt es gelegentlich so vor, als verschanze sich auf der Kehr jeder in seinem eigenen Haus. Was angesichts der hier herrschenden klimatischen Verhältnisse sicherlich sehr oft sehr vernünftig ist.

Manchmal höre ich von Gudrun, dass irgendeines der verlassenen Häuser an irgendwelche Stadtmenschen verkauft worden ist. Die aber bekommen wir nie zu Gesicht. Schon weil die meisten bald feststellen, dass es viel romantischer ist, von einem Haus in der Eifel zu träumen, als es tatsächlich herzurichten und darin zu wohnen. Und manchmal sind sie schon wieder weg, bevor wir überhaupt mitbekommen haben, dass sie ein Anwesen aus seinem Dornröschenschlaf hatten erwecken wollen.

»Het hebben van de zaak is het einde van het vermaak«, seufzte vor Jahren ein Holländer, der sich in meinem Restaurant für den Rückzug nach Amsterdam kräftigte.

Ich verstand: Wenn man die Sache tatsächlich besitzt, ist die Freude daran futsch.

Mehr als ein halbes Jahrzehnt lebe ich schon auf der Kehr, und obwohl ich hier ein Restaurant führe, kenne ich nicht mal die Hälfte der dreiundsechzig Eingeborenen, über die Hildegard in der Kirche referiert hat. Mein Lokal wäre der einzige Ort, wo Klatsch und Tratsch öffentlich ausgetauscht werden könnten, aber da ich die Hinzugezogene bleibe, tritt der Ureinwohner der Kehr bei mir nicht so einfach über die Schwelle. Weniger aus Angst vor etwaiger Vergiftung durch Fremdstoffe – vor allem die Belgier sind kulinarisch sehr aufgeschlossen –, sondern weil es sich gehört, die Wirtschaft von Verwandten anzukurbeln, auch wenn die ein paar Kilometer weiter weg ihre Spezialitäten anbietet. Meine Kundschaft kommt hauptsächlich aus Prüm, Losheim, Ormont, Stadtkyll, Jünkerath und anderen nahe gelegenen Orten. Oder überhaupt nicht – wie heute Abend.

Wer sich vor der Welt verstecken will, ist in der Schneifel also an der richtigen Adresse. Das wusste der Pfarrer genauso gut wie das elternlose Mädchen aus Atzerath. David spricht von Barbara, als sei sie die Chefin der Organisation; für mich kristallisiert sie sich aber langsam als der Zauberlehrling heraus, der dem Meister Paroli geboten und dann die Kontrolle über das Projekt, sich selbst und wahrscheinlich auch die Sippe verloren hat.

Das Haus sollte unbewohnt aussehen, sagt David prompt, das sei Teil von Barbaras Plan. Sie hielt es nicht für zielführend, mit Nachbarn oder anderen Leuten über das Wetter zu reden, über Krankheiten von Menschen und Kühen oder über Wildschweine, die schon wieder den Garten verwüstet haben. Sie sei mit ihrer Sippe – fünf Leute sind davon jetzt noch übrig, wirft David ein – nicht in die Eifel gezogen, um sich am Landleben zu ergötzen, sondern um an einem Ort, wo die Sonne wenig Unheil anrichten kann, die Visionen ihres verstorbenen Mannes in die Tat umzusetzen.

»Aber wieso haben wir diese Leute nie gesehen?«, fragt Jupp. »Ich bin da drüben oft im Wald und habe nicht einmal mitgekriegt, dass überhaupt jemand in dem Haus wohnt.«

Die Antwort ist einfach: Niemand außer Barbara und David hat das von einer hohen Mauer umschlossene Grundstück je verlassen. Nicht etwa, weil es verboten gewesen wäre hinauszugehen; Barbara habe es irgendwie so eingerichtet, dass ihre Adepten keinen Wunsch verspürten, vor die Tür zu treten.

»Klarer Fall von Manipulation«, werfe ich ein. »Sie hat die Leute so von sich abhängig gemacht, dass sie ihr blind und scheinbar freiwillig gefolgt sind. Die ist bei Pastor Lambert in eine gute Schule gegangen. Sippe! Mit diesem Begriff hat sie das Zusammengehörigkeitsgefühl gestärkt. Das ist nämlich ein anderes Wort für Familie, wusstest du das, David?«

Er schüttelt den Kopf.

Ich hake nach: »Keiner von den Bewohnern hat irgendwelche Angehörigen; das stimmt doch, David?«

Er hebt die Schultern. »Weiß nicht, über die Vergangenheit wurde nicht geredet, das war nicht … zielführend«, wiederholt er nickend einen Begriff, der früher nicht zu seinem deutschen Wortschatz gehört hat, den er aber in den Monaten bei der Sippe oft vernommen haben muss. »Barbara hat nicht missioniert. Es war ganz in Ordnung, dass ich bei dem Programm nicht dabei war.«

»Klar, sie brauchte jemanden, der alle Tassen im Schrank behält«, wirft Hein ein. »Der einkauft und so. Komisch, dass wir dich nie im Supermarkt gesehen haben.«

David informiert uns, dass er alle Besorgungen in Luxemburg erledigt habe – und zwar stets zu einer Zeit, wo er davon ausgehen konnte, dort keinem von uns zu begegnen.

»Sie hat immer gesagt, ihren Weg könne nur der gehen, der nichts zu verlieren hat. Eben jemand, der wirklich frei ist. Wie das in dem Song heißt: *Freedom's just another word for nothing left to lose.*«

»Wer nix zu verlieren hat, kann auch keine Ansprüche an den Guru stellen«, sage ich.

»An die Gurine«, korrigiert mich Hein.

Die beiden Autos durften nie auf der Straße stehen, sondern mussten immer außer Sichtweite hinters Holztor gefahren werden, setzt David fort.

»Was für Autos?«, entfährt es mir.

»Ein alter US-Jeep und ein schwarzer VW-Bus.«

Womit wirklich der allerletzte Zweifel ausgeräumt ist.

Als er vor über einem halben Jahr an dem Haus vorbeigejoggt ist, hat Barbara gerade den Jeep herausgefahren, den David sofort als ehemaliges Army-Fahrzeug erkannte. Bei näherer Betrachtung stellte er überrascht fest, dass es sogar der gleiche Typ Wagen war, den er in seinem früheren Leben bei der Air Station Prüm gefahren hatte. Er blieb stehen und fragte Barbara, ob auch dieser Jeep dieselbe Macke wie sein alter aufweise.

»Welche?«, fragt Hein, der sich für Autos schon immer erheblich mehr als für Menschen interessiert hat.

»Ist doch egal!«, schimpfe ich. »Weiter!«

»Hatte er«, fährt David fort, »und ich konnte ihr zeigen, wie man damit umgeht. Sie war sehr lovely und sprach ein sehr schönes Englisch.«

»Und war überhaupt sehr schön«, werfe ich ein.

»Weiter!«, kontert jetzt Hein.

Barbara und David kamen ins Gespräch. Angesichts der so weltgewandt wirkenden Frau ließ David auf ihre Fragen nach seinem Leben in seiner Biografie so einiges aus.

»Ach nee, das kennen wir doch ...«, seufzt Hein, und diesmal maßregele ich ihn nicht.

David flunkerte Barbara vor, er habe auf seiner Reise um die Welt mal eben auf der Kehr haltgemacht, wo er ein paar *odd jobs* für ein Restaurant erledige; ansonsten sei er frei wie ein Vogel und werde demnächst weiterziehen.

»Hatte ich wirklich vor«, versichert er. »Ich wollte nur noch weg von hier.«

»Und Gudrun?«, fragt Jupp vorwurfsvoll.

»Hasste mich damals. Weil ich ihr das Baby weggenommen habe, sagte sie. Besser für sie, ich gehe weit weg, dann denkt sie nicht so oft daran, dachte ich. Ihr wisst doch noch, wie sie drauf war.«

Beide Männer nicken grimmig.

Sport ist Mord. Wenn David nicht joggen gegangen wäre, hätte er Barbara nicht getroffen. Er wäre nicht Knall auf Fall verschwunden, Marcel hätte mich nicht in Berlin angerufen, die *Einkehr* wäre geschlossen geblieben und der Pfarrer dort nicht erschossen worden.

Allerdings hat Marcel gestern behauptet, er hätte mich

irgendwann ohnehin angerufen. Irgendwann. So, wie vielleicht jetzt auch. Warum nur meldet er sich nicht? Rasch schiebe ich alle bösen Gedanken weit von mir. Nichts wird ihm passiert sein! Der alte Zausel hat nur sein Handy verschlampt. Zeit, dass er sich dafür mal ein ordentliches Etui anschafft. Genau! Ich kaufe ihm Hosenträger und Robert am Freitag das Haifischstück ab.

Barbara fand Davids Pläne sehr interessant und fragte, ob er einen Stopp in Paris einlegen könne, um für sie etwas zu erledigen. Sie wollte da mehrere Gemälde in eine Auktion geben. Schottische Jagdszenen und Vogelbilder, aber sie habe keine Zeit, sich selbst darum zu kümmern.

David reiste also eine Woche später nach Paris. Auf Barbaras Kosten – die Dame hatte ihn sehr großzügig ausgestattet. Als er nach erfolgreich ausgeführtem Auftrag zurückkehrte, betraute sie ihn mit weiteren Aufgaben. Einige Monate lang reiste er anschließend für Barbara Gordon permanent als Strohmann durch Europa, dann bat sie ihn, in ihrer Zentrale einzuziehen. Ihr *Majordomus,* wie sie sagte, habe seine Aufgabe hingeworfen und sie brauche einen neuen.

Der alte war Volker Maraite gewesen, der Einzige der Gruppe, den David bis dahin kennengelernt hatte, da er sich um die Abrechnungen, Einkäufe und alle anderen bürokratischen Angelegenheiten der Sippe kümmerte. Auf Davids Fragen nach den weiteren Bewohnern des Hofes hatte Barbara ihm anfangs nur ausweichend geantwortet, diese beschäftigten sich in Klausur mit spirituellen Angelegenheiten und wollten nicht abgelenkt werden. Als Amerikaner würde er das sicherlich verstehen. Sie gab ihm Hamish Gordons Bücher.

»Hast du sie gelesen?«, frage ich David, der, solange ich ihn kenne, noch nie ein Buch angerührt hat.

»Ja«, sagt er unbehaglich, schiebt den Kaffee weg und bittet um einen Whisky. Denn jetzt kommt der Teil der Geschichte, der ihm offenbar am unangenehmsten ist. Er war in Barbara Gordon vernarrt und wollte ihr gefallen. Warum, frage ich, als ich ihm ein Glas einschenke, was hat ihn an dieser glatt gebügelten Frau denn so fasziniert? David gerät wieder ins Stottern. Es sei gar nicht so sehr ihr Äußeres gewesen, sondern die Art, wie sie auf ihn eingegangen war.

Barbara hatte ihm das Gefühl vermittelt, ein ganz besonderer Mensch zu sein. Der bedauerlicherweise den größten Teil seines bisherigen Daseins in einem Dämmerzustand unterhalb seiner Möglichkeiten gelebt und nicht einmal den Bruchteil seiner zielführenden Ressourcen ausgeschöpft habe. Sie könnte ihm helfen, dies zu ändern und sich selbst zu optimieren.

»Warum? Was hat sie davon?«, fragt Hein.

Nichts, antwortet David mit gesenktem Blick. Genau das habe ihn so begeistert. Ein Mensch, der ihm so großes Interesse entgegenbringe, aber im Gegenzug überhaupt nichts von ihm verlange, eine begehrenswerte Frau ...

»... die nicht klammert«, vollendet Hein seinen Satz. »Hat sie dich denn rangelassen?«

Nein, das hatte sie nicht.

Aber David gab die Hoffnung nicht auf. Ganz unzugänglich konnte Barbara schließlich nicht sein: Versteckten Andeutungen hatte er entnommen, dass früher ein Jean-Marie mit ihr das Bett geteilt haben muss; ein sehr geheimnisvoller Mann, der eine ziemliche Macht über die Sippe gehabt haben musste. Denn sein Name fiel immer wieder mal, trotz des ausdrücklichen Verbots von Barbara Gordon.

»Volker sagte mir damals, mit Jean-Marie hat alles angefangen. Wegen ihm ist sie auch in die Eifel zurückgekommen. Er war ganz wichtig für ihr Leben und hat ihr viel beigebracht.«

»Passt«, sage ich befriedigt. »Und Volker war kein Lover?«

David schüttelt den Kopf.

»Ein alter Mann. Der war nicht an ihrem Körper interessiert, nur an diesen komischen Ideen. Aber dann hat er mit Barbara gestritten. Er fand falsch, was sie machte.«

»Hosenträger-Handytaschen?«

»Nein. Ich meine, ja, die haben die Leute natürlich auch gemacht. Es ist gut für den Geist, wenn die Hände beschäftigt sind, sagte Barbara. Die Leute haben das gern gemacht. War weniger anstrengend als das Stillliegen.«

»Das was?«

»Stillliegen. Das war ein Exer ... Exertium?«

»Exerzitium.«

»Ein Was?«, fragt jetzt Hein.

»Eine Übung spiritueller Natur«, erkläre ich.

»Einfach nur rumliegen ist eine Übung spiritueller Natur?«, fragt Jupp.

»Das ist ganz schön schwer, dich kein bisschen zu bewegen, versuch das mal!«, entgegnet David heftig.

»Nur bei dem Gedanken juckt es mich jetzt schon überall.« Jupp schaudert und kratzt sich am Arm.

»Aufrecht stillstehen ohne Bewegung geht überhaupt nicht«, fährt David fort. »Habe ich ausprobiert.«

Auf Barbaras Anraten hatte er einmal an die Zimmerdecke ein Blatt Papier geklebt, sich einen Besenstiel auf den Rücken gebunden und an dessen Ende einen Filzstift befestigt.

»Ich habe versucht, total stillzustehen. Zehn Minuten lang. Dann habe ich hochgesehen. Da war ganz viel Gekrakel auf dem Papier. Ich habe es nicht gemerkt, aber ich habe immerzu gewackelt.«

Wackelwanderung. Was ist bloß mit Marcel geschehen?

»Hörst du überhaupt zu, Katja?«, fragt David eindringlich.

»Ja, du hast gewackelt, David.«

»Und wie!«, bemerkt Hein süffisant. »Hast du dafür eine Erklärung?«

David nickt eifrig.

Das sei der Zeit geschuldet, sagt er, in der man sich bewegt, und der Schwerkraft, gegen die jeder Mensch unentwegt ansteuere, um nicht zu stürzen, hatte Barbara erklärt. Falls er jemals absolute Bewegungslosigkeit erreichen könnte, würde er auf der Stelle verschwinden. Das Universum würde nämlich aufgrund seiner rasenden Bewegungen von ihm weichen, und dann wäre er nicht mehr da. Wer aber das Diktat der Zeit breche, könne jede Bewegung rückgängig machen und so den Stillstand erreichen, ohne zu verschwinden, ganz schlicht und einfach.

»Ganz schlicht und einfach: Geschwirbel, Geschwarbel, Geschwurbel«, breche ich ein. Wenn das stimmte, dann müsste jede Leiche aufgrund ihrer absoluten Bewegungslosigkeit verschwinden, aber das tut sie leider nicht – so gern ich das vor vier Tagen ja gehabt hätte.

Ich mustere David misstrauisch. Wenn er – wie Claire am Samstagabend – seinen Vortrag ausweitet, muss ich davon ausgehen, dass er doch enger mit der Sippe verknüpft ist, als er uns glauben lassen möchte. Nehme ich ihm wirklich ab, wenn er behauptet, er kenne Claire nicht; sie habe gar nicht dazugehört?

Wir reden jetzt schon seit mindestens einer Stunde, aber die wichtigsten Fragen bleiben offen. Ich weiß immer noch nicht, warum sich David vor der Frau versteckt, in die er sich verliebt hat. Aber da ich nun mal das Gesetz der Chronologie aufgestellt habe, muss ich mich auch daran halten und frage stattdessen: »Hast du das Paket mit den Handytaschen dem Flohmarktmann vor die Tür gestellt?«

»Ja«, sagt David. »Die Brownies habe ich umsonst dazugetan. Barbara war sehr wütend, dass ich sie gebacken habe. Aber ich wollte etwas Festliches machen für unseren letzten ...«

Er bricht ab. »Besser, ich erzähle nach der Reihe.«

»Der Reihe nach«, murmelt Hein.

Sehr ärgerlich, dass ich den Geist der Chronologie gerufen habe. Ich würde ihn jetzt sehr gern loswerden. Aber wir haben den Geist von Jean-Marie Lambert gerufen, und der verlangt mir jetzt Geduld ab.

Als David im Herbst bei Barbara einzog, packte Volker Maraite gerade seinen Hanfsack. Barbara verbot auch David, jemals wieder den Namen des Abtrünnlings zu nennen. Die Sippe dürfe niemanden kennen, der sich dem Tod freiwillig ausliefere, obwohl er es doch besser wisse. Inzwischen hatte David auch die sieben anderen Bewohner kennengelernt; er kochte für alle. Höchst frugale unsinnliche Kost; *basic food*, sagt er mit einem vielsagenden Seitenblick zu mir. »Kartoffelpizza zum Beispiel, das habe ich oft gemacht.«

»Kann durchaus lecker sein«, merke ich an. »Wenn man Bärlauch, Chili, Rosmarin, Thymian und gutes Olivenöl dazutut.«

Barbara aß weder Kartoffelpizza noch irgendetwas anderes. David hat sie auch nie etwas trinken sehen. Seine Verwunderung darob konterte sie mit der Erklärung, ihren Stoffwechsel schon so weit in den Griff bekommen zu haben, dass sie keinerlei Nahrungszufuhr mehr benötige.

»Das ist doch Quatsch«, empört sich Jupp.

David hegte da auch so seine Zweifel, vor allem, da Barbara als Einzige regelmäßig das Haus verließ und sich daher anderswo hätte satt essen können. Doch er war nach wie vor von dieser Frau besessen, von ihrer Schönheit, Klugheit und der scheinbar sanften Autorität, mit der sie virtuos auf die anderen einwirkte. Sie ließ allerdings nicht zu, dass diese ihr nacheiferten und das Essen einstellten.

Der Weg zur Unsterblichkeit sei lang und beschwerlich, warnte sie ihre Leute unablässig. Niemand sei gezwungen, ihn zu gehen. Die Tür nach draußen stünde immer offen, die Tür zum Tod. Für den aber, der dahinter verbleibe und ihr folge, stünden die Aussichten gut, ein Unmensch zu werden.

Als David dieses Wort ausspricht, zucken wir alle zusammen.

»Unmensch«, sagt Jupp schaudernd. »Wer will das schon freiwillig werden!«

»Der Begriff ist bei ihr offensichtlich positiv besetzt«, merkt Hein an.

»Und folgerichtig«, sage ich. »Kein *Mensch* kann oder will ewig leben. Aber was sind das nur für Menschen, die sich das antun wollen?«

Allesamt *lost souls,* führt David aus, sehr sympathische Menschen, von denen viele früher am Leben verzweifelt waren. Umso rätselhafter, finde ich, dass sie es dann in die Unendlichkeit ausgedehnt haben wollen.

»Beschäftigungstherapie?«, wirft Hein ein. »Einen Lebenssinn darin finden, wenn man eine von den kranken Übungen schafft?«

»Oder Handytaschen herstellt«, sage ich nickend.

Als Lissi und Nina das Haus verließen, war David nie auf den Gedanken gekommen, dass sich die beiden Frauen das Leben nehmen könnten. Damals hatte er ihren Auszug für vernünftig gehalten.

»Warum?«, will ich wissen.

Er druckst herum. »Klingt sexistisch«, sagt er schließlich.

»Ich glaube, sie wollten nicht für immer leben und dabei hässlich sein. Das war meine Schuld.«

»Wie bitte?«

Barbara, das Meisterwerk des Schönheitschirurgen Hamish Gordon, duldete im Wohntrakt der Sippe, dem umgebauten einstigen Kuhstall, keinen Spiegel. Eitelkeit sei der größte Feind der Erkenntnis. Wer sich darauf vorbereite, durch das ewige Leben auf Erden dem Menschsein zu entsagen, dürfe seine Energie nicht mit der Sorge um seine äußere Erscheinung schwächen. Für den Außenseiter David galt diese Regel nicht; er bewohnte ein Zimmer im Untergeschoss des alten Bauernhauses.

Eines Tages klopfte Nina an Davids Tür, als er sich gerade rasierte. Sie stellte sich neben ihn vor den Spiegel über dem Waschbecken und brach in Tränen aus. Da hatte er sie zum ersten Mal genauer angesehen und festgestellt, dass die ausgemergelt und abgehärmt wirkende Gestalt in ihrer Jugend einmal sehr hübsch gewesen sein könnte. Er erschrak, als sie ihm ihr Alter nannte. Ihre Jugend war noch gar nicht so lange vorbei. David hatte die Frau zwanzig Jahre älter eingeschätzt. Wie auch ihre Freundin Lissi. Die rief er hinzu, als er dem Weinen der untröstlichen Nina nicht Herr werden konnte. Auch die verhuschte Lissi musste einstmals eine Augenweide gewesen sein. Die weinte allerdings nicht, als sie ihr Spiegelbild sah. Sie kochte vor Wut – aber aus einem ganz anderen Grund.

»Barbara kann überhaupt nicht zaubern!«, warf sie David an den Kopf und erzählte ihm von einem magischen Augenblick, in dem sie am Vortag selbst Geister heraufbeschworen hätte, die von der Chefin aber nicht wahrgenommen worden wären. Um sich zu rächen, habe Barbara sie beim anschließenden körperlichen Training verletzt. Sie zeigte David einen dicken blauen Fleck auf ihrem Oberschenkel.

»Barbara hat zugeschlagen?«, fragt Jupp.

David schüttelt den Kopf. »Das war ein kontaktloser Hieb. Sie hat Lissi mit der Kraft der Gedanken durch den Raum geschleudert.«

»Wie macht man das?«, erkundigt sich Hein.

»Barbara würde sagen, das ist die falsche Frage. Die richtige ist: Kann ich das auch?«

»Kann ich das auch?«, fragt Hein.

Ich frage mich, wozu man das können wollen sollte, und überlege, wie ich mit der Kraft meiner Gedanken David davon überzeugen kann, endlich chronologisch weiterzuerzählen, damit wir zu den wirklich wichtigen Themen kommen.

Doch David ist in Fahrt geraten. Es sei nicht nur so, dass dies jeder könne, sondern es geschehe andauernd unabsichtlich. Vor allem bei Menschen, die eine starke emotionale Bindung zueinander hätten. Viele Fälle häuslicher Gewalt seien auf dieses Phänomen zurückzuführen: Ein aufgebrachter Ehemann hebt die Hand, um seine Frau zu schlagen, berührt sie aber tatsächlich nur leicht an der Wange. Dennoch fliegt die Frau ans andere Ende des Zimmers und verletzt sich. Der Mann wirft ihr vor, sie stelle sich an, und sie steht vor einem Rätsel. Sie weiß, dass er nicht wirklich zugeschlagen hat, aber es bleibt eine unumstößliche Tatsache, dass sie in der Ecke hart gelandet ist. Nur wie kam sie dahin?

»Man kann lernen, diese Kräfte kontrolliert einzusetzen«, doziert David, solche Dinge lehre Barbara.

»Und setzt sie ein, um ihre Leute gefügig zu machen«, sage ich. »Zieht ihnen Kraft ab, um ihr persönliches Machtbedürfnis zu befriedigen. Macht sie klein, damit sie selbst groß sein kann. Lissi und Nina wollten Mrs Gordon also nicht mehr als Kanonenfutter für ihr Ego dienen. Konnten sie wirklich so einfach gehen?«

»Die Tür nach außen steht immer offen«, flüstert David. »Die Tür zum Tod.«

Im Auftrag von Barbara überreichte er den beiden Frauen einen dicken versiegelten Umschlag und gab jeder hundert Euro mit.

»Immerhin. Man konnte raus und kriegte Wegegeld«, bemerkt Hein. »Soweit ich gehört habe, sind Sektenführer sonst nicht so großzügig, sondern verfolgen und bedrohen ihre Aussteiger.«

Ganz so großzügig sei das nun auch nicht gewesen, wiegelt David ab. Die beiden Frauen hatten einst ihr gesamtes Vermögen in die Sippe eingebracht. In der Welt der künftigen Unmenschen sollte es kein Eigentum mehr geben.

»Was war in den Umschlägen?«, frage ich.

»Ihre Pässe und andere Papiere, glaube ich.«

Mit einem Knall setzt Hein seine Kaffeetasse ab. »Das Zyankali! Das war da drin«, keucht er. »*Die Tür zum Tod steht offen*. Diese Barbara wollte, dass sich die Frauen im normalen Leben nicht mehr zurechtfinden. Und sich umbringen.«

»*The easy way out*«, flüstert David betroffen.

»Könnte gut sein«, sage ich nachdenklich. »Vielleicht hat sie auch Angst gehabt, dass die beiden Geheimnisse verraten. Aber damit wissen wir immer noch nicht, wie die Fingerabdrücke von Jean-Marie Lambert in das Haus gekommen sind. Er muss da mitgemischt haben. Vielleicht war er Barbaras verlängerter Arm? Erledigte die Schmutzarbeit draußen für sie und hat die Frauen aufgefordert, das Zyankali zu nehmen. Um ihrem Leiden an der Welt ein Ende zu setzen?«

David kratzt sich am Kopf.

»Als ich gefragt habe, wo sie hingehen wollen, hat Lissi gesagt, Jean-Marie will ihnen helfen. Der Mann war zwar nicht mehr im Haus, hat es aber irgendwie geschafft, mit ihnen Kontakt aufzunehmen.«

»Na also!«, trumpfe ich auf. »Er hat ihnen in den Tod geholfen.«

»Sterbehilfe?«, fragt Jupp heiser. »Wie damals bei ...«

»Nein!«, unterbreche ich. Jetzt bloß nicht sentimental werden. »Das können wir jetzt nicht klären. Weiter im Text! Was war das für ein Festessen, für das du die Brownies gemacht hast, David?«

Vor zwei Wochen hatte Barbara David in ein intimes Gespräch verwickelt und war ihm dabei so nah gekommen wie noch nie zuvor. David sah sich schon kurz vor dem Ziel seiner Wünsche. Die Frau erklärte, in Kürze mit der Sippe die Eifel verlassen und in die USA übersiedeln zu wollen. Es fehle nur noch die geeignete Immobilie. Sie bekam es hin, dass David vorschlug, alle zunächst einmal in Texas im Haus seiner Mutter unterzubringen.

»Da wird sich Mathilde aber gefreut haben«, sage ich.

»Sie weiß nichts davon«, entgegnet er unbehaglich.

Natürlich. Seine Mutter ist steinalt. Bei unserem letzten Telefonat vor zwei Wochen hat sie durchblicken lassen, nach Ohio in ein Seniorenheim ziehen zu wollen. Da sei sie wenigstens ihrem Enkel nahe, wo sie doch von ihrem Sohn so lange nichts gehört hat. David verteidigt sich: Weder von seiner Mutter noch von seinem Sohn habe er sich Vorwürfe wegen Gudrun machen lassen wollen. Irgendwann hätte er sich bei denen schon gemeldet.

»Feigling!«, tönt Jupp aus voller Brust. »Deine Mutter hätte tot sein können!«

»Wann sollte die Reise denn losgehen?«, frage ich.

»Heute Mittag. Am Freitag haben wir die Flugtickets in Wemperhardt abgeholt.«

»Und wieso bist du dann noch hier?«

»Weil Barbara seit Samstag verschwunden ist.«

»Wie, verschwunden?«

Das Herz klopft mir bis zum Hals. Barbara ist nicht der einzige Mensch, der verschwunden ist.

»Sie hat am Samstagnachmittag den VW-Bus genommen, ist weggefahren und nicht zurückgekommen.«

Wenn Marcel sie aufgetrieben und in Gewahrsam genommen hat, würde er doch seine Dienststelle informieren! Und mich auch. Es sei denn, die Frau hat ihn daran gehindert. Ich versuche, mir meine Angst nicht anmerken zu lassen.

Marcel trägt eine Waffe bei sich. Er weiß, wie gefährlich Barbara Gordon ist. Und bittet mich ständig, meinen Pakt mit der Voreiligkeit nicht zu verlängern. Es wird wohl eher so sein, dass er die Frau in die Enge getrieben hat und jetzt, wie ein Luchs an der Höckerlinie, darauf wartet, dass sich seine Beute bewegt, er zugreifen und sie auf den Hochsitz des belgischen Rechts schleppen kann.

Munterer, als mir zumute ist, wende ich mich wieder an David: »Und warum wartest du dann nicht brav, bis sie wieder da ist? Weshalb versteckst du dich hier bei mir vor ihr?«

Er nippt an seinem Whisky und lässt sich mit der Antwort Zeit. Schließlich räuspert er sich und sagt: »*Second thoughts.* Ich will nicht, dass die Sippe zu meiner Mutter zieht. Ich will nichts mehr mit Barbara zu tun haben. Oder mit ihren Leuten.«

»Warum auf einmal nicht mehr?«

»Rin in die Kartoffelpizza, raus aus der Kartoffelpizza«, murmelt Hein.

Mit zitternden Fingern setzt David sein Whiskyglas ab. Es ist noch ganz voll.

»Weil die jetzt alle verrückt geworden sind«, flüstert er. »Du hast keine Ahnung, wie es in dem Haus jetzt zugeht, ohne Barbara. Es ist die Hölle. Wenn sie wiederkommt, möchte ich nicht da sein. Ich habe Angst vor ihr.«

Entschlossen stecke ich mein Handy ein und erhebe mich.

»Los!«, fordere ich die Männer auf. »Die sehen wir uns an, diese Hölle. Wir fahren jetzt auf der Stelle dahin!«

Als ELFTES wird in Unmöglichem nicht gerade geschwelgt

Impossible Pie: Kleine Stücke von Brokkoli, Blumenkohl, Möhren, Porree und Paprika mit gehackten Zwiebeln, etwas Mehl und Backpulver, geraspeltem Cheddarkäse, Milch, Eiern und Gewürzen nach Wahl verrühren; in eine niedrige runde Kuchenform füllen und bei 180 Grad eine Dreiviertelstunde im Ofen backen, dann noch mehr Käse drüberstreuen und fünf weitere Minuten im Ofen knusprig werden lassen

Der vermeintlich verlassene Hof ist leichter zu finden als der südlichste Punkt Nordrhein-Westfalens. Auf den macht zwar ein großes Schild an der Zufahrt zum Losheimer Landgraben aufmerksam, aber kein weiterer Hinweis folgt. Ich jedenfalls habe auf meinen sommerlichen Spaziergängen mit Linus jenen Drachenzahn, an dem die Grenztafel befestigt sein soll, unter den vielen bemoosten Steinen der Höckerlinie noch nie ausmachen können.

Wir halten vor dem riesigen verschlossenen Holztor, das einen Anstrich vertragen könnte. Ebenso wie die Schlagläden der kleinen Fenster, die zur Straßenseite hin geschlossen sind und im Schein meiner Taschenlampe wirken, als seien sie schon lange nicht geöffnet worden.

»Lebt ihr da etwa immer ganz im Dunklen?«, frage ich David, während wir aussteigen.

»Die Sippe wohnt hinten.« Er legt einen Finger an den Mund, schiebt das Tor einen Spalt auf, blickt in den Hof und wendet sich dann wieder uns zu.

»VW-Bus nicht da, also ist Barbara noch weg.« Er atmet tief durch. Seine Angst scheint ihn wie eine Aura zu umhüllen. Aber er weiß schließlich auch, wozu die Frau fähig ist. Jean-Marie Lamberts tödlicher Fehler, Barbara Gordon zu unterschätzen, wird ihm nicht unterlaufen. Und Marcel hoffentlich auch nicht.

»Worauf warten wir noch!« Ungeduldig schiebe ich das Tor so weit auf, wie es der Schnee dahinter zulässt, und betrete den Hof. Die drei Männer folgen.

»Der Jeep«, flüstert David und deutet auf einen weißen Haufen neben dem Eingangstor. Das Fahrzeug ist in den letzten beiden Tagen offensichtlich nicht bewegt worden.

Ich richte meine Taschenlampe auf die Haustür. Mit zitternden Fingern schließt David auf.

Es ist totenstill.

Ich öffne die erste Tür zur Rechten, leuchte hinein und knalle sie angeekelt wieder zu. Volle Müllsäcke und Kartons, aus denen Unrat quillt. Es stinkt erbärmlich.

»Wir können den Abfall ja nicht einfach vor die Tür stellen«, entschuldigt sich David.

»Müllkippe?«, schlägt Hein vor. Er hat eine andere Tür aufgemacht und das Licht angeknipst. Ich blicke ihm über die Schulter und sehe weitere prall gefüllte schwarze Säcke sowie Stapel angeschimmelter Joghurtbecher, eine Batterie leerer Flaschen und ein paar ausgediente Elektrogeräte. Irgendwo raschelt es.

»Tür zu!«, fahre ich Hein an. Fehlt grad noch, dass uns eine Ratte an den Hals springt!

»Keine Zeit für Müllfahrt und war zu viel Schnee.« David nickt zu einer Tür am Ende des langen Flurs hin. Seine Stimme sinkt zu einem Flüstern herab: »Dahinten, da lebt sie, die Sippe.«

Es klingt, als spräche er über eine bedrohte Spezies. Was vermutlich zutreffend ist.

David öffnet eine andere Tür. Nach den beiden versifften Räumen ist der Anblick einer picobello aufgeräumten Küche eine Wohltat. Dies ist unverkennbar das Reich unseres penibeln Texaners; hier herrschen Sauberkeit und Ordnung. David entriegelt einen altmodischen Kühlschrank und nimmt einen großen Teller heraus, auf dem sich eine Art Kuchen befindet.

»Wieder nicht gegessen«, seufzt er. »Jetzt schon drei Tage nicht. Die sind so was von verrückt. Die glauben, es ist eine Prüfung von Barbara. Weil sie gesagt hat, sie dürfen erst wieder essen, wenn sie zurück ist. Alle wollen Prüfung bestehen.«

»Offenbar eine sehr gehorsame Truppe«, sage ich.

»Mehr als gehorsam«, sagt David. »Barbara hat sie zombifiziert.«

»Zombifiziert, sehr schön, ein schräges neues Wort.« Hein grinst. »Man lernt nie aus. Heißt das, die Frau hat die Leute mit einem Zauber belegt, damit sie alles tun oder nicht tun, was sie von ihnen verlangt?«

»Genau«, flüstert David. Dieser Zauber habe sich in Barbaras Abwesenheit verstärkt und die Sippe gänzlich aus der Bahn geworfen. Endlich gibt er jetzt zu, von Barbaras Mechanismen und Manipulationen auch nicht ganz frei geblieben zu sein: »Ich dachte erst, wie schön, eine tolle Frau, die nur gibt und gar nichts von einem will.«

»Das hat sie dir eingeredet«, sage ich.

»Genau. Jetzt weiß ich, dass sie alles von einem will. Kopf, Seele, Körper, Herz ...«

»... Geld, Arbeitskraft und ein Haus in Texas«, fährt Hein fort. »Eine alles verschlingende Krake. Grapsch, grapsch ...«

»Schon irre, wie gefügig man Menschen mit Glaube und Gehorsam machen kann«, setze ich hinzu.

»Nein«, sagt David finster. »Mit Magic. Mit Black Magic.«

Zu viel Hokuspokus für mich. Während Hein *Black Magic Woman* summt, halte ich mich lieber an Genießbares und mustere interessiert das Gebilde auf dem Teller. Brokkoli- und Blumenkohlstückchen sowie Paprika und Möhren sind zu einer Art Teig zusammengebacken und von einer dicken Käsekruste gekrönt.

»Was ist das?«

»Impossible Pie.«

In der Tat ein unmögliches und ziemlich unverdauliches Gericht für Menschen, die drei Tage lang nichts zu sich genommen haben sollen. David stellt die deftige Kost in die Mikrowelle und drückt einen Knopf.

»Sie müssen essen, Katja. Und trinken!« Er wirft Hein eine alte Milchkanne zu. »Mach Wasser rein!«

Ein paar Minuten später drehe ich mich vor der ominösen Tür im Flur zu den anderen um. Wie wird *die Hölle* dahinter wohl aussehen?

Voller gewaltbereiter Zombies? Vor meinem geistigen Auge sehe ich wankende Wesen mit brennenden Augen. Lauern etwa solche Ungeheuer hinter der Tür? Werden sie mit zauberhaften Kräften gleich über uns herfallen, uns in Stücke zerreißen, unser Blut trinken und sich an unseren Eingeweiden laben? Weil wir ihr Heiligtum schänden wollen? Weil sie mordsmäßigen Hunger haben? Weil sie glauben, dass Barbara Gordon diesen Dienst von ihnen verlangen wird?

Im Schatten von Jupps riesiger Gestalt hält Hein die Kanne genauso feierlich in beiden Händen wie David den in winzige Spalten geschnittenen warmen Impossible Pie.

Schlimmer als eine Sekte, hat Claire gesagt. *Sie glauben, dass sie keine Menschen mehr sind*. Mir schießt ein seltsames Szenario durch den Kopf: Als Hohepriesterin werde ich den Dämonen hinter der Tür Opfergaben darreichen; sie mit Wasser und aufgepepptem Brot gnädig stimmen. Auf dass sie friedlich bleiben und alles gut wird. Auf dass sich Marcel endlich meldet. Zu irgendwas muss der faule Zauber schließlich gut sein!

»Du, mach auf, Katja.«

Davids Appell schließt mein Kopfkino.

Ich habe zu viele Horrorfilme gesehen und in den vergangenen Tagen zu viel Verrücktes gehört. Höchste Zeit, mich selbst wieder in die Realität zu verrücken! Ich schüttele alle unheilschwangeren Bilder ab und drücke die Klinke runter.

Mühsam unterdrücke ich ein hysterisches Lachen. Vor mir sehe ich nämlich nur eine leere kleine Melkküche, ähnlich der in meinem Haus. Nach dem Kino scheine ich jetzt also in einem Computerspiel gelandet zu sein. Nächstes Level ist die hintere Tür. Beherzt öffne ich sie und bleibe entgeistert auf der Schwelle stehen.

Des Teufels Reich – oder das der Teufelin, wie David meint – habe ich mir anders vorgestellt. Statt ins Freie, wie in meinem Haus, blicke ich von der Melkküche aus in eine Art Saal, den ehemaligen umgebauten Stall des Anwesens. Der vordere Teil ist mit Yogamatten ausgelegt und macht den Eindruck eines Sportstudios – für mich durchaus eine Vorstufe zur Hölle. Nahe der hinteren Wand sitzt ein Mann zusammengekrümmt an einer Werkbank voller Lederstreifen. Auf drei von den sieben an der rechten Wand aufgereihten Pritschen liegen reglose Gestalten. Neben der Tür hat sich eine Frau mit dem Rücken auf den kalten Steinboden gelegt und tritt wie eine besessene Radfahrerin gegen die Wand. Sisyphos hat seinen Stein wenigstens hochrollen können; sie aber trampelt nur auf der Stelle. Vermutlich versucht sie gerade, die Schwerkraft zu überwinden.

Eine sehr kurze Neonröhre an der Decke taucht die Szenerie in ein gespenstisches Licht. Es ist eiskalt.

»Hallo?«

Mein Ruf verhallt ungehört. Ich schicke noch ein sehr lautes »Guten Tag!« hinterher. Doch keine der Gestalten nimmt überhaupt zur Kenntnis, dass Fremdlinge eingedrungen sind.

Als hätte ihm das Gorillastricken nie ein Knieproblem bereitet, schiebt sich Jupp an mir vorbei, sprintet zum gemauerten Kamin in der Mitte des großen Raumes, fegt unterwegs auf dem Boden verstreute Papiere auf und entfacht mit ihnen das letzte bisschen Glut aus dem fast erloschenen Kohlehaufen. Wie ein Wahnsinniger zertritt er einen umgekippten Holzstuhl und wirft die Teile auf das kleine Feuer. »Mehr Holz!«, brüllt er.

Hein ist mit seiner Kanne an eine der Pritschen herangetreten und spricht auf eine Frau mit ausgemergeltem Gesicht ein. Es bereitet ihr offensichtlich Mühe, den Kopf abzuwenden.

David hat seinen Teller auf einem Stuhl abgestellt und versucht, die Rad fahrende Frau aufzurichten. Sie stößt ihn weg und seltsame Laute aus.

Die kühl kalkulierende Barbara Gordon soll vorgehabt haben, mit diesen trostlosen Gestalten nach Amerika auszuwandern? Nie im Leben! Die Frau ist abgetaucht, um der Strafverfolgung zu entgehen, und hat ihre kopflosen Adepten sich selbst überlassen! Nach ihr die Sintflut. Wobei sich allerdings die Frage aufdrängt, weshalb sich die vermögende Frau überhaupt eine solche Schar ans Bein gebunden hat. Mit ihrem Geld und ihrem Verstand hätte sie doch auf ganz andere Weise über ganz andere Menschen Macht ausüben können. Stattdessen umgibt sie sich mit Leuten, die nichts zu verlieren haben außer ihrem Leben. Wahrscheinlich hat dies für ihre intellektuelle einstige Vorhut, für Jean-Marie Lambert und Volker Maraite, nicht gegolten – die sind abgehauen, bevor sie ihren Verstand gänzlich abgeliefert hatten.

Ich ziehe mein Handy hervor und rufe die Polizei in Euskirchen an. Zum Glück werde ich sofort an einen zuständigen Beamten weitergeleitet, und zwar an einen, der Donnerstagnacht in der *Einkehr* vor Ort gewesen ist. Das erspart mir unnötige Erklärungen. Ich teile ihm mit, dass ich den Zufluchtsort der Mörderin von der Kehr ausfindig gemacht hätte. Die Frau werde noch weitere Menschenleben auf ihr Gewissen – ich stocke bei dem Wort, weil es zu Barbara Gordon nicht so recht passen will – laden, wenn Notarzt und Krankenwagen nicht schnellstens zum einstmals verlassenen Hof am Losheimer Landgraben eilen würden.

Während ich rede, wandere ich quer durch den Raum, vorbei an den Werkbänken zu einer Hintertür. Sie ist unverschlossen und führt ins Freie. Vermutlich hat Pastor Lambert nach seinem Abgang auch diese Tür genutzt, um auf die Adepten einzuwirken. Die fünf Leute hätten ihren Käfig tatsächlich jederzeit verlassen können. Warum nur sind sie geblieben? Aus den Untiefen meiner Halbbildung steigt die Zeile aus einem Gedicht von Kurt Tucholsky empor: *Und ließ der Wärter selbst die Türe offen: Man geht ja nicht.*

Dienstag, sieben Uhr morgens

Ich bin mit Linus allein in meinem Haus und habe trotz großer Müdigkeit kaum geschlafen.

Die verstörte *Sippe* wird jetzt im Krankenhaus ärztlich versorgt und David in Euskirchen ausführlich verhört. Mich wollten die Beamten zunächst auch mitnehmen, aber ich behauptete, nichts weiter zu wissen, als dass David in meinem Haus aufgetaucht sei und um Hilfe für die kopflose Schar der Sippe nachgesucht hat. Ich betonte ausdrücklich, dass der Amerikaner zwar für Barbara Gordon gearbeitet, aber weder von dem Mord an Jean-Marie Lambert noch von dem Anschlag auf Claire Maraite etwas gewusst haben könnte.

Welche Erkenntnisse die belgische Polizei inzwischen gewonnen habe, wisse ich leider auch nicht, versicherte ich auf eine nicht sonderlich diskrete Nachfrage. Ich hätte nur gehört, dass Polizeiinspektor Marcel Langer offenbar eine heiße Spur verfolge. Die Euskirchener könnten sich ja bei der Polizeizone Eifel in St. Vith gleich erkundigen, ob dabei Relevantes für den Fall herausgekommen sei. Der Polizist rief tatsächlich sofort an. Ich lauschte gespannt, konnte dem kurzen Wortwechsel aber nur entnehmen, dass alle vorhandenen Informationen bereits an die deutsche Polizei weitergeleitet worden seien.

»Sie hätten direkt nach Polizeiinspektor Langer fragen sollen«, sagte ich eindringlich.

Der Beamte lächelte.

»Ihr Freund ist ein guter Polizist, Frau Klein, aber bei diesem Fall wird auf höherer Ebene ermittelt. Es geht schließlich nicht um irgendein Verkehrsdelikt, sondern um Mord.«

Als ob sich Marcels Meriten auf das Ausstellen von Knöllchen beschränkten! Er hat bestimmt mehr Mordfälle aufgeklärt, als dieser Beamte in seiner Laufbahn überhaupt zur Kenntnis genommen hat! Und ist in das aktuelle Gewaltverbrechen offenbar so tief eingetaucht, dass er in den letzten Stunden nicht mal eine einzige SMS hat abschicken können. Oder sollte ihm doch etwas zugestoßen sein?

Dieser Gedanke lässt mich nicht wieder einschlafen. Ich rufe noch einmal seine letzte Sims auf. Irgendetwas an ihr war mir doch schon beim ersten Lesen aufgefallen und fremdartig vorgekommen. Habe ich eine geheime Botschaft übersehen?

Ermittele verdeckt, um Fall zu lösen. Melde mich später.

Da ist es! Da steht es! Marcel kann diese SMS nicht geschrieben haben. Jemand anders hat sich seines Handys bemächtigt und diese Mitteilung an mich und die Polizeizone Eifel geschickt. Damit nicht nach einem abwesenden Polizeiinspektor gesucht wird.

Mit zitternden Fingern beginne ich, Erwins Telefonnummer einzutippen, breche dann ab, weil mir einfällt, dass er sich gestern in den Urlaub verabschiedet hat. Also gebe ich die Polizeizone Eifel in St. Vith ein und habe sofort den diensthabenden Beamten am Apparat. Zum Glück kenne ich auch ihn.

»Marcel ist in Gefahr! Er hat die SMS nicht abgeschickt. Das hat jemand anders getan!«

»Welche SMS?«

»Die, in der steht, dass er verdeckt ermittelt!«

»Wie kommst du darauf, dass er die nicht selbst abgeschickt hat?«

»UM!«, schreie ich ins Telefon. »Marcel würde nie *um zu* schreiben!«

»Verstehe ich nicht. Für das zu sagen, rufst du an?«

»Genau! *Für* das zu sagen! Du sagst auch nicht *um*!«

Es dauert eine Weile, bis er wirklich begriffen hat. *Für zu* mag in meinen Ohren immer noch andersartig klingen, *um zu* tut es für die Eifeler offensichtlich nicht. Sie machen nur selbst keinen aktiven Gebrauch davon.

Der belgische Polizist ist immer noch nicht überzeugt.

»Er wollte eben hochdeutsch schreiben, weil du dich über unsere Sprache immer lustig machst.«

Ich verweise auf den eiligen Charakter der Sims. »Dann hätte er alles richtig gemacht und geschrieben, um *den* Fall zu lösen!«

Was Marcel nie geschrieben hätte, weil die Konjunktion

um zu ebenso wenig zu seinem deutschen Sprachschatz gehört wie *zielführend* früher zu Davids.

Wenn die Sprache schon nicht verfängt, dann glückt es mir vielleicht mit Logik: »Wo sollte er denn jetzt noch verdeckt ermitteln? Wir haben die Sekte gestern schließlich ausgehoben!«

»Ach!«, entfährt es ihm. »Der Anschlag auf Claire Maraite ist also aufgeklärt?«

Ich empfehle ihm, den deutschen Polizeibericht zu lesen, und flehe ihn an, wenigstens Marcels Handy orten zu lassen.

Das sei doch schon längst geschehen, werde ich informiert, aber ohne Erfolg. Er müsse es ausgeschaltet haben. Seltsamerweise sei auch das Funkgerät im Polizeijeep derzeit nicht erreichbar.

»Lange können wir den Langer nicht mehr decken«, sagt der Kollege seufzend. »Wenn er sich nach vierundzwanzig Stunden noch nicht gemeldet hat, wird der Kommissar eine Suchaktion starten müssen.«

»Vierundzwanzig Stunden nach was?«

»Nach der SMS.«

Ich rechne nach. Die Polizeizone Eifel hat diese Kurzmitteilung gestern Abend gegen zweiundzwanzig Uhr erhalten. Also wird noch vierzehn Stunden lang niemand ernsthaft nach Marcels Verbleib fahnden.

Das dauert mir zu lange.

Ich werde mich selber auf die Suche begeben. Am besten fange ich in Atzerath an. Marcel fühlt sich verpflichtet, über die Sicherheit von Claire zu wachen. Wenn er dazu in der Lage ist, wird er zumindest bei Christine Lambert angerufen haben. Vielleicht hat er sich sogar mit den beiden Frauen im ehemaligen Pfarrhaus verschanzt, um auf den oder die Attentäter zu warten. Er muss ja immer noch davon ausgehen, dass Claire von einem Mann angefahren worden ist.

Von David weiß ich inzwischen, dass weder Christine noch Claire Kontakte zur Sippe unterhalten haben; Marcels Verdacht gegen die beiden Frauen ist also unbegründet. Immer wieder hat er darauf gepocht, dass sie etwas verbergen, und tiefer in die Geschichte verwickelt sein könnten, als sie uns glauben lassen wollen; nie hat er an die Ahnungslosigkeit von Christine Lambert und das Unbeteiligtsein von Claire Maraite geglaubt. In einer Hinsicht hatte er damit allerdings recht gehabt: Claire ist erst ziemlich spät damit herausgerückt, dass sie Barbara Gordon kennt, obwohl sie uns eine Menge über die Sekte erzählt und zudem gewusst hat, wer dahintersteckt. Ganz bestimmt hat sie die Frau auf dem Phantombild identifizieren können. Vielleicht hat sie aus Angst geschwiegen.

Vermutlich ist sie als Tochter des Deserteurs Volker Maraite in Barbara Gordons Visier geraten. Die Frau befürchtet Enthüllungen über ihre Sippe. Die uns Claire ja auch reichlich geliefert hat. Aber nicht nur Marcel hat Fehlschlüsse gezogen; auch ich muss mir jetzt wohl eingestehen, dass ich mich in Barbara Gordon geirrt habe.

Ich koche mir einen starken Kaffee, trinke aber nur eine halbe Tasse und fülle den Rest in eine heiß ausgespülte Thermosflasche ab. Natürlich mit dem Hintergedanken, Marcel damit zu erfreuen, falls ich ihn in seinem Auto auf der Lauer liegend auftreiben kann.

Als Wegzehrung packe ich die Schnitze von Davids *Impossible Pie* ein. Die hatte ich gestern mitgenommen, da außer mir niemand davon gegessen hat. Die Kreation schmeckt auch kalt erstaunlich gut.

Da ich nicht weiß, wie lange ich unterwegs sein werde, bringe ich Linus in die *Einkehr* rüber. Gudrun oder Bianca werden sich um ihn kümmern können. Und sollte der tierkundige

Pastor Tillmanns angesichts des gerade wieder einsetzenden heftigen Schneefalls seinen Pilgerstab auch heute nicht aufnehmen, könnte er sich die Zeit damit vertreiben, meinem Hund ein paar Manieren beizubringen.

Schwarze Wolken treiben über den Eifeler Himmel. Sie entlassen wieder solche Mengen an Niederschlag, dass der belgische Winterdienst überfordert sein dürfte. Ich fahre also nicht über Krewinkel, sondern gondele auf der deutschen Bundesstraße einem Räumfahrzeug hinterher und lasse mich von dessen Rückleuchten und dem Warnlicht in Orange leiten. Leider biegt es am Grenzmarkt nicht nach Belgien ab, sondern zuckelt Richtung Schleiden geradeaus weiter.

Meine letzte Fahrt über diese Strecke hat vor einem Baum zwischen Hergersberg und Berterath ein abruptes Ende gefunden. Jetzt deutet dort nichts mehr auf den Anschlag hin; alle Spuren sind längst wieder zugeschneit. Es ist noch keine drei Tage her, dass ich Claire kennengelernt habe. Vor fünf Tagen um diese Zeit hat Jean-Marie Lambert noch gelebt.

Das ehemalige Pfarrhaus in Atzerath liegt im Düsteren. Es ist erst acht Uhr morgens, aber ich muss unbedingt so schnell wie möglich Licht in das Dunkel von Marcels Abwesenheit bringen. Also klingele ich Sturm.

Niemand öffnet. Ich kehre zu meinem Wagen zurück und rufe bei Christine Lambert an. Sie nimmt nicht ab. Über Handy kann ich sie auch nicht erreichen, weil sie kein mobiles Telefon braucht, wie sie Marcel bei unserem ersten Besuch mitgeteilt hat.

Das belgische Landvolk steht normalerweise sehr früh auf. Vielleicht ist Frau Lambert schon mit Claire zur Tagesklinik nach St. Vith gefahren?

Als das Licht meiner Autoscheinwerfer auf die Garage

fällt, sehe ich eindeutige Reifenspuren im Schnee. Die beiden Frauen müssen gerade erst aufgebrochen sein.

Da ich keinen anderen Anhaltspunkt habe, fahre ich zum Krankenhaus in St. Vith.

Schon wieder Schwester Kati. Ich packe den Stier gleich bei den Hörnern: »Haben Sie Marcel gesehen?«

»Ach! Vermissen Sie ihn?«

»Ja.«

»Da sehen Sie mal, wie das ist.«

Ich packe sie hart am Arm.

»Die Polizei vermisst ihn auch. Verstehen Sie? Er ist verschwunden!«

In ihren Augen flackert einen kurzen Moment Unsicherheit. Dann besinnt sie sich wieder darauf, wer ich bin: die dicke alte Frau, die ihr Marcel weggenommen hat.

»So ist er eben.« Ihr Blick zeigt Herrschaftswissen. »Erst ist er da, und dann plötzlich wieder weg. Ohne sich zu verabschieden. Warum sollte es Ihnen besser gehen als mir?«

»Er ist vielleicht in Lebensgefahr!«

»Jetzt werden Sie mal nicht dramatisch. So was mag er gar nicht.«

Sie bürstet meinen Arm weg und stolziert erhobenen Hauptes davon.

»Bitte, können Sie mir dann sagen, wo Frau Maraite jetzt behandelt wird?«

»Warum sollte ich?«, entgegnet sie, bevor sie um die Ecke verschwindet.

Meine weiteren Nachforschungen im Krankenhaus laufen ins Leere. Weder Marcel noch Claire Maraite sind hier heute gesehen worden.

Könnte ja sein, dass die beiden Frauen vor Claires Behandlung noch was in der Stadt zu erledigen haben. Ich lasse mich im Eingangsbereich des Krankenhauses nieder und warte.

Viel Geduld bringe ich nicht auf. Nach einer halben Stunde steige ich wieder in meinen Wagen und fahre zurück nach Atzerath. Ein unbestimmbares Gefühl sagt mir, dass ich dort die Antworten auf meine Fragen suchen muss.

In Atzerath hat schließlich alles begonnen.

Die kleine Babette Schröder hat hier mit ansehen müssen, wie ihr Elternhaus in Flammen aufging und ihre Familie ausgelöscht wurde. Danach hat Pastor Jean-Marie Lambert das verwaiste Mädchen bei sich aufgenommen. Wie unansehnlich Babette damals gewesen ist, habe ich auf den Fotos ja selbst gesehen. Ist es da wirklich glaubhaft, dass sich der ansonsten so disziplinierte Pfarrer an ihr vergangen hat? Könnte es nicht viel eher so sein, dass Babette in pubertärer Liebe zu Lambert entbrannt ist, sich ihm offenbart, er sie daraufhin zurückgewiesen und dann weit fort zu fernen Verwandten geschickt hat?

Ich merke selbst, wie ich mich in den vergangenen Stunden immer mehr von der mir lieb gewordenen Vorstellung verabschiede, Barbara Gordon sei das eigentliche Opfer gewesen; eine Frau, der großes Unrecht angetan worden ist, eine Rächerin aus edlen Motiven.

Dazu passt nichts von dem, was ich bisher über sie erfahren habe. Unabhängig voneinander haben Claire und David diese Frau als unnahbare Strippenzieherin geschildert, als Manipulatorin, die nicht von Emotionen, sondern ausschließlich von ihrer Macht-Mission geleitet wird. Die ihren Jüngern nicht gestattete, über die Vergangenheit zu reden, weil das nicht *zielführend* sei; die es irgendwie hinkriegte, dass selbst kluge Männer den Quatsch glaubten, den ihr Ehemann in seinen Fantasybüchern proklamiert hatte.

Christine Lambert hat Babette als hochbegabtes Kind geschildert, als eine verschlossene Einzelgängerin. So ganz radikal ändert sich das Wesen eines Menschen im Laufe seines Lebens nicht. Wieso sollte also die zu Barbara Gordon mutierte Babette Schröder als intelligenter Sonderling plötzlich darauf erpicht sein, andere Menschen von sich abhängig zu machen; sie in einen geistigen Dämmerzustand zu versetzen, sie zu *zombifizieren*? So jemand würde sich doch eher allein von der Welt abschotten, oder nicht?

Halt! Die Rolle als Außenseiterin hatte sie nach der Eheschließung mit und der Verschönerung durch Hamish Gordon schließlich abgelegt. In der Londoner Klatschpresse war sie jahrelang *the talk of town* gewesen. Das einstige Mauerblümchen war zur stolzen Rose geworden, zur Party-Queen. Da muss der Umzug in die schottische Einsamkeit bitter für die umschwärmte Frau gewesen sein. Ihr Durst nach Anerkennung war noch längst nicht gestillt. Doch dann eröffneten ihr Sir Hamishs Werke ein neues und viel spannenderes Betätigungsfeld. Eines, in das sie nicht nur ihr mehrfach verschönertes Gesicht, sondern vor allem ihren Kopf einbringen konnte. Um *das Unmögliche durchzusetzen*, wie Volker Maraite gesagt haben soll.

Je länger ich darüber nachdenke, desto glaubhafter erscheint mir, dass es nicht Pastor Lambert war, der den alten Kontakt reaktiviert hat. Die einstige Babette Schröder könnte selbst Wert darauf gelegt haben, ihrem früheren Mentor vorzuführen, wie schön, reich, philosophisch gebildet und unabhängig sie geworden ist.

Vielleicht steckte die erste Zurückweisung eines Mannes noch wie ein Stachel in ihrem Herzen; vielleicht war die Liebe zu Jean-Marie Lambert das einzige Gefühl, das sie sich jemals erlaubt hat – oder schlimmer noch: zu dem sie jemals fähig gewesen ist. Möglicherweise ist der Gedanke, sich an ihm zu rächen, die treibende Kraft ihres Lebens gewesen.

Allerdings erscheint mir unwahrscheinlich, dass sie mit Jean-Marie tatsächlich das Bett geteilt haben soll, wie David andeutete. Ich glaube eher, dass sie alles darangesetzt haben wird, ihn um ein Schäferstündchen betteln zu sehen. Damit sie ihn dann ihrerseits kalt zurückweisen konnte. Aber würde ein solch banaler Triumph dieser unversöhnlichen Frau wirklich genügen? Wohl kaum.

Es muss ihr darum gegangen sein, den Mann, der ihr Glaube und Gehorsam nahegebracht hat, mit seinen eigenen Waffen in die Abhängigkeit zu zwingen, ihn willfährig und ihr untertan zu machen. Sie zielte darauf ab, den einzigen Menschen, der sie je als schwaches Geschöpf erlebt hat, zu erniedrigen und vernichtend zu schlagen. Seine Persönlichkeit so auszulöschen, wie es Hamish Gordon mit ihrem einstigen Aussehen gelungen ist. Dafür brauchte sie Lambert nicht einmal zu töten. Sie musste ihn nur *zombifizieren.*

Was ihr offenbar nicht geglückt war. Wie sonst hätte er aus der Sippe aussteigen und einfach durch die offene Tür gehen können? Wieder ist Barbara Gordon an dem einzigen Menschen gescheitert, der ihr jemals etwas bedeutet hat. Deshalb musste er sterben.

Das alles ergibt durchaus Sinn, aber es bleiben noch einige Fragen offen: Wie hat sie sich mit einem Menschen verabreden können, der nicht nur aus ihrer seltsamen Welt, sondern auch aus der ganz normalen verschwunden ist? Wo hat sich der Pastor ein Jahr lang versteckt, und wie ist er unbemerkt nach Hergersberg und Eupen gekommen? Warum haben sich die beiden Frauen und Volker Maraite nach seinem Besuch das Leben genommen?

Alles sehr wichtige Fragen, doch mich treiben andere viel mehr um: Wo steckt Marcel, und was ist ihm zugestoßen? Falls ihn Barbara Gordon gefangen hält, wo könnte ich mit meiner Suche ansetzen? Die Frage, ob er überhaupt noch lebt, kann und mag ich mir nicht stellen. Für mich ist sie genauso unmöglich wie ein ewiges Leben auf Erden.

Ich halte wieder am ehemaligen Pfarrhaus an. Es schneit nicht mehr, und frische Reifenspuren sind nicht hinzugekommen. Inzwischen ist es fast zehn Uhr, doch die Frauen sind immer noch unterwegs.

Man kann in Atzerath nicht viel unternehmen, um sich die Zeit zu vertreiben. Aber ich könnte mir die Ruine von Babette Schröders einstigem Elternhaus mal näher ansehen.

Schwungvoll nehme ich die beiden Kurven auf der geräumten Straße und biege an der kleinen Verkehrsinsel mit dem kahlen Baum, dem grauen Kreuz und dem roten Briefkasten links ein. Ich komme an einigen Häusern vorbei, überquere eine kleine Brücke, und dann geht es so steil bergauf, dass ich mein Allradmonster noch vor dem Schild *kein Winterdienst* anhalten muss. Der Weg ist tief verschneit. Nach einem Rundblick kann ich die Ruine weiter oben, rechts am Hang, ausmachen, allerdings brauche ich für die Wanderung besseres Schuhwerk.

Ach, Marcel, denke ich, als ich meine Gummistiefel aus dem Kofferraum ziehe, wie gut, dass du mir zu so nützlichen Gegenständen im Auto geraten hast. Gummistiefel, Decke, Wasser, vorzugsweise allerdings Kaffee in einer Thermoskanne, und Notproviant, alles wird dir irgendwann gelegen kommen, hast du gesagt. Da hattest du recht. Was gäbe ich darum, dir jetzt einen Deckel Kaffee anbieten zu können!

Wo steckst du nur?

Bevor ich mich an die kleine Hügelbesteigung zur Ruine mache, stärke ich mich erst einmal. Ich schlürfe Kaffee, esse Impossible Pie und schaue nachdenklich vor mich hin. Irgendwann erreicht mein Gehirn, was mein Blick auf die verschneite Straße aufgenommen hat: Reifenspuren. Zwar ziemlich zugeschneit, aber durchaus noch erkennbar. Irgendjemand ist vor nicht sehr langer Zeit diesen abgelegenen Hügel hinaufgefahren. Mein Herz beginnt plötzlich, heftiger zu pochen.

Ich schraube die Thermoskanne schnell zu und ziehe mir rasch die Gummistiefel an. Nach kurzem Zögern greife ich zum Wagenheber. Sollte ich angegriffen werden, will ich ordentlich zuschlagen können. Auf die Kraft des kontaktlosen Hiebs werde ich mich jedenfalls nicht verlassen. So leise wie möglich stapfe ich den Reifenspuren nach. Sie führen tatsächlich auf das Grundstück der Ruine und gehen da weiter, wo das große Loch im Bruchstein früher mal durch ein Holztor verschlossen gewesen sein muss.

Ich atme schwer. Mit der Hand, die nicht den Wagenheber hält, fasse ich mir ans Herz. Der Aufstieg durch den tiefen Schnee war sehr anstrengend. Aber nicht mal halb so aufwühlend wie der Geistesblitz, der mich soeben getroffen hat: Marcel ist hier. Das spüre ich.

Ich renne nicht sofort los. Hole erst tief Luft, spitze die Ohren und sammele meine Gedanken. Wie kann es Barbara Gordon gelungen sein, Marcel zu überwältigen und zu entwaffnen? Der Mann trägt seit dem Anschlag auf Claire wieder die Pistole bei sich, die er von Gesetzes wegen im Dienst eigentlich nicht ablegen dürfte. Was aber bei Revierbeamten, wie er mir mal gesagt hat, inoffiziell toleriert werde. Nein, nein, er hat *für* Revierbeamte gesagt. *Für. Für zu.*

Ich wische mir die Tränen aus den Augen. Ungewohnte

Bewegung kann eben sehr aufreibend sein. Wenn Marcel tatsächlich da drinnen gefangen gehalten wird, haben ihm weder seine Waffe noch das sechsmal jährliche Training im Schießstand geholfen.

Die Explosion, die dieses mächtige Haus vernichtet hat, muss gewaltig gewesen sein. *Der Vater hatte im Keller Kraftstoff gelagert.*

Arme kleine, hässliche Babette. Die nur deshalb überlebte, weil sie in jener unheilvollen Nacht bei ihrem Pferd Wärme gesucht hat. Die sie als Messdienerin sonst höchstens in der Freundlichkeit des Pfarrers gefunden haben könnte.

Mir läuft ein Schauer über den Rücken.

Das Kind hat gewusst, was im Keller gelagert wurde. Das Kind hat gewusst, was es wollte. Das Kind hat gewusst, dass Pastor Lambert ihm beistehen würde, wenn es ganz plötzlich niemanden auf der Welt mehr hatte. Darf ich das überhaupt denken? Dass dieses Kind das Feuer gelegt haben könnte?

Merkwürdig: Es gibt nur Reifenspuren, die in das Innere des dachlosen Gebäudes führen. Wenn Barbara Gordon meinen Freund hier abgeladen hat, muss sie doch wieder weggefahren sein! Oder hält sie sich hier versteckt? Sehr unwahrscheinlich in dieser Kälte.

Wind kommt auf. Mit einer Hand ziehe ich mir den Kragen meiner Jacke fester um den Hals und starre auf die Fährten im Schnee. Ich erkenne andere Abdrücke, neben und auf den Reifenspuren. Sie könnten von menschlichen Füßen stammen. Oder von anderen Kreaturen?

Nein, es gibt in unserer Gegend keine Raubtiere, die einen halb erfrorenen gefesselten Polizisten in einer Ruine angreifen könnten, nur Wildkatzen, Wildschweine, Luchse und Dachse – die halten sich allerdings vorzugsweise im Wald oder an der Höckerlinie bei den Bunkern auf.

Rein mit dir, fordere ich mich auf. In dieser Kälte zählt jede Minute. Überlass den armen Marcel nicht länger als nötig den Eifeler Naturgewalten!

Ich befehle meinen Knien, das Zittern zu unterlassen, schleiche durch das Bruchsteinloch und bleibe dann wie angewurzelt stehen. Der Wagenheber fällt mir aus der Hand.

Mitten in Babette Schröders ausgebranntem alten Elternhaus parkt Marcels Polizeijeep. Mit einer Beule am hinteren rechten Kotflügel. Und daneben ein schwarzer Kastenwagen, auf dessen Fahrersitz Schnee liegt, weil ihm die Tür fehlt.

Mein Gefühl hat mich schmählich im Stich gelassen: Von Marcel selbst gibt es weit und breit keine Spur.

Als **ZWÖLFTES** kommt es zu einem keineswegs rein belgischen Auflauf

Halbierten, von seinem Strunk befreiten Chicorée in gebräunter Zuckerbutter wenden, mit Mehl bestäuben, mit Muskat, Rosenpaprika und Pfeffer würzen, etwas Rotwein und Sojasoße dazugeben und eine Viertelstunde dünsten lassen; Béchamelsoße zubereiten, geriebenen Gruyère unterheben; Chicorée mit Schinkenscheiben umwickeln, in eine Auflaufform tun, Pinienkerne und Rosinen dazugeben, mit Soße übergießen und Käse überstreuen; im Ofen fertigbacken

Mir drohen die Beine wegzusacken. Ich suche Halt an der offenen Seite des Kastenwagens, da zerreißt heiseres Krächzen die Totenstille in der Ruine. Erschrocken lasse ich mich gegen Marcels Jeep fallen. Aus dem offenen VW-Bus flattert ein riesiger schwarzer Vogel und schwingt sich laut kreischend in die Lüfte.

Voller Panik schaue ich mich um – bis ich endlich begreife, dass sich kein Mensch zwischen den zugeschneiten Steinhaufen dieses Gemäuers aufhalten kann. Nicht eine einzige Spur weist darauf hin, dass irgendjemand weiter in die Ruine hineingedrungen sein könnte. Wenn Marcel tatsächlich festgehalten wird, dann woanders.

Sobald ich wieder Luft bekomme, ziehe ich mein Handy hervor und teile der Polizeizone Eifel in St. Vith meine Entdeckung mit.

Der Beamte rät mir, mich in mein Auto zu setzen, die Türen zu verschließen, mein Handy bereitzuhalten und vor Ort auf die belgische Polizei zu warten.

»Geht nicht!«, keuche ich ins Telefon. »Zu viel Angst. Ich fahre lieber gleich zu euch in die Aachener Straße.«

Und damit kappe ich die Verbindung.

Ich habe keine Angst um mich, sondern um Marcel. Jedenfalls kann ich hier nicht untätig herumsitzen, bis seine Kollegen erscheinen und mir Fragen stellen, die auch ich gern beantwortet hätte.

Hat Barbara Gordon dem belgischen Polizeiinspektor so aufgelauert wie vor wenigen Tagen Claire? Oder ist Marcel in eine Falle gelaufen, als er den schwarzen VW-Bus der Sippe aufgespürt hat? Wie ist es der Frau gelungen, dem Polizeiinspektor mit der Waffe zuvorzukommen? Wann ist das alles geschehen? Und vor allem: Wohin nur könnte sie Marcel verschleppt haben?

Noch einmal mustere ich die Fährten auf und neben den Reifenspuren. Selbst habe ich zwar manche zertrampelt, aber dennoch ist gut erkennbar, dass – falls es doch kein Tier war – in den vergangenen vierundzwanzig Stunden höchstens ein einziger Mensch vor mir zu Fuß aus der Ruine herausgegangen sein kann. Zwei Leute hätten mehr Spuren hinterlassen.

Ich fahre nicht bis nach St. Vith durch, sondern halte abermals vor dem einstigen Pfarrhaus. Alles erscheint unverändert.

Wieder rufe ich im Krankenhaus an. Mit verstellter Stimme gebe ich mich als Hausärztin von Claire Maraite aus und erfahre, dass die Patientin in der Tagesklinik immer noch nicht eingetroffen sei, sich aber ohne weitere Erklärung für den späteren Nachmittag telefonisch angemeldet habe.

Shoppen sind die Damen bestimmt nicht. Wo also könnten sie hingefahren sein? Vielleicht zu einem Ort auf jener Landkarte, die Christine Lambert so eifrig zusammengefaltet hat, als ich am Sonntag in Claires Zimmer kam? Was ist zwischen den beiden Frauen vorgegangen – hinter der fein geschnitzten Haustür des Bruchsteinhauses, auf die ich nun schon seit etlichen Minuten blicklos starre?

Eine innere Stimme befiehlt mir, augenblicklich auszusteigen und mich gründlich umzusehen. Doch nach der Erfahrung in der Ruine sollte ich gelernt haben, meinem Gefühl zu misstrauen. Also bemühe ich eine gewisse Logik: Es kann doch kein Zufall sein, dass die beiden verschwundenen Fahrzeuge in Laufabstand von Christine Lamberts Haus abgestellt worden sind.

Ich hole tief Luft und steige aus.

Die Garage ist unverschlossen und leer. Ich stapfe ums Haus herum. Die Fenster sind zu hoch angebracht, als dass sie mir einen Blick ins Innere erlauben könnten. Den brauche ich gar nicht, wie ich entgeistert feststelle, als ich vor der Hintertür stehe und das scharfkantige Loch in der Glasscheibe sehe. Genau an jener Stelle, die man einschlagen würde, um die Tür von innen öffnen zu können. Irgendjemand hat sich gewaltsam Zutritt ins Haus verschafft.

Barbara Gordon. Wer sonst?

Meine Gedanken überschlagen sich. Die Frau ist schon seit fast fünf Tagen auf der Flucht. Nach dem Anschlag auf Claire ist sie in Richtung Atzerath weitergefahren. Könnte sie in der Ruine ihres alten Elternhauses untergetaucht sein? Wohl nur für sehr kurze Zeit. In einem Auto mit fehlender Fahrertür hätte sie es bei diesen Temperaturen nicht lange ausgehalten. Womöglich ist ihr da das nahe gelegene große Haus eingefallen, in dem sie als junges Mädchen eine Zeit lang gewohnt hat. Damals hat sie dort sicherlich jeden Winkel erforscht und auf dem Speicher Wäsche aufgehängt.

Das Herz pocht mir immer noch bis zum Hals. Es wäre sicher klüger, sofort der Polizei diesen Einbruch zu melden, als selbst mit der Hand durch das Loch zu greifen und die Klinke runterzudrücken. Aber mit Klugheit kann und will ich mich in meiner Verzweiflung nicht aufhalten. Hier gibt es eine eindeutige Spur. Der werde ich unverzüglich nachgehen. Und schon bin ich in der Küche.

Eigentlich hatte ich die Tür als Fluchtmöglichkeit offen stehen lassen wollen, aber sie schwingt von selbst wieder zu. Geistesgegenwärtig kann ich gerade noch verhindern, dass sie laut ins Schloss fällt.

Nach dem leisen Klicken bleibe ich einen Moment neben der Tür stehen und lausche angestrengt in die Stille hinein. Als ich meinen Atem wieder entlasse, kann ich ihn sehen. Ich wundere mich über die Kälte. Bei meinen anderen beiden Besuchen hier war mir die gleiche Hitze entgegengeschlagen, die sich die meisten Eifeler in dieser Jahreszeit in ihren Wohnräumen gönnen. Weihnachtsfeiern bei Jupp und Hein halte ich nur im Sommerkleid aus. In diesem Landstrich muss schließlich viel Holz verheizt werden, denn nur durch anhaltendes winterliches Schwitzen kann man der Monokultur der Fichtenwälder entgegentreten.

Ich ziehe meine Gummistiefel aus. Wenn ich schon einbreche, dann sollte ich zumindest keinen Schneematsch auf den hellen Fliesen hinterlassen. Zudem lässt es sich auf Strumpfsocken leiser in einem fremden Haus umherschleichen.

Damit ich die Schuhe bei einer möglichen Flucht schnell ergreifen kann, stelle ich sie auf den Wäschetrockner neben der Tür. Aha, Christine Lambert steigt also nicht mehr auf den Speicher, um Wäsche aufzuhängen.

Der Dachboden wäre ein idealer Zufluchtsort für die Frau, die in zwei Staaten von der Polizei gesucht wird. Nach allem, was ich über sie gehört habe, traue ich Barbara Gordon durchaus die Dreistigkeit zu, sich vorübergehend im Haus des Mannes zu verbergen, den sie erschossen hat.

Sie ist eine gefährliche Frau und obendrein noch bewaffnet. Da sollte ich wenigstens ein Küchenmesser bei mir haben. Ich ziehe die nächstbeste Schublade auf. Nur ungeordneter Krimskrams. Ich schiebe das Fach zu, reiße es aber sofort wieder auf. Richtig, die breite kleine Metallröhre, die unter einem Faltblatt hervorlugt, entpuppt sich als der Lauf einer Pistole. Mit spitzen Fingern nehme ich sie heraus. Sie ähnelt der belgischen Dienstwaffe, die Marcel seit einigen Tagen ständig mit sich herumträgt; allerdings sehen für mich alle Pistolen gleich aus.

Marcel hat mir schon vor Jahren die Bedienung seiner Neun-Millimeter-GP erklären wollen, was ich empört abgelehnt habe. Nie würde ich so ein tödliches Ding in die Hand nehmen! Jetzt rächt sich meine sture pazifistische Grundhaltung.

Keine Ahnung, wie man mit dem Teil umgeht. Irgendwo muss man es entsichern. Und dann irgendwie irgendwas durchziehen, ritsch, ratsch; das zeigen sie doch immer in Filmen. Aber was, wenn die Pistole geladen ist und sich bei meinem Herumfummeln plötzlich ein Schuss löst? Meine Angst vor der unberechenbaren Frau übertrifft allerdings bei Weitem die vor der unberechenbaren Waffe. Also nehme ich sie zur Abschreckung in die Hand. Im extremen Verteidigungsfall muss ich darauf hoffen, sie reflexiv und intuitiv abfeuern zu können.

Ich werfe nur einen kurzen Blick in die Räume des Erd- und Obergeschosses, wo es kaum wärmer als in der Küche ist, und erklimme dann die steile Holztreppe zum Dachboden. Die Pistole lege ich auf der obersten Stufe ab, stemme dann beide Hände gegen die Luke und stoße sie mit einem enormen Ruck auf. Polternd fällt sie nach hinten. Sofort greife ich wieder nach meiner Waffe und rutsche mit ihr hastig die Treppe runter. Ich werde mich doch von oben nicht einfach abknallen lassen!

Lange Zeit bleibe ich im Schutz der Treppe stehen.

Es rührt sich nichts.

»Sie steckt da oben«, rufe ich laut, greife zu einem Holzhocker und werfe ihn die Treppe hinunter. Ich warte, bis das Gepolter verklungen ist, eile dann selbst nach unten, stecke mir die Pistole in die Jackentasche, nehme den Schemel in beide Hände und mache mit ihm und meinen eigenen Strumpffüßen auf den Holzstufen einen Lärm, der hoffentlich so klingt, als erstürmten mehrere Polizisten die Treppe.

Immer noch nichts.

Zu meiner eigenen Beruhigung öffne ich eine Tür im Obergeschoss und lasse sie wieder zuknallen, während ich mit dem Hockerkissen unterm Arm wieder rasch die steile Treppe zum Speicher hinaufhusche. Oben angekommen hebe ich das Hockerkissen wie einen Cowboyhut durch die Luke. Als der erwartete Schuss ausbleibt, stecke ich todesmutig meinen Kopf hindurch. Danach meinen ganzen Körper. Ich bin völlig außer Atem – und allein.

Ein Speicher, so verlassen, vollgerümpelt und eingestaubt wie jeder andere. Nirgendwo hat es sich jemand gemütlich gemacht oder auch nur einen Abdruck im Staub hinterlassen. Hier oben ist schon lange kein Mensch mehr gewesen.

Zwischen Erleichterung und Enttäuschung schwankend gehe ich wieder ganz nach unten.

Bleibt nur noch der Keller.

Die Tür ist von außen verschlossen. Ich drehe den Schlüssel um, knipse das Licht an und lausche wieder in eine gespenstische Stille hinein. Diesmal verzichte ich darauf, einen Gegenstand hinunterzuwerfen. Ich erwarte nicht, Barbara Gordon da anzutreffen, wo ständig nach der Heizung geschaut wird. Ohne große Angst gehe ich mit der Pistole in der Hand die Treppe hinunter, will mir nur der Vollständigkeit halber auch die Kellerräume ansehen.

Dazu komme ich nicht.

Ich kann nicht schreien. Dafür ist der Schreck zu groß. Nie zuvor hat mich jemand aus so großer Höhe angesprungen und zu Boden geworfen. Ein Gewicht liegt auf mir. Die Pistole ist mir bei dem Angriff aus der Hand gefallen und über den Kellerboden geschlittert.

Ich bekomme keine Luft mehr und schließe die Augen. Gleich werde ich tot sein.

»Katja!«

Wo kommt Marcels Stimme her? Bin ich jetzt gestorben und im Jenseits mit ihm vereint? Wieso schmerzt mir dann jeder Knochen?

»Katja! Dschiss noch en kier!«

Verdammt noch mal.

»Tut mir so leid! Ich dachte, *sie* ist es.«

Das Gewicht hebt sich von meinem Rücken. Ich öffne die Augen und sehe als Erstes eine große Tiefkühltruhe neben dem Treppenabsatz. Von der muss Marcel auf mich herabgesprungen sein. Gegenüber befindet sich ein stabiler Holzverschlag, hinter dem Wein gelagert wird. Der Inhalt von mindestens einer Flasche hat sich auf den Kellerboden ausgebreitet. An der offenen Tür des Verschlags baumelt ein Vorhängeschloss.

»Vorsicht, Glas«, sagt Marcel, als er mir beim Aufrichten hilft. Er meint nicht mich, sondern die unzähligen Scherben, mit denen der Kellerboden übersät ist.

Mein Rücken lehnt jetzt an der Tiefkühltruhe. Marcel setzt sich neben mich auf den Boden und legt mir einen Arm um die Schulter.

»Habe ich dir wehgetan, mein Mädchen?« Er nickt zu einer Rotweinflasche, die über den Fußboden gerollt und an einem Scherbenhaufen zum Stillstand gekommen ist. »Fast hätte ich dir die auch noch übergebraten!«

Da habe ich ja noch mal Glück gehabt.

Ich schließe kurz die Augen und taste mich dann ab. Zum Glück bin ich gut gepolstert. Nichts scheint gebrochen zu sein. Mit blauen Flecken kann ich leben.

»Barbara Gordon«, sage ich, tief ausatmend. »Hier also hat sie dich eingesperrt!«

»Mais, nee! Nicht Barbara Gordon. Christine Lambert. Und Claire Maraite. Die waren das.«

»Was?«

»Wir müssen Barbara Gordon finden. Sehr schnell, sonst stirbt sie!«

Was redet er da für einen Unsinn? Barbara ist doch die Unsterbliche. Claire und Christine haben mit der Sekte gar nichts zu tun. Es gibt nur eine Hexe, keine drei wie bei Macbeth.

Aber woher soll Marcel das wissen? Er hat ja die ganze Zeit in seinem Verlies gesteckt.

»Christine und Claire?«, frage ich verstört. »Warum? Das ergibt doch keinen Sinn.«

»En tee, das tut es. Einen ganz bösen Sinn. Erzähl ich dir später. Wir müssen direkt los. Ist dein Wagen hier? Kannst du aufstehen?«

Ich schüttele den Kopf.

»Sitzen bleiben«, murmele ich. »Und du musst deinen Leuten Bescheid geben.«

»Kein Handy«, sagt er. Ich will ihm meins reichen, aber er ist aufgestanden und tappt durch die Glasscherben vorsichtig zur Pistole hin.

»Meine Dienstwaffe. Gott sei Dank.«

Ich tippe die Nummer seiner Dienststelle in mein Handy, aber im Keller gibt es kein Netz. Mühsam rappele ich mich auf. Marcel will mich nicht auf allen vieren die Kellertreppe raufkrauchen lassen.

»Versuch zuerst mal aufzustehen. Ich helfe dir.«

»Warum?«, hake ich noch mal nach, als wir uns gemeinsam daranmachen, meine zwei Zentner in die Senkrechte zu bringen. »Warum sollte Babette sterben?«

»Für die anderen zu retten«, bringt Marcel keuchend hervor. »Himmel, bist du schwer! Du solltest vielleicht doch mal ein bisschen abholen. Die Leute in der Sekte ...«

»Wir haben sie gefunden, und sie sind gerettet«, kläre ich ihn auf.

»Wie, gerettet?«, kommt es gedämpft von irgendwo unter meinem linken Oberarm. »Vom Glauben abgefallen?«

»Das weiß ich nicht, nur dass sie jetzt alle im Krankenhaus sind.«

»Reicht nicht«, stöhnt er, als er mir die erste Stufe hinaufhilft. »Frau Lambert sagt, die werden erst bekehrt, wenn sie selbst sehen, dass Babette verhungert ist. Dass sie ihnen was vorgelogen hat. Dass sie immer noch einen Stoffwechsel hatte und essen musste, um leben zu bleiben.«

Ich bleibe erschrocken stehen.

»Weiter!«, fordert er mich auf. »Nächste Stufe. Wir schaffen das!«

Ich rühre mich nicht vom Fleck.

»Nur zusammen«, sage ich und lehne mich gegen die Wand. »Habe ich das richtig verstanden? Christine und Claire haben Barbara Gordon in ihrer Gewalt und wollen sie verhungern lassen, damit die Sippe erlöst wird?«

»*Sippe*. Genau das sagte Babette auch.«

»Du hast mit ihr gesprochen?«

»Gestern. Aber nur ein bisschen. Heute war sie schon zu schwach dafür. Die Frauen haben sie vorhin weggebracht, Katja, wir müssen sie finden!«

»Und wo sollen wir suchen?«

»Irgendwo im Wald bei der Kehr. So viel habe ich mitbekommen. Wir müssen das Auto von Christine finden. Vielleicht sind sie ja noch da. Mensch, Katja, jetzt mach dich doch nicht so schwer!«

»Ich *bin* schwer«, murmele ich, dankbar für seine beiden Hände, die meine Mitte zwar nicht nach oben schieben, sie aber doch einigermaßen stabilisieren können.

»Bei der Kehr«, wiederhole ich nachdenklich. »Auf den Hof der Sippe am Losheimer Landgraben bringen sie die Frau bestimmt nicht zurück. Das wäre kontraproduktiv. Außerdem wimmelt es da jetzt von Polizisten.«

Endlich haben wir den Aufstieg in den netzempfangsbereiten Wohnbereich des Untergeschosses geschafft. Erschöpft lasse ich mich auf einen Stuhl neben der Tür fallen.

»Ruf jetzt deine Dienststelle an und melde dich zurück!« Wieder halte ich Marcel mein Handy hin. Und erschrecke entsetzlich, als es plötzlich klingelt.

»Marcel ist wieder da!«, schreie ich ins Telefon, immer noch mit dem Gedanken bei der Polizeizone Eifel. »Kommt sofort zu Frau Lambert nach Atzerath!«

»Katja?«, fragt Roberts Stimme. »Was redest du da? Was ist bei euch bloß los? Und wer ist dieser Mann, der bei Bianca übernachtet? Gudrun hat mich ganz aufgeregt angerufen.«

»Der Mann heißt Tillmanns und ist o.k. Ich kann jetzt nicht, Robert, sorry!«, sage ich und hänge ihn ab.

»Tillmanns?«, fragt Marcel.

Ich starre ihn an.

»Tillmanns!«

»Ja, das habe ich verstanden, Katja. Wer ist das? Was ist mit dem?«

»Der Bunker!«

»Was für ein Bunker?«

»Der auf der Kehr. Der bewohnbare Bunker. Wir fahren sofort hin. Erzähl ich dir unterwegs.« Zum dritten Mal halte ich ihm mein Handy unter die Nase. »Aber nur, wenn du deinen Leuten sagst, dass du in Sicherheit bist. Ich will keinen Ärger mit der belgischen Polizei!«

Den wird der belgische Polizeiinspektor später bekommen. Weil er sich nicht nach der dienstlichen Anordnung richtet, hier auf seine Kollegen zu warten, damit sie seine Aussage aufnehmen können. Und weil er die Tür des Pfarrhauses sperrangelweit offen stehen lässt, als wir zu meinem Auto eilen.

»Du bist geschwächt«, sage ich, als er sich ans Steuer setzen will.

»Bin ich nicht«, entgegnet er. »Mir haben sie Essen und Trinken gegeben. Und was meinst du, wie viel Bewegung ich gehabt habe, für mich aus dem Weinkäfig zu befreien!«

»Wohl bekomm's.« Ich werfe ihm den Autoschlüssel zu. »Aber dann erzähl mir jetzt auch alles. Nun leg schon los!«

Für seinen offiziellen Bericht wird Marcel an der Chronologie noch arbeiten müssen – aber mit den Hintergrundinformationen, die ich seinen Kollegen voraushabe, kann ich ihm mühelos folgen.

Und doch komme ich aus dem Staunen nicht mehr heraus.

»Barbara Gordon wusste also, dass sich Claire und Christine zusammengetan haben, um sie zur Strecke zu bringen?«

»Ja. Deshalb hat sie das Pfarrhaus in Atzerath beobachtet und ist Claire Maraite gefolgt, als die am Samstag von da aus zu dir auf die Kehr gefahren ist, für herauszufinden, was genau mit Lambert passiert ist, und uns auf die erste Spur zu bringen.«

Nach dem misslungenen Anschlag zwischen Hergersberg und Berterath fuhr Barbara Gordon nach Atzerath weiter, um Christine Lambert auszuschalten. Die allerdings hatte auf Claire gewartet und muss misstrauisch geworden sein, als sie den lädierten schwarzen Kastenwagen vorfahren sah.

Wie es ihr gelang, Barbara zu überwältigen, weiß Marcel nicht, nur, dass sie die Frau die Kellertreppe hinuntergestoßen und dann an ein Heizungsrohr neben der Tiefkühltruhe gekettet hat.

»Am Samstagabend?«, frage ich ungläubig. »Gleich nach dem Anschlag? Dann steckte Barbara Gordon schon im Keller, als wir am Sonntag oben bei Christine Lambert Kaffee getrunken haben?«

»Genau.«

»Deshalb hat sie uns wieder rausgeschmissen ...«

»Weißt ja, Katja, so schnell gebe ich nicht auf«, sagt Marcel grimmig.

Er klingelte Montagnachmittag wieder beim einstigen Pfarrhaus an. Niemand öffnete. Klopfen und Rufen halfen auch nicht. Doch Christine Lamberts Wagen stand vor der Tür – also mussten die Frauen im Haus sein. Zu Fuß geht kein Eifeler irgendwohin.

Höchst alarmiert schlich Marcel ums Haus. Waren ihm die Attentäter etwa zuvorgekommen? An der Hintertür fackelte er nicht lang. Er schlug sie ein und betrat mit gezückter Pistole das Haus.

Die Kellertür stand weit offen. Er machte sich gerade dran runterzugehen, als eine völlig verstörte Christine Lambert am Fuß der Treppe erschien. Sie legte einen Finger auf die Lippen und huschte nach oben.

»Helfen Sie uns!«, flüsterte sie ihm zu. »Babette ist da unten! Sie will Claire töten!«

Marcel bedeutete ihr, oben zu bleiben, und begann, die Kellertreppe hinabzuschleichen. Nach nur wenigen Stufen erhielt er einen wuchtigen Stoß in den Rücken.

»Mit einem Angriff von hinten hatte ich überhaupt nicht gerechnet!«

»Ich auch nicht«, gebe ich zurück und fasse mir an den Kopf, der immer noch brummt. »Weiter!«

Er stieß sich seinen Kopf an einer Ecke der Tiefkühltruhe und blieb benommen neben der an das Heizungsrohr angeketteten Barbara Gordon liegen. Da mussten ihm Claire und Christine sein Handy abgenommen haben.

Ich erzähle Marcel von der verräterischen Sims. »Die hat ganz bestimmt Claire eingetippt!«

»Du meinst, weil sie jünger ist und sich mit dem elektronischen Zeugs besser auskennt?«

»Nein. Erinnerst du dich, wie sie sagte, dass ihr Barbara Gordon in Schottland vernünftiges Deutsch eingetrichtert hat?«

»Was ist unvernünftig an *für zu*?«

»Dass Claire es nicht verwendet hat.«

Bei seinem Sturz war ihm die Pistole – wie mir später ja auch – aus der Hand geflogen. Die Frauen schleppten den benommenen Polizeiinspektor in den Verschlag des Weinkellers gegenüber der Tiefkühltruhe und schlossen ab. Als Marcel wieder zu sich kam, standen neben ihm sechs große Wasserflaschen, jede Menge Kekse und ein Teller mit warmem Chicoréeauflauf.

»Konntest du das Vorhängeschloss mit dem Messer knacken?«, frage ich.

»Die hatten den Chicorée klein geschnitten und mir nur einen Plastiklöffel gegeben, da war nichts zu machen. Aber ich hatte ja den Wein.«

»Du hast dich volllaufen lassen?«

»Nur einen kleinen Schluck genommen. Guter Wein, war schade, den Rest auszuschütten. Aber ich musste nüchtern bleiben. Und ich brauchte eine Scherbe ...« Er sieht mich von der Seite her an, »für das Holz ums Schloss abzukratzen, für die Schrauben zu lösen. Aber was ist mit dem Bunker, und wer ist dieser Tillmanns?«

»Der Bunker ist eine Hoffnung, und Herr Tillmanns ist ein Pfarrer. Hoffentlich steckt er noch bei Bianca.«

Wie nur haben die Menschen Kriminalfälle gelöst, als es noch keine Handys gab?

Bianca verspricht, Pastor Tillmanns von den Schafen loszueisen, ihn sofort zur *Einkehr* zu fahren und dort auf uns zu warten.

»Ein wunderbares Mädchen«, sage ich, als ich auflege. »Sie macht, was man ihr aufträgt, und stellt keine lästigen Fragen.«

»Fragen stellende Mädchen können auch wunderbar sein«, sagt er leise. »Und lästig.« Er drückt mir den Oberschenkel.

»Au!«

»Entschuldigung. Ich werde jeden blauen Fleck küssen. Später.«

Barbara Gordon flehte Marcel an, ihr von seinem Wasser abzugeben, aber so platt er die Flaschen auch drückte, keine passte unter den Türspalt des Holzverschlags. Und als es ihm endlich gelungen war, sich mithilfe einer Glasscherbe daraus zu befreien, hatten Claire und Christine ihre Geisel schon weggeschafft.

»Hast du schon mal versucht, mit Wasser durch ein Gitter zu werfen?«, fragt er mich. »Drei Flaschen waren in null Komma nix leer, aber bei ihr ist nichts angekommen. Die arme Frau.«

»Die arme Frau hat mindestens einen Menschen umgebracht, schon vergessen?«

»Ich dachte, du bist auf ihrer Seite.«

»Bin eben lernfähig. Wie hat sie eigentlich mit Pastor Lambert Kontakt aufgenommen?«

Es war umgekehrt. Der Pastor hat sich über das Handy von Christine mit seiner einstigen Verbündeten verabredet, um auf sie einzuwirken. Den Kontakt zu seiner Schwester hatte er gleich nach seinem Ausstieg aus der Sippe wieder aufgenommen und sie um Hilfe bei seiner Mission der Bekehrung gebeten. Es habe keinen Sinn, zur Polizei oder einer anderen amtlichen Stelle zu gehen, hatte er ihr gesagt; schließlich handelte es sich um erwachsene Menschen, die sich nicht strafbar gemacht hätten. Und nur er könne die Leute, die er so gut kennengelernt habe, nach und nach von ihrem Irrweg abbringen. Diese Prüfung habe ihm Gott als Buße auferlegt. Erst danach könne er wieder in den Schoß der katholischen Kirche zurückkehren.

»Hat er nun was mit Barbara gehabt oder nicht?«

»Das konnte ich doch seine Schwester nicht fragen.«

»Aber Barbara Gordon.«

»Die habe ich das auch nicht gefragt.« Er seufzt. »Zu Pastor Lambert passt eher ein Spruch von Einstein.«

»Schon wieder Einstein! Was hat er diesmal gesagt?«

»*Am Anfang gehören alle Gedanken der Liebe. Später gehört dann alle Liebe den Gedanken.*«

»Als ob es keine alten Böcke gäbe! Wetten, dass Mrs Gordon immer noch scharf auf den Typ gewesen ist?«

»Ich mag es nicht, wenn du so sprichst. Außerdem spielt das für den Fall keine Rolle.«

»Natürlich tut es das! Mord aus Leidenschaft ist das Motiv!«

»Ist es nicht.«

»Was dann?«

»Sie hat einen Verräter hingerichtet, sagt sie. Eiskalt. Ohne Gefühl. Ganz anders als Christine Lambert. Die handelt aus Leidenschaft.«

»Sie leidet unter dem Tod ihres Bruders.«

»Genau. Und gibt sich selbst die Schuld. Wenn sie ihn bei seiner Sache nicht unterstützt, rumgefahren und versorgt hätte, würde er noch leben.«

»Die beiden Frauen in Hergersberg wahrscheinlich auch.«

»Nein, die haben sich umgebracht, weil sie keine überzeugende Alternative zu ihrem Leben bei der Sippe finden konnten.«

»Sie haben das Sterben vorgezogen, weil sie nicht mehr für immer leben konnten?«

»Ja, so was Ähnliches. Sie hatten Glaube, Liebe und Hoffnung verloren.«

»Und der Pastor ist gescheitert, als er ihnen das klassische Modell wieder anbieten wollte? War er deshalb bei ihnen? Oder haben sie ihn zur Letzten Ölung gerufen?«

»Das ist nicht komisch, Katja.«

»War auch nicht so gemeint. Ich dachte nur, vielleicht wollten sie sich kurz vor dem finalen Schritt sicherheitshalber doch noch einer Gnade versichern ...«

»Dann hätten sie sich nicht umgebracht. Selbstmord ist eine Sünde.«

Marcels katholische Prägung ist durch nichts kleinzukriegen.

»Was Volker Maraite wahrscheinlich wenig geschert hat. Weshalb war Lambert bei ihm? Wie ist er nach Eupen gekommen?«

»Seine Schwester hat ihn gefahren. Ein letzter Versuch, für den Mann umzustimmen. Vergeblich, wie wir wissen.«

»Und was sagt Claire dazu?«

»Nichts. Ich habe sie vorhin erst wiedergesehen, als sie Frau Lambert geholfen hat, Babette wegzuschleppen. Sie ist nie in den Keller gekommen.«

Christine Lambert hingegen saß viele Stunden auf der Tiefkühltruhe, um Marcel ihr Anliegen detailliert zu erklären. Wortreich entschuldigte sie sich immer wieder für seine bedauerliche jetzige Lage, aber es sei ihr nun mal nichts anderes übriggeblieben, als ihn kurzzeitig aus dem Verkehr zu ziehen. Sie müsse das Vermächtnis ihres Bruders erfüllen. Da sie aber keinen Zugang zu Babettes Jüngern hätte, war ihr und Claire die Idee mit dem Verdursten und Verhungern gekommen. Erst wenn die Leute selbst sahen, wie sterblich ihre Ikone doch war, würden sie zur Vernunft kommen und zu einem normalen Leben zurückfinden können.

»Christine hat diese Leute nicht gesehen, Marcel, und du auch nicht; zwei Tage ohne ihre Chefin und schon waren die so hinüber, dass sie nichts mehr wahrgenommen hätten.«

»Ich habe gesehen, wie ein Mensch am Verdursten war«, entgegnet er ernst. »Das war furchtbar. Wir müssen Babette unbedingt ganz schnell finden.«

»Samstagabend«, rechne ich nach. »Jetzt haben wir Dienstagmittag. Sie wird ziemlich dehydriert sein, ist aber bestimmt noch am Leben.«

Neben Bianca und Linus winkt uns Tillmanns fröhlich von den Stufen der *Einkehr* zu.

»Steigen Sie ein«, fordere ich ihn auf. »Nein, Bianca, du nicht. Kümmere dich bitte um Linus. Und sag Gudrun, sie soll für heute Abend einen Chicoréeauflauf machen.«

»Okay«, säuselt sie und tanzt ins Restaurant zurück.

»Chicoréeauflauf?« Marcel ist entsetzt.

»Fiel mir grad ein. Irgendwas muss Gudrun schließlich kochen. Warum nicht Chicoréeauflauf?«

»Nicht für mich. Ess ich nie wieder.«

Ich streichele seine Schulter.

»Für dich gibt's Steak und Fritten. Oder Rührei mit Speck.«

Auf der Rückbank legt sich Tillmanns den Sitzgurt um.

»Wie kann ich Ihnen helfen?«

Rasch stelle ich die beiden Männer einander vor.

»Wir müssen zu dem Bunker fahren, wo Sie eigentlich übernachten wollten«, kläre ich ihn auf.

»Aber der ist doch abgeschlossen«, erklärt er überrascht. »Deswegen bin ich ja zu Ihnen ins Restaurant gekommen. Wenn der Eremit ungestört bleiben will, dürfen wir ihn keinesfalls belästigen. Das musste ich dem Kollegen auf dem Kirchentag versprechen.«

»Welcher Eremit?«, fragt Marcel.

»Na, der, der im Bunker wohnt! Wie er heißt, weiß ich nicht. Ein sehr eigensinniger Bruder, hat mir der Kollege auf dem Kirchentag gesagt.«

»Nu die dschü!«

»Au nom de dieu«, übersetze ich laut Marcels Ausruf, nachdem ich mich selbst vom Schock dieser Information erholt habe.

»Stimmt«, fährt Tillmanns fort, »in Gottes Namen hat sich dieser Mann vor der Welt zurückgezogen. Er duldet nur Besuche von Amtsbrüdern, ganz gleich, welcher Fraktion.«

Jetzt zweifele ich nicht mehr daran, dass wir Barbara Gordon in genau dem Bunker finden werden, von dem aus Jean-Marie Lambert am Donnerstagabend in die *Einkehr* gestapft sein muss. Alle Pastoren unterliegen der Schweigepflicht.

Und der Bunker befindet sich auf deutscher Seite. In ihm hätte sich der seit fünf Jahren vermisste belgische Pastor wahrscheinlich wirklich fast ein Jahr lang – von der Schwester versorgt – heimlich aufhalten können.

So viel Betrieb dürfte es auf dem Einödhof am Losheimer Landgraben noch nie gegeben haben. Alles mit rot-weißen Bändern abgesperrt und voller Polizei. Marcel gibt Gas. Klar, der Belgier will nicht erkannt werden, wenn er auf dem Terrain der deutschen Kollegen wildert.

Tillmanns fordert ihn auf, einen Feldweg rechts neben einer Ansammlung von Höckersteinen reinzufahren.

»Aber mit dem Auto werden Sie da nicht weit kommen.«

Marcel deutet auf die beiden tiefen Rillen vor uns.

»Was der andere Wagen geschafft hat, schaffen wir schon lange«, erklärt er und rumpelt so lange durch den tiefen Schnee, bis es wirklich nicht mehr weitergeht. Der andere Wagen, sicherlich der von Christine Lambert, hat schon vorher aufgeben müssen. Die Stelle, wo seine Fracht abgeladen wurde, ist ebenso deutlich zu erkennen wie die Schleifspuren, denen wir schweigend zu Fuß folgen. Tief atme ich die saubere Luft dieses ersten sonnigen Wintertages seit Langem ein. Träge drehen sich die Windräder auf den Hügeln zur Linken in Rheinland-Pfalz; rechts glitzert der Schnee auf Fichten und Gestrüpp in Nordrhein-Westfalen.

Die Schleifspuren verlassen den Feldweg, führen in den Wald hinein, um einen bewachsenen Erdhügel herum und enden an einer Stahltür.

»Nanu«, sagt Tillmanns, als er am Knauf dreht. »Nicht abgeschlossen!«

Marcel bedeutet ihm, zur Seite zu gehen, und stößt die Tür auf.

»Halt!«, kommt Christine Lamberts Stimme von innen. »Keinen Schritt weiter, Herr Polizeiinspektor. Wenn Sie hier reinkommen, muss ich Sie erschießen. Ich habe Babettes Pistole.«

»Geben Sie auf, Frau Lambert«, sagt Marcel.

»Nicht jetzt, so kurz vorm Ziel!« Sie lacht bitter. »So schnell habe ich Sie hier nicht erwartet. Aber das wird Babette auch nicht mehr helfen.«

»Gewalt ist keine Lösung«, tönt Tillmanns, der überhaupt nicht weiß, was hier geschieht. »Vielleicht könnte ich vermitteln?«

Über Marcels Schulter blicke ich in einen tiefschwarzen Raum.

»Lassen Sie uns vernünftig miteinander reden, Frau Lambert«, sagt Marcel.

Reden? Wohin soll das führen? In seinem Verlies hat er doch schon stundenlang vergeblich auf sie eingeredet, alle denkbaren Argumente angeführt, um sie von ihrem Vorhaben abzubringen. Warum sollte sie jetzt auf ihn hören? Im Schutz der Dunkelheit mit der Pistole in der Hand? Reden hat in dieser Geschichte fast immer ein böses Ende genommen. Also Schluss mit den Diskussionen.

Mir tun die Knochen weh, und mein Kopf brummt immer noch. Ich habe keinen Plan, weiß nicht, wo das hinführen wird, was ich gleich tun werde. Ich weiß nur, dass ich es nicht ertragen kann, mir hier an der Bunkertür noch weitere Reden anzuhören.

»Jetzt sind wir quitt!«, sage ich, als ich Marcel meinen Ellenbogen mit Wucht in die Rippen ramme. Er taumelt zur Seite.

Und ich marschiere in das Dunkel hinein.

Als LETZTES wird mit den Quitten die Quittung gereicht

Chutney aus Quitten herstellen: braunen Zucker und Portwein aufkochen, Quittenstücke darin weich kochen, Apfelessig und fein gehackte Zwiebeln hinzufügen, bis alles weich ist; danach getrocknete Cranberrys, Chili, Ingwer, helle Senfkörner, Koriander und Zimt darunterheben; dazu wird Gegrilltes gereicht

Mein Marsch ist nach einem halben Schritt zu Ende.

Es sind nur drei Stufen, die ich in die Tiefe stürze, aber als ich unten auf dem Beton aufknalle, scheint mir mein Oberarm abhandengekommen zu sein; nur noch Haut und Fleisch verbinden ihn mit meinem Körper. Seltsamerweise verspüre ich keinerlei Schmerz.

Marcel muss auch vergessen haben, dass es bei Personenbunkern meistens gleich nach unten geht. Er landet zum zweiten Mal an diesem Tag auf mir. Diesmal hilft keine Polsterung. Jetzt durchschießt mich ein schier unerträglicher Schmerz. Mein eigener Schrei gellt mir in den Ohren.

Neonlicht geht an.

»Mein Gott!«

Herr Tillmanns zieht die Hand vom Schalter neben der Bunkertür und starrt entsetzt zu mir herab.

»Machen Sie das Licht wieder aus«, höre ich Christine Lamberts Stimme. »Das vertragen wir jetzt nicht.«

Rasch wende ich den Kopf.

Die zierliche Pastorenschwester verschwindet fast in einem riesigen belgischen Ohrensessel, der dem Eingang zugewandt ist. Sie knipst die altmodische Stehlampe mit den langen Troddeln neben sich an und legt den Gegenstand, den sie in der Hand gehalten hat, neben die Wasserflasche auf dem gedrechselten Tischchen an ihrer Seite ab. Keine Waffe, sondern ein I-Pad.

Marcels Pistole ist ihr vor die Füße gefallen. Er hechtet danach, doch Christine Lambert ist schneller. Sie beugt sich vor und greift die Waffe.

Marcel rafft sich auf und bleibt vor ihr stehen.

»Sie sollten das unbedingt trainieren, Herr Polizeiinspektor, mal die Treppe runterfallen, ohne gleich Ihre Pistole zu verlieren.«

Sie fasst die Waffe am Lauf und hält sie ihm hin.

»Rufen Sie schon Ihre Kollegen! Frau Klein muss versorgt werden! Der Arm sieht gebrochen aus. Und Sie da oben, mein Herr, machen Sie doch bitte die grelle Beleuchtung wieder aus.«

Herr Tillmanns gehorcht.

Plötzlich ist der Raum in angenehm gedämpftes Licht getaucht. Wäre er nicht fensterlos, würde er wie ein ganz normales belgisches Wohnzimmer aussehen.

Tillmanns eilt die Stufen hinunter. Ich wehre ab, als er mir aufhelfen will. »Jemand anderes braucht Sie dringender!«

»Wo ist Babette?«, fährt Marcel die zierliche Gestalt im Mammutsessel an.

Ohne sich weiter zu rühren, deutet Frau Lambert mit dem Daumen zu dem Paravent hinter sich.

»In Jean-Maries Bett. Da, wo sie immer hinwollte. Schon als Kind.«

Marcel steckt die Pistole weg, schnappt sich die Wasserflasche vom Tischchen und verschwindet hinter dem Raumteiler.

Der freikirchliche Pastor stiefelt hinterher und murmelt vor sich hin: »Das gibt's doch nicht. Ein Eremit mit zwei Frauen ...«

»Wer ist das denn?« Christine Lambert zeigt sich so indigniert, als wäre ein Fremder in ein Kaffeekränzchen hereingeplatzt, ohne sich vorzustellen.

»Pastor Tillmanns.« Ich rappele mich mühsam auf, schleppe mich zu der riesigen Ledercouch an ihrer Seite und lasse mich vorsichtig darauf nieder. Dafür, dass mein rechter Arm nicht mehr zu meinem Körper gehört, schmerzt er höllisch.

»Ein Priester? Etwa für die Letzte Ölung? Dafür ist es leider noch zu früh.« Christine hebt die Schultern. »Aber ich habe den Beweis erbracht. Die Frau ist sterblich.«

Unverständliches Geflüster hinter der Abtrennung. Wie Marcel Herrn Tillmanns die Lage im Schnelldurchlauf verständlich machen will, ist mir rätselhaft. Aber Pastoren sind Kummer gewohnt. Und dass er spontan Schäfchen retten und mit Ungeheuern umgehen kann, hat Tillmanns ja bereits eindrucksvoll bewiesen.

»Nur den Mund nass machen; sie soll noch nicht trinken«, ruft Marcel ihm zu und sprintet gleich danach an uns vorbei zum Bunkerausgang. Klar, hier unten sind Handys nutzlos.

An der Treppe dreht er sich zu Christine Lambert um.

»Wo ist Babettes Pistole?«

»Die hat Claire. Sie wird die brauchen können, da, wo sie jetzt gebraucht wird.«

»Wo ist das? Wo ist Frau Maraite?«

»Ihrem Zugriff entzogen, Herr Polizeiinspektor. Sie dürfen sich an mir rächen und mich einsperren. Auge um Auge, so steht es doch geschrieben, nicht wahr, Herr Pastor?«

Die letzten Worte richtet sie lauter an den Paravent.

Von dahinter tönt es vorwurfsvoll: »Die Rache ist mein, spricht der Herr.«

»Und ich bin sein Werkzeug«, entgegnet Christine Lambert gelassen. Sie steht auf, zieht sich den Seidenschal vom Hals und beugt sich zu mir hin. Ich versuche, sie mit meiner linken Hand abzuwehren, und sinke tiefer in das Lederpolster hinein.

»Beugen Sie sich lieber vor, Frau Klein, damit ich Ihnen das Tuch um den Nacken legen kann.«

Mir muss der Schreck ins Gesicht geschrieben sein.

»Eine Schlinge machen, meine Liebe, damit der Arm einigermaßen stabilisiert ist, bis Hilfe da ist. Ein Dreieckstuch wäre besser, aber das hier geht auch.«

Viel Zeit bleibt uns nicht, bis Marcels deutsche Kollegen vom Sippenhof ausgeschwärmt und im Bunker angekommen sein werden. Hinter dem Raumteiler benetzt Herr Tillmanns Babettes Lippen. Er spricht ruhig auf die Frau ein, von der nur leichtes Stöhnen und abgehackte Worte zu vernehmen sind. Der Mann scheint wirklich für extreme Situationen geschaffen zu sein. Babette klingt, als sei sie bei Bewusstsein.

Deshalb wohl hat Christine jetzt ihre Stimme erhoben. Die hinter uns verdurstende Frau soll hören, was sie mir zu sagen hat, während sie mich so fachgerecht wie möglich verarztet.

»Mein Bruder ist in Versuchung geführt worden«, sagt sie. »Aber nicht von Babettes Körper und auch nicht von ihrem Kopf, wie sie so gern glauben möchte.«

»Von was dann?«, frage ich.

»Von ihren Dämonen.«

Diese Dämonen, führt Christine Lambert aus, hätten Babette erst dazu gebracht, ihr Elternhaus anzuzünden und dann die Sünde ins Pfarrhaus zu bringen.

»Sie ist vom Bösen besessen, Frau Klein! Mein Bruder hätte ihr die Dämonen austreiben sollen ...«

»Exorzismus?«, werfe ich entgeistert ein.

»Nicht der Quatsch, den Sie aus dem Fernsehen kennen«, empört sich Christine. »Das ist eine ganz reale Sache und sehr nützlich, wenn man besessen ist. Aber mein Bruder wollte nichts davon wissen. Er glaubte nicht an Dämonen. Hatte Mitleid mit dem Mädchen, obwohl er wusste, was sie getan hat. Er werde der armen Seele helfen, sie heilen, sagte er, ihrem Verstand das Herz zurückgeben, auf dass sie damit später Gott und den Menschen dienen könne.«

Er war auf der ganzen Linie gescheitert.

»Babette hat kein Herz. Hat nie eins gehabt. Sie ist böse geboren worden und böse geblieben. Ihre Dämonen haben sie zurückgeschickt, für meinen Bruder zu vernichten. Weil es ihnen damals nicht gelungen ist, ihn vom Weg abzubringen. Nicht mal, als sich Babette nackt zu ihm ins Bett gelegt hat.«

Von diesem Vorfall erfuhr Christine Lambert allerdings erst Jahrzehnte später. Als sich ihr vermisster Bruder wieder bei ihr gemeldet und sie um Hilfe gebeten hat. Da waren dann einige Erklärungen fällig.

Zum Beispiel die, wer die schöne Fremde war, die ihn vier Jahre zuvor aufgesucht hatte. Nie und nimmer hätte Christine in ihr Babette vermutet.

»Die Dämonen haben ganze Arbeit geleistet.«

Meinen Einwurf, dies habe wohl eher Hamish Gordon getan, ignoriert sie.

»Sie war gekommen, für ihn zu holen.«

Jean-Marie jedoch habe den Teufel in der Babette-Gestalt nicht erkannt. Er habe geglaubt, Gott schenke ihm eine zweite Chance, jene Aufgabe zu erfüllen, die ihm im ersten Anlauf so viele Jahre zuvor missglückt war. Um das Böse ins Gute umzuwandeln.

»Also hat Babette es geschafft, ihn endlich in ihr Bett zu kriegen?«

»Nein!«, schreit Christine. »Hat sie nicht. Er hat sein Keuschheitsgelübde eingehalten!«

Schwach, aber verständlich meldet sich eine heisere weibliche Stimme hinter dem Paravent: »Hat er nicht.«

Babette behält das letzte Wort. Denn die Bunkertür ist aufgeflogen. Lärmend stürmt der deutsche Polizeitrupp herein, mit David im Schlepptau.

Eine halbe Stunde später

Nach all dem Krach ist die Stille sehr wohltuend.

Pastor Tillmanns, Marcel, David und ich atmen auf den belgischen Polstermöbeln durch und versuchen, mit einem Single Malt, den Marcel in einem Vorratsschrank des Bunkers entdeckt hat, das Bild der zusammengekrümmten entkräfteten Frau mit den brennenden Augen auf der Trage zu exorzieren. Mir genügte ein kurzer Blick auf das Gesicht. Verschmiertes, und verlaufenes Make-up hat es zu einer Fratze verzeichnet, die ich so schnell nicht vergessen werde. Aber es war ohne Zweifel die Frau, die am Donnerstagabend geschossen hat.

Ursprünglich hat mich die deutsche Polizei auch nach Euskirchen mitnehmen wollen, aber dem hat Marcel einen Riegel vorgeschoben. Da ich in Belgien wohne, schwer verletzt sei und zudem im belgischen Fall noch dringend vernommen werden müsse, werde er selbst mich augenblicklich in das Krankenhaus nach St. Vith fahren. Also nahmen seine Euskirchener Kollegen meine Aussage vor Ort auf und mir das Versprechen ab, mich bei ihnen zu melden, falls mir noch etwas einfalle.

Marcel versicherte, seinen Bericht der deutschen Polizei so schnell wie möglich zukommen zu lassen.

Dankbar, nicht mit dieser unheimlichen Frau, die in meinem Restaurant einen Mann erschossen hat, im gleichen Krankenwagen abtransportiert zu werden, gönne ich mir einen ersten kräftigen Schluck.

»Das reicht«, sagt Marcel und nimmt mir das Glas aus der Hand. »Du musst nüchtern operiert werden. Wann hast du das letzte Mal gegessen?«

»Vor Ewigkeiten«, erwidere ich staunend.

»Das hat Barbara auch immer gesagt«, meldet sich David und fleht dann flüsternd Marcel und mich an, ihn mit nach St. Vith zu nehmen.

»Feigling«, sage ich. »Irgendwann wirst du Gudrun wieder unter die Augen treten müssen.«

»Jetzt noch nicht! Bitte!«

Marcel schlägt das I-Pad auf, das Christine Lambert zurückgelassen hat.

»Nanu, das Alte Testament«, sagt er und liest laut vor: »Siehe, ich will deinen Feind in deine Hände geben, dass du mit ihm tust, was dir gefällt.«

»Erstes Buch Samuel«, erklärt Pastor Tillmanns und spricht getragen: »Doch heute kannst du mit eigenen Augen sehen, dass der Herr dich heute in der Höhle in meine Gewalt gegeben hat. Man hat mir gesagt, ich solle dich töten; aber ich habe dich geschont.«

»Sie können die ganze Bibel auswendig?«, frage ich beeindruckt.

»Nein«, sagt er. »Meistens brauche ich eine Vorlage, damit es mir wieder einfällt.«

Marcel schlägt vor, dass wir uns aus der Höhle wieder ins Sonnenlicht begeben.

Freitagmittag

Marcel holt David und mich in meinem Wagen aus dem Krankenhaus ab. Auf der Fahrt zur Kehr leide ich Höllenqualen. Ich verfluche jedes Schlagloch, das dieser Winter in die belgische Fahrbahn gerissen hat.

In meinem rechten Arm steckt ein fünfundzwanzig Zentimeter langer dünner Nagel, auf den meine zertrümmerten Knochenstücke wie auf einer Perlenschnur aufgefädelt worden sind und der in Schulterhöhe verschraubt wurde. Es wird lange dauern, ehe ich wieder ohne Schmerzmittel leben kann.

Davids Feigheit hat sich für mich als Glücksfall herausgestellt. Ohne ihn wäre ich im Krankenhaus wahrscheinlich verdurstet und verhungert. Schwester Kati hat sich nämlich einen Sport daraus gemacht, mir zugeschraubte Mineralwasserflaschen, unzerkleinertes Fleisch, ungeschälte Bananen und Eier in der Schale hinzustellen. Natürlich verpasst sie keine Gelegenheit, Marcel zu erzählen, wie *liebevoll* der Amerikaner mit mir umgehe.

Das sei ihm nur recht, antwortete Marcel, ich sei schließlich zu viel Frau für einen Mann allein.

Tatsächlich hatten wir ein Abkommen getroffen: David durfte bei Marcel in St. Vith wohnen, sollte aber im Gegenzug dafür sorgen, dass es mir im Krankenhaus an nichts fehle. Erst nach meiner Entlassung müsse er sich seiner Vergangenheit, also Gudrun, stellen.

»Vergangenheit«, wiederholt er traurig, als wir durch Atzerath rumpeln.

»Willst du denn wieder zu ihr zurück?«, frage ich überrascht.

»Sie hasst mich.«

»Sie liebt dich.«

»Sie wird mich noch mehr hassen, wenn sie es weiß ... dass ich hier war, ganz nah. Ich kann es ihr nicht erklären.«

»Aber ich«, sagt Marcel grinsend. »Überlass das mir. Ich hab da so eine Idee ...«

Gudruns Besuche haben wir natürlich so getaktet, dass sie David im Krankenhaus nicht über den Weg laufen konnte. Die Freunde auf der Kehr sowie Pastor Tillmanns, der den Wanderstab weggelegt hat, haben sich zu Stillschweigen verpflichtet.

Aber in wenigen Minuten wird die Bombe platzen. Wenn wir zu dritt die *Einkehr* betreten.

Zu einer ganz anderen Art der Einkehr wollte mich wohl Schwester Kati bewegen, als sie den Fernseher auf meinem Zimmer speziell für mein Seelenheil programmierte. Ich konnte nur den Hauskanal des Krankenhauses empfangen, eine äußerst kontemplative Dauersendung: Liveaufnahmen vom Altar der angegliederten Klosterkapelle. Leider war der Ton zu schlecht, als dass ich das Gemurmel der vereinzelten Besucher hätte verstehen können. Als dramaturgisches Highlight kam eine Ordensschwester ins Bild und arrangierte hingebungsvoll das Blumengesteck am Altar.

Schwester Kati wird sich gewundert haben, dass ich kein Wort über ihre Programmauswahl verlor. Aber woher sollte sie auch wissen, dass meine Abendunterhaltung viel spannender war als alles, was die Glotze sonst zu bieten gehabt hätte? David und ich fieberten jeden Abend den Nachrichten entgegen, die uns Marcel mitbrachte.

Wir erfuhren, dass Barbara Gordon außer Lebensgefahr ist und bis zu ihrem Prozess in eine psychiatrische Klinik eingewiesen werden soll. Ihre fünf übrig gebliebenen Adepten sind dort bereits untergekommen.

Christine Lambert sitzt immer noch in Untersuchungshaft. Wegen Fluchtgefahr – schließlich hat sich ihre Komplizin Claire Maraite absetzen können. Christine Lamberts Wagen ist am Flughafen Brüssel abgestellt worden. Auf der Passagierliste eines Flugs nach Paris tauchte zwar der Name Babette Schröder auf, aber danach verliert sich Claires Spur.

»Sie wird in ein anderes Land weitergezogen sein«, meinte Marcel.

»Wo sie Babettes Pistole brauchen könnte«, erinnerte ich ihn. »Klingt nach Krisengebiet.«

Er nickte und berichtete, dass Christine Lambert zahlreiche Hilfsorganisationen in afrikanischen und südamerikanischen Ländern unterstützt habe, die weder mit Belgien noch Deutschland ein Auslieferungsabkommen hätten.

»Aber es wird doch weiter nach Claire gefahndet?«, fragte ich.

»Natürlich, aber man wird sie wahrscheinlich nie finden.«

»Hoffentlich nicht«, sagte ich. »Ist ja auch sinnvoller, wenn sie in der Dritten Welt Alten, Kranken, Behinderten und Verletzten hilft, als in der Ersten im Knast zu versauern. Vermutlich schiebt ihr Christine Lambert jetzt alle Schuld in die Schuhe?«

»Im Gegenteil. Sie entlastet die kleine Maraite, wo sie nur kann. Wollte mich sogar dazu bringen auszusagen, sie hätte mich ganz allein eingesperrt.«

»Warum hast du dich nicht darauf eingelassen?«

»Weil ich korrekt bin.«

Wie schön, immer wieder neue Seiten an meinem Freund zu entdecken.

»Ich fahre über Losheim«, kündigt Marcel in Manderfeld an. »Die Straße ist nicht so holprig wie die über Krewinkel.«

»Danke«, stoße ich aus. Der Schweiß strömt mir übers Gesicht.

»Gleich sind wir da, David.«

»Da, wo Barbara den Pfarrer erschossen hat«, erklärt er finster. »Schrecklich, was Frauen aus Liebeskummer tun können.«

»Hast du Angst vor Gudruns Schrotflinte?«

»Es war kein Liebeskummer«, sagt Marcel.

»Nein, das war es nicht«, bestätige ich. »Babette hat sich für ihr Scheitern gerächt. Die Bekehrung des Jean-Marie Lambert sollte ihr Meisterstück werden.«

»Und ihre Bekehrung seins«, sagt Marcel, als er an der Kreuzung beim Grenzmarkt hält, um einen Holzlaster Richtung Prüm vorbeizulassen.

»Das ist wie mit Gudruns Baby«, flüstert David, »erst Enttäuschung, dann Zusammenbruch und am Ende Wahnsinn.«

»Wahnsinn!«, rufe ich und deute auf den Eingang meines Restaurants. Unzählige weiße Luftballons in Schäfchenform flattern an der Tür. »Was soll dieser Quatsch?«

»Roberts Geburtstag«, erinnert mich Marcel. »Biancas Geschenk. Sie gibt die Schafe auf und kehrt ins Bergische Land zurück.«

»Was wird aus den Tieren?«, frage ich, als Marcel den Motor vor der *Einkehr* abstellt.

»Die übernimmt Pastor Tillmanns. Er sagt, der Herr hat ihn auf den Jakobsweg gesandt, damit er unterwegs Schäfchen einsammelt.«

Ich überlege, dass zu diesen wohl auch Bianca selbst gehören dürfte. Allen katastrophalen und rätselhaften Ereignissen der vergangenen Tage zum Trotz beschäftigte dieses fröhliche Geschöpf nur eine einzige Frage, als sie mich im Krankenhaus besuchte. Wie sie dem schüchternen Pastor klarmachen könne, dass er dringend eine Frau benötige, und zwar eine so wie sie, also genauer: sie selbst. Wenn er dies endlich eingesehen haben werde, versicherte sie fröhlich, dann stünde dem glücklichen Ausgang ihres neuen Projekts nur eines im Wege: ihr Vater. Der Lutheraner klassischer Prägung werde sie nie und nimmer in einer Freikirche zum Altar führen. Ob ich doch bitte auf ihn einwirken könne?

Ich verkniff mir die naheliegende Analogie vom Bärenfell. Nicht einmal metaphorisch möchte ich je wieder mit einem erlegten Pfarrer zu tun haben.

Geschlossene Gesellschaft, vermeldet das Schild an der Tür.

Wir werden nicht nur Roberts Geburtstag feiern, sondern auch seinen Abschied von der Kehr, wie Gudrun gestern im Krankenhaus verkündete. Sie habe ihm gesagt, er brauche sich keine Hoffnungen mehr zu machen; sie sei mit den Männern ein und für alle Mal durch.

»Auch mit David?«, fragte ich vorsichtig.

»Vor allem mit David«, erklärte sie. Sein Longhornrind-Sweatshirt eigne sich vorzüglich zum Aufnehmen von Schmutz; ansonsten habe sie alles weggeworfen, was sie an ihn erinnere. Sie werde in ihr Haus nach Rheinland-Pfalz zurückkehren und dort, wie nach dem Tod ihres Vaters, wieder allein leben.

Später erkannte ich an Davids Gesichtsausdruck, dass er im Badezimmer nebenan jedes Wort verstanden hatte.

Mir ist es nur recht, mich heute Abend nicht um fremde Gäste kümmern zu müssen. Gudrun wird Roberts Lieblingsgericht servieren: Gegrilltes mit selbst gemachtem Quittenchutney. Ich nicke Pastor Tillmanns freundlich zu. Es ist gut, den Mann für extreme Situationen jetzt im Raum zu wissen. Er legt seine Zeitung auf den Tisch, auf dem vor einer Woche Barbara Gordons Handtasche gestanden hat, steht auf und begrüßt uns.

»Hallo«, ruft Gudrun aus der Küche. »Robert hat grad

angerufen.« Sie eilt herbei, wischt sich die Hände an der Schürze ab und wirft noch einen prüfenden Blick in den mit Luftschlangen, bunten Buchstaben, Schleifen und anderen Scheußlichkeiten gefüllten Gastraum. »Er kommt später, steht noch am Kölner Ring im …«

Ihre Stimme verliert sich.

Marcel und ich treten einen Schritt zurück.

David sagt nichts. Gudrun auch nicht.

High Noon in der *Einkehr*. Wer zieht zuerst?

»Sorry«, bricht David das Schweigen.

»Sorry? Das ist alles, was du zu sagen hast?«

David hebt die Schultern. Ihm fehlen die deutschen Worte.

»Meinetwegen kannst du gleich wieder gehen. Ich brauche dich nicht.«

Sie ergreift den Besen an der Wand, wendet uns den Rücken zu und beginnt wütend die blitzblanken Eichendielen zu fegen.

David breitet ratlos die Arme aus und sieht Marcel Hilfe suchend an.

Der tritt wieder einen Schritt vor, fasst Gudrun am Arm und will ihr den Besen abnehmen. Sie aber hält den Stiel so umklammert, als wäre er das Einzige auf der Welt, was ihr noch Halt geben könnte.

»Setz dich hin, Gudrun, bitte. Ich muss dir was Wichtiges sagen.«

Sie lässt sich auf eine Stuhlkante fallen, immer noch den Besen an die Brust gedrückt.

»Hol es David nicht übel, dass er sich so lange nicht gemeldet hat. Dafür gab es einen wichtigen Grund.«

»Welchen?«

»Er hat undercover für uns gearbeitet.«

»Was sagst du da?« Ihre Stimme zittert.

»Dass David uns geholfen hat. Wir haben ihn bei der Sekte von Barbara Gordon eingeschleust. Du weißt schon, der Frau, die Pastor Lambert erschossen hat. David war unser V-Mann. Tut mir leid, dass wir dir das verheimlicht haben, aber du hast ja selbst gesehen: Es ging um Leben und Tod.«

Gudruns Lippen werden sehr schmal.

»Du wusstest das alles, Katja?«

»Nein«, sage ich wahrheitsgemäß und ziemlich erschrocken über Marcels unverfrorene Lüge. »Ich hatte keine Ahnung.«

»Ohne Davids Hilfe hätten wir es nicht geschafft, Gudrun.«

Da hat Marcel wahrscheinlich recht. Doch mit seinem nächsten Satz geht er entschieden zu weit: »David ist ein Held, Gudrun.«

Der Satz hallt im Raum nach. Gudrun lässt den Besen zu Boden fallen und mustert David, als sähe sie ihn zum ersten Mal.

»Das ist alles zu viel für mich«, sagt sie. »Ich verstehe die Welt nicht mehr.«

Kann ich gut begreifen. Als Held hat sich David noch nie hervorgetan.

Doch in ihre Augen ist endlich wieder ein Leuchten getreten. Sie atmet tief durch. Marcel legt ihr die Hand auf die Schulter.

»Weißt du, Gudrun, falls Gott die Welt geschaffen hat, war seine Hauptsorge sicher nicht, sie so zu machen, dass wir sie verstehen können.«

Herr Tillmanns ist beeindruckt.

»Ein sehr kluger Gedanke, Herr Langer.«

»*En effet,* aber kommt nicht von mir.«

»Klar«, sage ich. »Wieder mal von Einstein, dem Mann mit den Löchern in den Socken.«

Gudrun schüttelt Marcels Hand ab, hebt den Besen auf und fängt wieder an zu kehren.

»Löcher in den Socken!«, faucht sie. »Glaub bloß nicht, David, dass ich dir deine jetzt wieder stopfe!«

Kleine Kehr-Kunde

Die Kehr gibt es wirklich.

Auf der Wetterkarte Deutschlands ist dieser winzige Flecken sehr schnell zu lokalisieren: Ganz im Westen, wo das nördliche Rheinland-Pfalz vor Belgien einen Buckel macht, der sich dem südlichsten Teil Nordrhein-Westfalens in einer scharfen Krümmung entgegenstemmt – in diesem Einschnitt liegt die Ortschaft Kehr, die zur Deutschsprachigen Gemeinschaft Belgiens (DG) und zu zwei deutschen Bundesländern gehört. Die heute noch gebräuchliche Flurbezeichnung »Auf der Kehr« stammt aus den Dreißigerjahren des 19. Jahrhunderts. Der Weiler entstand, als die alte Straße von Trier über Prüm, Losheim, Büllingen nach Aachen ausgebaut wurde. Ebenjene Staatsstraße, die seit 1922 den Ort in einen belgischen und einen deutschen Teil zerschneidet und die auf der Kehr eine Kurve, eine Kehre eben, beschreibt. Einigen Gerüchten zufolge soll der Flecken seinen Namen allerdings von der einstigen Hinrichtungsstätte beziehen, die heute noch *Auf dem Gericht* heißt: Missetäter seien dort früher vom Galgen *weggekehrt* worden.

Wenn nun in meinen Krimis Missetäter zurückgeKEHRt sind, hat das natürlich gar nichts mit den sechzig heutigen Bewohnern der Kehr zu tun (bei denen natürlich meine fiktiven nicht mitgezählt sind), von denen acht zu Belgien und jeweils sechsundzwanzig zu NRW bzw. Rheinland-Pfalz gehören, wie die Kehrerin Hildegard Sieberath nachgezählt hat. Dass die meisten der heute über siebzigjährigen Kehr-

Bewohner wegen Schmuggelns schon mal im Knast gesessen haben, war der Nachkriegsnot geschuldet und gilt heute keinesfalls als Makel.

Es gab allerdings eine Zeit, in der die Kehr ausgesprochen bevölkert war: Von 1915 bis 1920 lebten dort mehr als zweitausend Menschen, die in der Munitionsfabrik Espagit beschäftigt waren. Diese flog im Mai 1920 in die Luft und hinterließ ein explosives Erbe im Erdreich; das inzwischen begrünte sogenannte Verbotsgelände mit dem »Wolfgangsee«. Die Geschichte dieser Explosion und ihrer Folgen würde allerdings dieses Nachwort sprengen …

Als ich vor fünf Jahren meinen ersten Eifelkrimi *Einkehr zum tödlichen Frieden* schrieb, ahnte ich noch nicht, dass mir dieses abgelegene friedliche Örtchen, in dem ich selbst sieben Jahre lang in einem Holzhaus (siehe Karte) gelebt habe, kriminelle Energie für eine mittlerweile fünfbändige Serie schenken sollte. Ebenso wenig sah ich voraus, wie tief ich in die Geschichte dieses Grenzgebiets einsteigen und wie viel ich über dessen politische, geografische, klimatische und sprachliche Besonderheiten lernen und in die Bücher einfließen lassen würde. Wohl deshalb sind in ihnen die Grenzen zwischen Fakten und Fiktion manchmal genauso wenig erkennbar wie die zwischen Belgien, Rheinland-Pfalz und Nordrhein-Westfalen auf der Kehr. Das führt dazu, dass ich auf Lesungen, in E-Mails und Briefen immer wieder gefragt werde, ob man bei einem Ausflug zu meinen Tatorten in Katjas Restaurant Kaffee trinken könne.

Leider nein: Es gibt dort weder die *Einkehr* noch ein anderes Lokal. Dort, wo in meinen Krimis das Restaurant, Katjas ererbtes Bruchsteinhaus und Gudruns Elternhaus (Davids Erbe) stehen, werden Sie, je nach Jahreszeit, nur grüne Wiesen oder ein Schneefeld vorfinden.

Wenn Sie trotzdem die Kehr besuchen wollen, können Sie hinter dem grünen Ortsschild ein paar Häuser in die Felder gesetzt sehen, auf der belgischen Seite ein Autohaus, auf der deutschen die hübsche Kapelle, den kleinen Friedhof, das alte Zollhaus, ein zweiflügliges Windrad der ersten Stunde, einen Hochwasserbehälter aus dem Jahr 1965, die Höckerlinie aus dem Zweiten Weltkrieg, einen zerschossenen großen Bunker, jede Menge Erdhügel, unter denen sich weitere Bunker verbergen, und, sehr unwahrscheinlich, aber mit etwas Glück, vielleicht auch einen Menschen, der sie fragend anguckt, weil sich höchst selten dort jemand rumtreibt.

»Da ist doch nichts!«, sagen mir Kehr-Touristen oft auf meinen Lesungen.

Wo nichts ist, kann alles sein, antworte ich dann gern.

Doch tatsächlich ist auch in diesem Flecken nichts so, wie es scheint: Die Kehr steckt voller Geheimnisse. Und wenn ich dort noch manchen Schatz heben werde, ist das vor allem den Menschen auf deutscher und belgischer Seite zu danken. Weil sie mich an ihrem Leben und ihren Erfahrungen teilhaben lassen; manchmal genügt sogar nur ein kurzer Satz, um eine ganze Geschichte auferstehen zu lassen. Ohne diese Menschen wäre ich bestimmt dem Rat eines sehr erfolgreichen Kollegen gefolgt, der mir nach meinem ersten Krimi erklärte: »Die Eifel ist so groß. Beschränk dich doch nicht auf einen so kleinen Ort.«

Doch inzwischen hat genau diese Beschränkung meinen Erfahrungsschatz und somit meine Kriminalgeschichten aus diesem speziellen deutsch-belgischen Grenzgebiet bereichert.

Für Gespräche, Hinweise, Zuspruch und Unterstützung innerhalb und außerhalb der Eifel bei einem, mehreren oder allen fünf Kehr-Krimis möchte ich sehr herzlich danken:

Klaus und Anneliese Quetsch, Nathalie Heinen, Werner

Kesseler, Erwin Hannen, Marie-Anita Link, Alfred Heintges, Pastor Siegfried May, Pastor Rudi Schumacher, Dechant Jean Pohlen, Hildegard Sieberath, Antje und Klaus Lipka, Otto Leuer, Fritz-Peter Linden, Mieke Jenniges, Josef Junk, Karl-Heinz und Marlene Jenniges, Martin Quetsch, Marion Quetsch, Nicole Quetsch, Winfried Pohl, Diana Gier, Heike Mai, Katharina Schubert, Herbert Budweg, Irina Weiler, Susanne Laurent, Brigitte Ahrens, Thomas Augustin, Sylvain Tillmanns, Christine Neumann, Werner Kirsch, Michael Balter, Anja Schneider, Martina Blair, Regina und Peter Molden, Julia Eisele, meiner Schwester Irene Dunkley und meinem Mann Michael Hake.

M.K., Sommer 2013

Geheimes Doppelleben zwischen Berufung und Liebe

*Cover- und Preisänderungen vorbehalten

Martina Kempff

Die Gabe der Zeichnerin

Historischer Roman

Pendo, 432 Seiten
€ 19,99 [D], € 20,60 [A], sFr 28,90*
ISBN 978-3-86612-366-3

Der Dombau zu Aachen – das größte Rätsel, das Karl der Große der Nachwelt hinterlassen hat. Wie konnte es im Frühmittelalter gelingen, seine mächtige steinerne Kuppel zu wölben? Als noch niemand im Abendland die Fertigkeiten dafür besaß? Den Schlüssel zur Lösung hält eine begabte junge Frau aus Bagdad in Händen ...

PENDO

Leseproben, E-Books und mehr unter **www.pendo.de**